東京ハイダウェイ　古内一絵

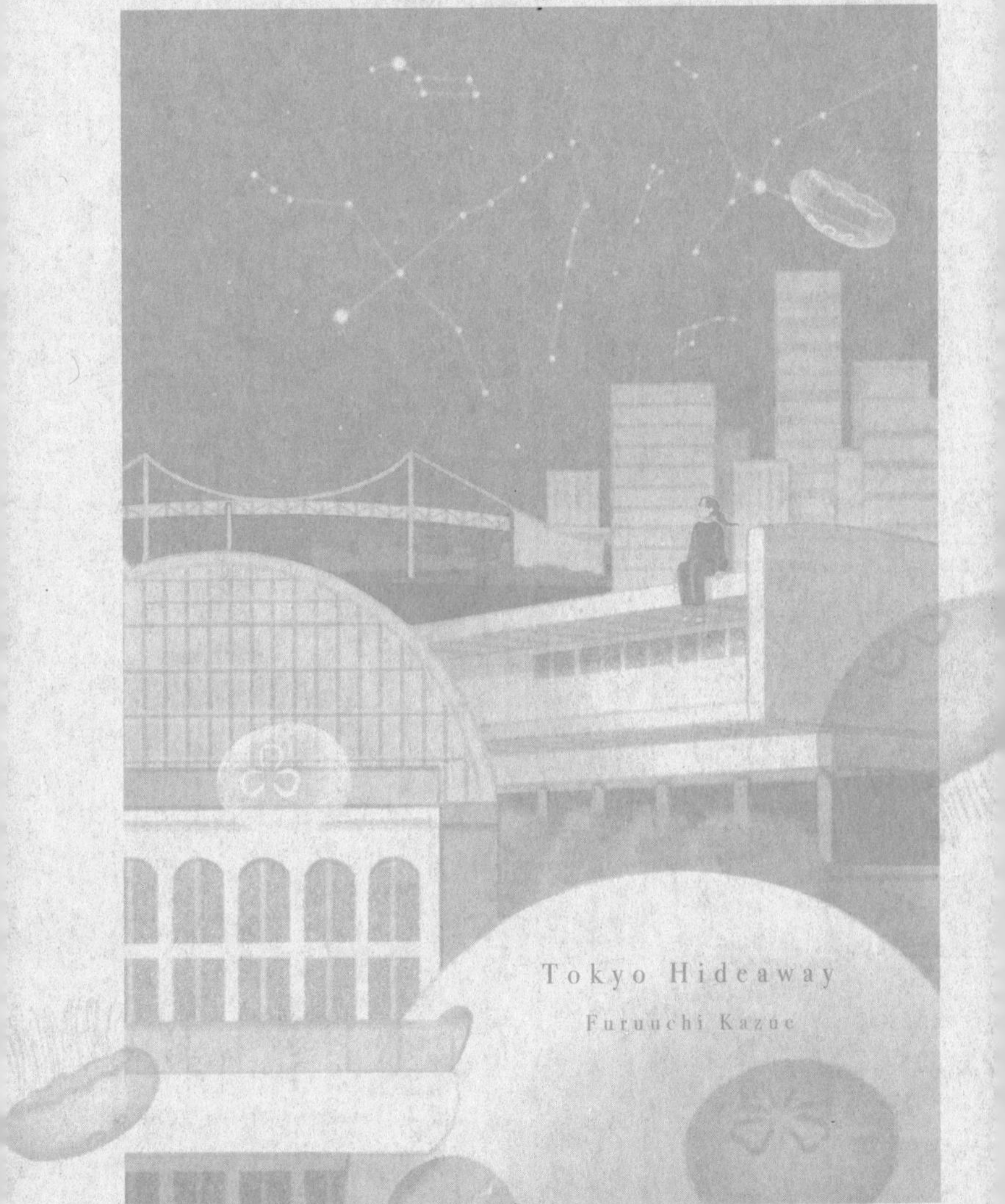

Tokyo Hideaway

Furuuchi Kazue

集英社

東京ハイダウェイ

目次

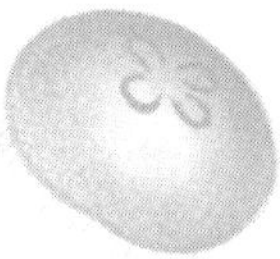

装画／嶽　まいこ
装幀／岡本歌織
（next door design）

東京ハイダウェイ

星空のキャッチボール

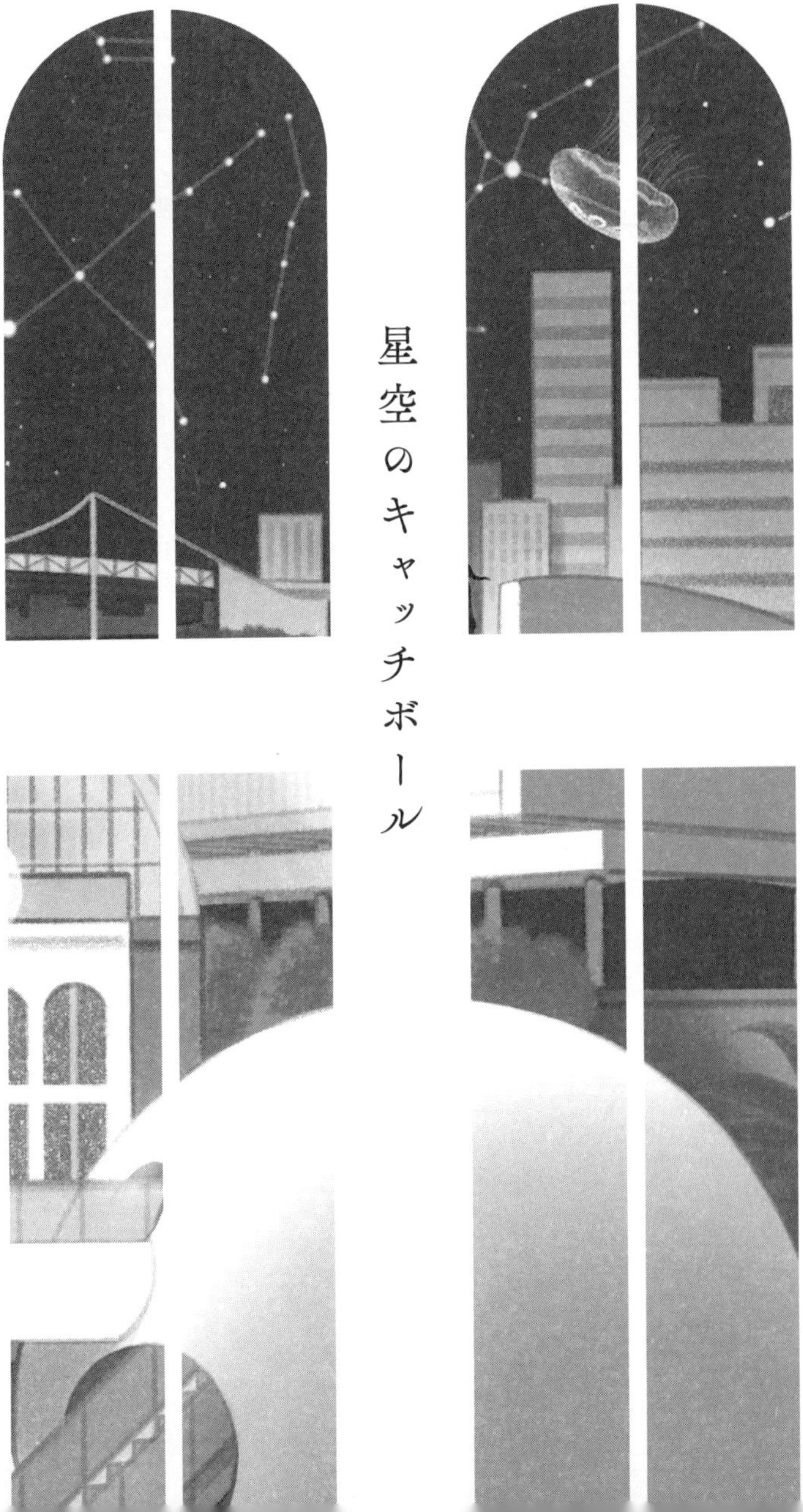

鋭い電子音が鳴り響き、矢作桐人《やはぎきりと》はびくりと身体《からだ》を震わせた。

アラームをとめ、暫《しば》しぼんやりする。昨夜、途中でエアコンを切ったので、胸元も背中も汗まみれだ。とりあえずシャワーを浴びようと、桐人はふらふらと立ち上がった。

今年の夏は暑い。

毎年そんなことを言っている気もするが、今夏の東京は特に酷《ひど》い。

六月の下旬に早々と梅雨明け速報が出てから、連日猛暑日が続いている。初夏を飛ばして、いきなり真夏がやってきたような塩梅《あんばい》だ。

なんでも、寅年《とらどし》は暑さや寒さが極端になる傾向があるそうで、十二年前の二〇一〇年の夏にも、三十年に一度の異常な高温に見舞われたと、先日、バラエティー番組で気象予報士の資格を持つタレントが話していた。

そのときは眉唾な気がしたが、こうも暑い日が続くと、干支《えと》と天候の因果もなにやら信憑《しんぴょう》性を帯びてくる。

まあ、どうでもいいけど……。

まだぼんやりとしたまま、桐人は浴室に入った。

ぬるめのシャワーを浴びていると、霞《かすみ》がかかっていたようだった頭がようやくはっきりしてきた。

熱中症予防のため、一晩中エアコンをつけることが推奨されているが、桐人にはどうしても、もったいなく思えてしまう。貧乏性と言われれば、その通りなのだろう。

子ども時代、桐人の家は決して裕福ではなかった。特に父が倹約家で、光熱費や母が買ってくる毎日の食材費まで、一々厳しくチェックするような向きだった。寒い日や暑い日に空調を使えないのは嫌だったけれど、反抗できる雰囲気ではなかった。暴力を振るわれたりはしなかったが、父は家の中では絶対だった。当然、まともな小遣いをもらった覚えもない。

現在は自分の稼ぎがあるのだから誰に遠慮する必要もないのだろうが、幼い頃に培われた感覚というのは、自分でも気づかぬうちに深いところに根を下ろす。

朝っぱらから鬱々としたものが込み上げてきて、桐人はシャワーの下で首を振った。高齢者と違い、まだ二十代の自分は、眠ったまま脱水症状を起こすほど体力が衰えているわけではないだろう。

「どの道、たいして寝られないんだしな」

シャワーで顔を洗いながら、半ば自棄《やけ》のように独《ひと》り言《ご》ちる。

今日もようやく寝ついたのは、空が白々と明るくなってからだった。

入眠までに三十分以上かかるのは睡眠障害だという記事をネットニュースでもよく見かけるが、桐人の寝つきの悪さはそんな生易しいものではなかった。床に就いてから、数時間寝られないことなどざらだ。しかも中途覚醒が酷い。最悪なときは、一時間ごとに眼《め》が覚める。

別段、今に始まった話ではない。学生時代から、ずっとこんな感じだ。最後にぐっすり眠ったのがいつだったか、もう思い出せないくらいだった。社会人になってからは、入眠用のサプリメントも試してみたが、ほとんど効果を感じられなかった。

それでも、なんとかなっている。

浴室から出て、桐人はバスタオルで全身を包んだ。また少し痩せたかもしれない。指先に当たるあばら骨の感触が生々しい。鏡に映る顔色も冴《さ》えないが、別段、体調が悪いわけではない。

寝られないくらい、どうということもない。

最終的には、いつもその結論にたどり着く。

自分の睡眠障害の原因がどこにあるのか、桐人は深く考えようとはしなかった。ありていに言えばストレスなのだろうけれど、そもそもストレスのない人間なんて、果たしてこの世にいるだろうか。

俺の場合、まったく寝られないわけじゃないもんな――。

時報代わりにテレビをつけて、桐人は身支度を始めた。七月最初の朝のニュース番組の内容は、相変わらず新型コロナウイルスの情報が大半を占めている。

この厄介な感染症による緊急事態宣言が出てから、二年三ヶ月が経《た》とうとしている。当初、桐人はここまで事態が長引くことになるとは、思っていなかった。

ワクチン接種が行き渡ったことにより、一時期、状況はやや落ち着いたように見えたものの、再び感染者が爆発的に増え出した。最近、桐人の周辺でも陽性者が続出している。それでも現在は、以前のような強い規制はない。

無理もないと、桐人は画面に出ている感染者数の数字を見るともなしに眺める。

昨年の東京オリンピックは、結局ほぼ無観客で開催された。しかし、経済的にも精神的にも、これ以上自粛を促されるのは限界だ。

新株が登場するたび急増する感染者数の波も、この夏で七回目になる。いつまでたっても終わらないウイルスとの鼬《いたち》ごっこのような状況に、誰もが飽き飽きしているのだ。

幸い、桐人はまだ一度も罹患《りかん》していなかった。慢性的な睡眠不足は否《いな》めないが、七回に及ぶ波を潜《くぐ》り抜けているのだから、免疫はそれほど落ちていないということなのだろう。それだけで、御《おん》の字なのかもしれない。

朝は食欲がわかないので、いつものゼリー飲料を胃の中に流し込み、マスクをつけて部屋を出た。リモートワーク推奨も功を奏さなくなったのか、地下鉄直通の通勤電車はかなり混んでいた。

通勤時間は約四十分ほどだ。地下鉄を一度乗り換え、二年前に神谷町《かみやちょう》と霞ケ関《かすみがせき》の間に新設された虎《とら》ノ門《もん》ヒルズ駅で車輛《しゃりょう》を降りる。

この駅ができたおかげで、通勤は随分楽になった。以前、本社に向かうときは、神谷町からそこそこ歩かなければならなかった。

もっとも、桐人が虎ノ門の本社に通うようになったのは、今年の春からだ。

五年前、インターネット上で総合ショッピングモールを運営する中堅電子商取引《イーコマース》企業パラウェイに、桐人は新卒入社した。地方出身の桐人はオフィスが港区《みなと》にあるというだけで高まりを覚えたが、研修後、配属されたのは千葉県浦安市《うらやす》にある物流倉庫だった。パラウェイはショッピングモール運営に併せ、提携ブランドや製造業者からの物流も請け負っているのだ。

正直、桐人は落胆した。二十名ほどいた同期の中で、倉庫勤務になったのは二人だけだ。しかも、もう一人は「希望していた業務と違う」と、早々に辞めてしまった。桐人は留まることを選んだが、なぜ本社勤務が認められなかったのかと、人事担当者を恨んだこともある。

しかし、いざ業務が始まると、仕事を覚えるのに精一杯で、雑念は消えていった。もともと桐人は几帳面《きちょうめん》で仕事が丁寧だったので、発送ミスの許されない物流の現場では、上司からも取引先からも重宝がられた。

無論、ずっと倉庫にいるつもりはなかった。たまに本社を訪れると、都心の高層ビル内で颯爽《さっそう》と働いている同期たちのことが、無性に羨ましくなった。

特に、マーケティング部でも花形のビューティーカテゴリーに配属された寺嶋直也《てらしまなおや》は、ネットで絶大な力を持つインフルエンサーたちと連携し、一年目から着実に売上を伸ばしているらしかった。

高学歴で容姿もあか抜けている直也は、研修時から主張が強く、同期のリーダー格だ。

直也ほど派手な活躍はできなくても、大手のような広告手段や複数店舗を持っていない小規模メーカーとユーザーを結びつける仕事をしてみたいと、桐人は常々考えていた。

それこそがイーコマースの醍醐味《だいごみ》ではないかと、桐人自身は思うのだ。

何度も希望していた本社勤務がかなえられたのは、皮肉にも新型コロナウイルス流行のお陰だった。コロナによるステイホームや新しい生活習慣を受け、現在、イーコマースは軒並み好調だ。パラウェイが運営するショッピングモール「パラダイスゲートウェイ」も、ライフスタイルカテゴリーが近年稀《まれ》にみる業績を上げている。

そこで、パラウェイでは、ライフスタイルカテゴリーの更なる拡充を図るべく、マーケティング部に新たに人員を補充することになったのだ。

ようやく桐人も、新卒者と共に、高層ビル内のオフィスに迎え入れられることになった。

地下鉄の出口を出ると、ガラス張りの高層ビルが無数に立ち並んでいる。紛《まが》う方なき大都会のオフィス街だ。反射ガラスに照り返された真夏の陽光に眼を射られ、一瞬、くらりとする。

大学進学のため、郷里の田舎町を離れて九年が経つ。

あの日から、やっとここまできた。

一つ深呼吸し、肩に力を入れ直す。スーツに身を固めたサラリーマンたちに交じり、桐人は横断歩道に足を踏み出した。

桐人が配属されたマーケティング部は、二十三階のフロアにある。大きなガラス窓の向こうには、林立する高層ビルと、そこからにゅっと突き出たスカイツリーが見えた。

「おはようございます」

まずはマネージャーの米川恵理子《よねかわえりこ》に挨拶する。

「おはよう」

恵理子がマスク越しに笑みを浮かべた。桐人は定時の三十分前には必ずオフィスに到着するようにしているが、いつも恵理子は先に出社している。桐人に負けず劣らず、生真面目な人なのだろう。

打《ぶ》ち抜きのフロアはいくつかの島に分かれている。フロアの大半を占める大きな島が、直也のいるビューティーカテゴリーだ。それ以外のスペースを、春から人員が補充されたライフスタイルカテゴリーと、両カテゴリーの顧客データを管理するシステムチームが分割している。

マネージャーの恵理子は、フロア全体を見渡せる窓側の大きなデスクでパソコンに向かっていた。「パラダイスゲートウェイ」の二大カテゴリーを統括している恵理子は、メディアにもたびたび登場している。そこから得た情報によれば、四十代で二児の母、子どもは二人とも男の子でまだ小学生、家事は夫と分担制、だそうだ。

まだ誰も出社していないライフスタイルカテゴリーの島で、桐人は自分の席に着いた。デスクの横には、たくさんの段ボール箱が積まれている。

早速段ボール箱をあけて、いくつかの製品を取り出した。オーガニックの中国茶、豆乳パウダー、ココナツオイルのアロマキャンドル……。現在、桐人が力を入れて開拓しているのは、健康志向の女性やファミリー層をターゲットにした商品だ。

パソコンを立ち上げると、すぐさま「パラダイスゲートウェイ」のトップページが表示された。数あるネットショッピングモールの中、「パラダイスゲートウェイ」の売りはコスパのよさと、注文のしやすさだった。

トップページに躍るキャッチコピーは〝毎日をちょっと彩るプチプラパラダイス〟。第二キャッチは〝コスパ抜群、すぐ届く。だから安心、毎日心地よい〟だ。

しかし、実際に業務に携わってみると、この〝プチプラ〟や〝コスパ抜群〟を実現するのは並大抵のことではなかった。

開拓した店舗へのコンサルティングや広告展開を提案するのもマーケティング部の重要な仕事の一つなのだが、いかに費用対効果の高い集客案を提示するかで、桐人は日々頭を悩ませている。コロナ禍のあおりを受け、縋《すが》る思いでネット上のショッピングモールに出店する小さな店舗に、高い出稿料を強《し》いたり、割引クーポンを乱発させたりするのも忍びなかった。

現在、桐人は初出店の店舗に限り、「パラウェイ担当者のオススメコメント」を手書き風のポップにして、サイトにアップしている。手間はかかるし、泥臭い方法だが、結局これが一番コストがかからない。いきつけのスーパーで、売り場担当者の推薦ポップに眼を引かれたこともヒントになった。

獲得店舗の販促は、基本、担当者の裁量に任されているが、一応、桐人はマネージャーの恵理子に相談した。「こういう手作り感がある方法も、原点回帰っぽくていいかもね」と、恵理子は二つ返事で承認してくれた。

中国茶を試飲しながら推薦コメントを考えていると、徐々にほかの社員たちも出社してきた。

ビューティーカテゴリーの女性社員が席に着いた途端、オフィスがにわかに華やかになる。化粧品《コスメティック》を担当する女性たちはお洒落《しゃれ》な人が多いが、彼女たちは、その実、ほとんどが中途採用の契約社員だ。

先輩たちの話によれば、マーケティング部の女性の離職率は、非常に高いという。

新規開拓対象である、ネット事業に疎い中小企業の社長や個人店舗の店長は高齢の男性が多く、彼らとのつき合いに、多くの若い女性社員は疲弊してしまうのだそうだ。集客がうまくいかなかったとき、高圧的な目上の男性から激昂《げっこう》されたり罵倒されたりするのは、桐人だってきついのだから、致し方ないのかもしれない。マーケティング部に配属された女性同期は、ほとんど残っていなかった。

ただ一人、システムチームの神林璃子《かんばやしりこ》を除いて。

ちらりと振り向くと、パステルカラーの女性陣の中で、今日も驚くほど素っ気ない格好をした璃子の姿が視界の端に映った。

量販店で買ったと思われる黒シャツに黒デニム。無造作に束ねただけのポニーテール。灰色のマスクで半分以上顔を覆い、黒縁のロイド眼鏡をかけている。

端《はな》から内勤希望だった璃子は、入社当初からあまりイメージが変わらない。

はつらつとしていたマーケティングや広報志望の女性同期たちの中で、ひときわ地味だった彼女だけがしぶとく残るというのも不思議なものだ。

研修後、すぐに倉庫勤務となった桐人は、もともと口数の少ない璃子とは、ほとんど話したことがなかった。というか、日がな一日データ入力をしている璃子が、誰かと積極的にかかわっているところなど見たことがない。

同期のリーダー格の直也も、璃子のことは眼中にないようだった。

「おふぁようございあす」

ふいにろれつの回っていない声をかけられ、桐人は我に返る。

寝癖だらけの新入社員が、朝から疲れ切った様子で向かいの席に着くところだった。この新人が定時前に出社していたのは、配属直後の一週間だけだ。それ以降は、よくてぎりぎり、悪ければ、今日のように平気で遅刻して現れる。

大方、こいつも明け方寝ついた口だろう。

もっとも、深夜にネットゲームや動画視聴に勤《いそ》しんだ結果だろうが。

「おはよう」

桐人はいささか白けた眼差《まなざ》しで見返した。

寝不足でいかにも死にそうという顔つきをしているが、少しくらい眠らなくたって、人間は別段どうということもないことくらい、身を以《もっ》て知っている。

新人がトイレに立ったまま戻ってこない間に、桐人はいくつかの商品の推薦コメントをひねり出した。

ビューティーカテゴリーの島では、出社した直也が女性社員や後輩たちに囲まれている。この五年の間に、直也はすっかりマーケティング部の中心人物になっているようだった。

「矢作さん」

長い時間をかけてトイレで寝癖を直してきたらしい新人が、ようやくデスクに戻ってくる。

「もしかして、担当店舗の商品、本当に全部試してるんですか」

「そうだけど」

「よくそんな時間ありますね」

その言い草に、少々むっとした。時間はあるなしではなく、作るものだ。

「規定残業時間内で、全店舗いけます？」

「まあ、初出店のところだけだからね」

淡々と答えたが、それは事実ではなかった。パラウェイでは基本、一月《ひとつき》の残業を三十五時間以内に収めることが推奨されている。オフィスに居づらいとき、桐人はこっそり業務を持ち帰っていた。

「実は、僕も新出店の店舗から、矢作さんがやってるみたいなポップを作って欲しいって言われちゃってるんですよねぇ」

「やってみればいいんじゃないの？」

桐人はパソコンの画面を見つめたままで答えた。ポップは別に桐人の専売特許ではない。

「参考にしたければ、これまで作ったポップのデータをクラウドに入れとくけど」

「はあ」

煮え切らない感じで返事をすると、新人はだるそうに生あくびをしながらパソコンを立ち上げた。

「え、まじ？　こんなに作ってるんですか」

今しがた桐人がクラウドにアップしたデータを開いたらしい新人が、驚きの声をあげる。なぜだかそこに非難の色が混じっているような気がした。

なんだ、感じの悪い奴だな……。

再び込み上げた不快感を、かろうじて呑《の》み込む。見方を変えれば、自分の施策がほかの店舗からも注目されているのは悪いことではない。

さて、午前中に商品の推薦コメントをまとめたら、午後からは外回りだ。

まだぶつぶつ言っている新人を意識から追い出し、桐人はキーボードを打つことに集中した。

週末、桐人は自宅で新商品のダイエットティーを試していた。生姜《しょうが》や金木犀《きんもくせい》をブレンドした発酵茶はリラックス効果も望めるはずなのに、桐人の頭は推薦コメントをひねり出すことで一杯だ。ネットの情報の海の中、少しでも顧客の注目を引くのは、一体、どんな言葉だろう。

ポップ以外にも、新たな施策を考える必要もある。

小規模メーカーとユーザーをうまく結びつけたいと、あれこれ頭を悩ませてきたが、マーケティングの仕事は究めようとすればするほど終わりが見えない。

発送ミスが許されない物流の仕事でも神経を削ってきたけれど、倉庫で働いていたときは、一日の仕事の終わりを実感することができた。ところが今は、仕事とプライベートの境がどんどん曖昧になっている。

休日も、会社から持ち帰った商品に囲まれ、頭は常に仕事から離れることができない。食事をしていても、食べたくて食べているのか、マーケティングの一環で試食しているのか、分からなくなるときがある。

〝矢作って、本当に真面目だよな〟

学生時代からかけられ続けた言葉が、称賛ではなく侮蔑であることにはとうに気づいていた。自分でも己の融通の利かなさに、うんざりすることもある。

だけど、しょうがないじゃないか。だって、俺は——。

不機嫌な表情で、黙々と食事をしている父の姿が目蓋の裏に浮かんだ。

マグカップを手にしたままぼんやりしていると、テーブルの上のスマートフォンが震えた。発信が母からであることを認め、少々うんざりするが、無視するわけにはいかない。

「桐人、この夏は帰ってくるんでしょうね」

スマートフォンを耳に当てた途端、母の声が響く。

「あー、でも、また感染者が増えてるから」

桐人は曖昧に言葉を濁した。新型コロナの流行をいいことに、もう三年近く、正月も盆も郷里の新潟に帰っていない。

「また、そんなこと言って。東京は七月がお盆だって聞くけど、だったら今月中に、夏休みくらいとれるでしょう？　お父さんの命日も近いんだし」

電話の背後で、犬がキャンキャンとほえている。すかさず母が「レオンちゃん、ちょっと待っててね」と、甘ったるい声をあげた。

命日――。あの日から、既に十年が経つ。

母が電話口で小型犬をあやしている気配を感じながら、桐人は眼差しを遠くする。

犬を飼うのは子ども時代からの桐人の夢だった。おねだりなど許される家ではなかったが、十歳の誕生日に、桐人は勇気を出して父に頼み込んだ。今後、誕生日もクリスマスも一切なにもいらないから、犬を買ってほしいと。

〝駄目だ〟

しかし、にべもなく父に突き放された。母は父の背後で黙っているだけだった。

そういう家庭だった。

新潟の小さな町で電気工事士をしていた父は、家に帰るとほとんど口をきかなかった。それどころか、笑顔を見せたことだってない。近所では、なんでも親切に修理してくれると評判がいいのに、その優しさの一欠けらも、妻と一人息子の前で披露することはなかった。

〝外面《そとづら》ばっかりよくて身内に冷たい〟

以前、母がぼそりと呟《つぶや》いた一言が、父のすべてを物語っている。

加えて父は、何事につけても倹約家で厳格だった。子ども時代から、桐人は質素と真面目を強いられ続けた。食事時にテレビを見ることなどもってのほかだし、好き嫌いも絶対に許されない。父がいる限り、楽しい食卓はどこにもなかった。

そのくせ、体面だけは妙に気にする人だった。

子ども時代、唯一グローブとボールを買ってもらえたのは、当時、町のほとんどの男子が少年野球クラブに所属していたからだ。自分の子どもだけが道具を持っていないのは、体裁が悪いと考えたらしい。

桐人は野球より本当はサッカーが好きだったし、なにより、犬が欲しくてたまらなかった。しかし、父にとっては桐人の気持ちなど、どうでもよいようだった。

普段、できるだけ意識に上らないようにしている父との記憶が、頭の片隅に甦《よみがえ》ってくる。

子ども時代に、たった一度だけ、父に遊んでもらったことがあった。しかし、そのきっかけを思い返すと、桐人の胸は、今でも古釘《ふるくぎ》が刺さったように痛む。

その日、父は近所の小母《おば》さんと、家の前で立ち話をしていた。

〝本当にありがとうございます。日曜なのに、修理にきていただいて〟

〝いえいえ、またなにかあれば、いつでも言ってください〟

家では絶対に見せない父の愛想のよい笑顔を、少年時代の桐人は物陰からじっと見ていた。

〝でも、お願いしておいてなんですけど、たまのお休みの日くらい、息子さんと遊んであげたらいかがですか。桐人くん、いつも一人でいるから、なんだか可哀《かわい》そうで〟

日曜に父を呼びつけたのは自分のくせに、小母さんは実に余計なことを言ってのけた。父が難しい表情を浮かべながら家に入ってくるのを後目《しりめ》に、桐人は慌てて部屋の奥へ逃げ込んだ。

〝おい、桐人〟

その直後、父がグローブとボールを手に近づいてきたことに、桐人は背筋がぞっとした。近所の小母さんに見せつけるために、父は自分とキャッチボールをしようというのだった。

なんて、安易な。なんて、おざなりな……。

今思い出しても、苦いものが込み上げる。

すべては近所の眼のためだと考えると、父との初めてのキャッチボールの時間が、桐人は苦しくてたまらなかった。

〝もっと、力を入れてちゃんと投げろ〟

途中でそんなことを言われたけれど、涙が滲《にじ》みそうになるのをこらえるだけで必死だった。

その父は、桐人が高校三年生のときに急逝した。過労が原因の脳溢血《のういっけつ》だった。

突然のことに、桐人も母も茫然《ぼうぜん》とすることしかできなかった。しかし、後に、まるで自分の死を予見していたかのように、父が様々な保険に入っていたことを知った。桐人の進学費も、母の生活費も、充分に賄える備えだった。

それでも、桐人は納得ができなかった。死後に備えるより、生前に、もっとするべきことがあったのではないだろうか。母に対しても、自分に対しても。

母も同じ気持ちだったようで、早々に父の部屋の整理を始めた。桐人が手伝うと、押し入れから、父の唯一の趣味だった釣りの道具が何本も出てきた。母に頼まれ、桐人はそれを隣町の大きな釣具店に売りにいった。

　提示された買取価格を見て心底驚いた。桐人はまったく釣りに興味がないので分からなかったが、父が使っていた釣具は、相当高級なものだったようだ。

　俺にはまともな小遣いもくれず、自分はこんな高級釣具を使っていたのかよ――。

　大枚を懐に帰路につくうちに、むかむかとしたものが腹の底から湧き上がってきた。どうにも気持ちが収まらず、気づいたときには駅ビルに飛び込んでいた。

　結局あんたは、俺が欲しかったものを与えてくれたことなんて、ただの一度もなかったじゃないか。俺は野球のボールやグローブよりサッカーボールが欲しかったし、なにより、一番欲しかったのは……。

　駅ビルのペットショップで最初に眼に入ったチワワを、桐人は即金で買った。釣具の売却金をレジに叩《たた》きつけるように置いたとき、すうっと胸のつかえが取れた気がした。

　チワワを連れて帰ってきた桐人を見るなり、しかし、玄関先で母が真っ青になった。

〝誰が面倒みると思ってるのよっ！〟

　髪を逆立てんばかりの母の絶叫は、今も耳の奥に残っている。

「……ちょっと、桐人、聞いてるの？」

　スマートフォン越しの母の声に、回想にふけっていた桐人は我に返った。

「いくら感染者が増えてるからって、お母さん、この前四回目のワクチン打ったばかりだし、今は移動の制限もないでしょう？」

「そうかもしれないけど、色々忙しくてさ。新規の顧客も増えてるし」

　諭すように桐人が告げると、母がぐっと押し黙った。背後では、まだ犬がキャンキャンほえている。

　あのとき子犬だったチワワを「レオン」と名づけたのは母だ。待望だった犬を手に入れたのに、すぐに大学進学のために上京した桐人は、結局、たいしてレオンと過ごすことがなかった。絶叫した言葉通り、母がレオンの面倒を見続け、今ではひとり暮らしに欠かせない存在になっているようだ。

「あんたも外面ばっかりよくて、身内に冷たいんだね」

　電話口でぼそっと呟かれ、桐人はぎくりとする。

「分かったよ」

　気づくと、半ば叫ぶように答えていた。なんとか帰れるように調整すると告げて、桐人は通話を終わらせる。

　思わず、スマートフォンをテーブルに投げ出した。

　一番甘えたかったときに、いつも父の背後でうつむくばかりだった母のことも、正直、桐人はあまり得意ではなかった。父の死後はやたらと干渉してこようとするが、つい、今更と思ってしまう。

　でも、久しぶりにレオンの顔は見たいかもしれない。

　父の釣り竿と引き換えに手に入れた子犬も、今はもう十歳か。

　チワワの寿命は比較的長いと聞くが、そろそろ晩年だ。すっかり冷めてしまったダイエットティーのマグカップを引き寄せ、桐人は小さく息を吐いた。

　翌週、桐人は同期の寺嶋直也から昼食に誘われた。

「少し早いけれど、正午過ぎだとこの辺りは混むから」

そう言われ、十一時半頃にオフィスを出た。普段、桐人は、お昼はデスクで済ませることが多いので、休憩時間に外出するのは久しぶりだ。

地下のレストラン街は、直也が言うように、既に行列ができ始めている。

「矢作とは、あんまり話す機会がなかったからさ」

直也は勝手知ったる様子で、昼だけ定食を出している居酒屋の暖簾《のれん》をくぐった。桐人も後に続き、一緒に奥の座敷に腰を下ろす。

これまで夜の飲み会に誘われても、桐人は断ることが多かった。あまりお酒が好きではなかったし、なにより、毎日やるべきことが山積みだった。

注文を取りにきた店員からおしぼりを受け取りながら、直也は日替わり定食を頼んだ。たいして食欲のない桐人は、冷やしうどんにする。

「そんなので、足りるの？」

直也がからかうような笑みを浮かべた。

「午後に、試食しなきゃいけない商品があるから」

七月中に夏休みをとって帰郷することを考えると、前倒ししなければならない案件がいくつもある。あまり断ってばかりなのも悪いので、昼くらいはとつき合ったが、正直、早くオフィスに戻りたかった。

「それだけどさ」

感染対策のアクリル板越しに、直也がやや強い眼差しで桐人を見る。

「ライフスタイルカテゴリーの新人に聞いたけど、矢作、担当店舗の商品をわざわざ試して、自分で推薦コメント書いてるんだって？」

「全部じゃないよ。初出店の店舗の主力商品だけだけど」

「そんなの手間がかかるだけだろう。出稿料をもらって、リスティング広告を打つなり、商品紹介なら、ライターやインフルエンサーに任せるなりすればいいじゃない」

「俺が担当してるのは、その出稿料がなかなか捻出できない個人店舗が多いから。最初だけ俺がコメントを書いて、出稿料は追々……」

「甘いって」

桐人の言葉を直也が遮った。

「矢作、もしかして本気で店舗を育てようとか思ってんの？」

「え」

直也の口ぶりに、桐人は戸惑う。

だって、コンサルって、そういうことじゃないのか。

個人店舗とユーザーを結びつけるのがイーコマースの仕事ならば、商品のよさを吟味し、誠実に伝えていくことも担当者の大事な仕事ではないだろうか。その積み重ねがリピーターを呼び、ロングテールを目指せるのでは。

しかし、率直にそう伝えると、直也の口元に侮蔑的な笑みが浮かんだ。

「ロングテール？　そんなもの目指してどうすんの。初動で動かなければ、その店は駄目ってことだよ」

「でも、初動で動かすには、よっぽど大きな広告を打つか、割引クーポンを乱発するしかないよね。それで店舗が持ちこたえられなくなったら……」

「そんときはそんときだよ。残るものは残るし、駄目なものは消えていく。それがイーコマースってもんだから」

「それは寺嶋が考えるイーコマースだろ。俺には俺の考えがあるし」

「そういうの、迷惑なんだよね」

「それってどういう……」

桐人が言いかけたとき、店員が料理を運んできた。直也は早速定食を食べ始めたが、桐人は箸を持つ気になれない。

「倉庫からきたばっかりの矢作が、イーコマースに高尚な夢を見てるのはよく分かったけどさ」

やがて、直也が味噌汁を啜《すす》りながら、呆《あき》れ口調で話し出す。

「あんまり馬鹿正直な施策とられるのって、マーケティング部としては迷惑でしかないから」

押し黙る桐人を、直也は一瞥《いちべつ》した。

「どっかの担当者が無償で推薦コメント書き出したら、それに気づいた甘ったれの店舗が、自分のところもってなるのは当たり前だろ。現に、お前んところの新人がその被害に遭ってる」

被害という言葉が、桐人の胸を刺す。

〝え、まじ？　こんなに作ってるんですか〟

非難めいた声をあげた、新人の顔が浮かんだ。あのだらしない新人が、直也に事の次第を告げ口したのだろう。その様子を想像すると、にわかに屈辱的な気分になる。

「でも、米川マネージャーは……」

恵理子が施策を承認してくれたことを伝えようとすると、ふんと鼻で笑われた。

「あの人は、誰とも揉《も》めたくないだけだよ」

完全に小馬鹿にした口調だった。

「とにかく、コンサルの代わりに、店舗から出稿料を引き出すのも、マーケティング部の重要な仕事だから。今の矢作のやり方は効率が悪すぎて、チームでの拡張が見込めない」

きっぱりと言い切られると、どう言い返せばいいのかが分からなくなった。膝の上に置いた拳が微《かす》かに震えてしまう。

「矢作、もっと、肩の力を抜けって」

直也が自信満々の表情を浮かべた。

「商品の良《よ》し悪《あ》しより、出稿のありなしに眼を向けろよ。そのほうが楽じゃないか。ユーザーだって、結局、広告かクーポンしか見てないんだ。うちのモールのコンセプトは、所詮、プチプラだぞ。それで集客ができずに店舗が撤退するなら、そのときはそのとき。次を当てればいいんだよ」

「だけど、そんなことばかり続けていたら、いつか『パラダイスゲートウェイ』は、店舗からもユーザーからも、信頼してもらえなくなるんじゃないのか」

桐人はかろうじて反論する。

「かー、真面目だなぁー」

途端に、直也が天を仰いだ。

「いっつも規定ぎりぎりまで一人で残業してるし、つき合い悪いし、もしかして、業務も持ち帰ったりしてるんじゃないの？　なんか、矢作見てると、痛々しい気分になるんだよね。顔色も酷いし、ちゃんと食ったり寝たりしてる？」

あらかた定食を食べ終えた直也が、ずいとテーブルの上に身を乗り出す。

「矢作。お前、そんなんで、なにが楽しくて生きてんだよ」

その瞬間、桐人は反射的に席を立っていた。ほとんど手をつけられなかった冷やしうどんの料金をレジで支払い、ビルの外に飛び出す。

真夏の暑さが全身を包み、あまりの気温差に眩暈《めまい》を起こしそうになった。

しかし、すぐにオフィスに戻る気には到底なれない。ふらふらとアスファルトの上を歩くうちに、ものの数分で汗が噴き出してくる。

馬鹿正直、効率が悪い、真面目、痛々しい――。

直也にぶつけられた揶揄《やゆ》は、心のどこかで思い当たる節のあるものばかりだった。だからこそ、余計にえぐられた。

ふざけるな。人をバカにしやがって。

内心の毒づきに、自己嫌悪が入り混じる。

ふと顔を上げ、桐人はぎょっとした。オフィスビルの窓ガラスに映った蒼褪《あおざ》めた横顔が、かつて子どもの頃に見た、陰鬱な表情の父親そっくりに見えた。

なにが楽しくて生きているのか。

それは、子ども時代の桐人が、父に対してずっと抱き続けていた疑問でもあった。思わず茫然と立ちすくむ。これから、どこへいけばいいのか。

後にも先にも、進めない気がした。

そのとき、視界を見覚えのある黒い影が横切る。一瞬間眼を眇《すが》め、桐人はハッとした。

いつもの黒シャツに黒デニムを身につけたシステムチームの神林璃子が、足早にどこかへ向かっていく。迷いのない力強い歩調が、なんとも潔く羨ましい。

颯爽とした後ろ姿を眺めるうちに、誘われるように桐人の足が動いた。

気づくと、桐人は璃子の後を追っていた。

細い路地を抜け、璃子はどんどん歩いていく。無造作に束ねたポニーテールが、歩くテンポに合わせて軽快に揺れた。

この辺りに飲食店はないはずだが……。

殺風景なオフィス街の路地裏で、ふいに璃子の姿が消える。慌てて追いかけると、少し通りから下ったところに、意外な建物があった。

港区立みなと科学館？

入口に近づいて、桐人はまだ真新しいプレートを読む。アルミ製の屋外掲示板に、一枚のポスターが張られていた。

〝おひるのプラネタリウム――都会で満天の星につつまれて〟

しかも、無料、ご予約不要とある。

こんなところに、プラネタリウムがあったなんて――。

美しい星空が描かれたポスターをまじまじと眺めていたが、はたと我に返り、腕時計を確認した。後、数分で始まるようだ。

桐人は思い切って建物の中に入ってみた。検温ゲートをくぐり、一階のチケット売り場で無料のチケットを発券してもらい、二階に駆け上がる。奥まった入口を入ると、ぽっかりとドーム型の空間が現れた。

照明の落とされた薄墨色のドーム内はかなり広い。その中央に、球体に細い筒を刺したような形の投影機が鎮座している。投影機の左右に百席を超えるであろうシートがゆったりと配置されていた。

右側の中央寄りのシートに、璃子のポニーテールが見える。

桐人は気づかれないように少し距離をとり、璃子の斜め後ろのシートに腰を下ろした。客席に座る人たちはまばらで、ほとんどが一人できている。桐人同様にスーツ姿の男性も多い。皆、お昼休みにオフィスを抜け出してきているビジネスマンなのだろう。

シートにはリクライニング機能があり、レバーを引くと、背面がほぼ水平になるまで倒れた。常連らしい璃子たちに倣ってシートを倒せば、眼の前にドームの大きな天井が広がる。

ほとんど身を横たえる形になり、桐人は思わずほうっと一つ息をついた。

ひんやりとした空気の中、汗がゆっくりと引いていく。灼熱《しゃくねつ》のコンクリートジャングルに、こんな静謐《せいひつ》な場所があるとは、想像もしていなかった。

やがて時間になったのか、ドームの中が暗くなり、投影が始まった。ドームの低い部分に高層ビルが立ち並ぶオフィス街が現れる。レインボーブリッジ、東京タワー、スカイツリーの姿も見える。どうやら、ここ港区からの風景らしい。

西側に丸い太陽が落ち、東側から上弦に近い月が昇ってきた。静かなクラシック音楽に乗せ、高層ビルやレインボーブリッジの明かりが一つ一つ消えていく。なかなか凝った演出だ。

感心しながら眺めていると、ついに都会の街明かりがすべて消え、眼の前に満天の星が現れた。北から南にかけて、見事な天の川が見える。

人語による解説は一切ない。一瞬だけ、天の川を挟んで輝く琴座のベガ、鷲《わし》座のアルタイル、白鳥座のデネブを結ぶ、夏の大三角形を示す線が現れた。しかし、それもすぐに消え、後は只々《ただただ》満天の星が、クラシック音楽に乗せて、ゆっくりゆっくり巡っていくのだった。

桐人は我知らず、頭上に展開する万華鏡のような星空に見入った。

思えばプラネタリウムにきたのなんて、小学校の校外学習以来、初めてのことかもしれない。今やこんなにもリアルに星空が再現されるものなのか。

実際には決して見ることができない大都会の天の川。けれど地上の街明かりや、スモッグにかき消されているだけで、本当は今このときにも、自分の頭上には満天の星々が強く、弱く、儚《はかな》く輝いているのだ。

ふと斜め前の席を窺《うかが》うと、リクライニングシートの背もたれから、ポニーテールの頭がずり落ちている。美しい星空の下で、璃子はぐっすり眠り込んでいるようだった。

よく見れば、ほかにも眠っている人がちらほらいる。クラシックの優雅な音色の合間に、微かな寝息が響いていた。常連の中には、昼寝を目的にここにくる人もいるのかもしれない。

不眠症気味の桐人自身はそう簡単に眠ることができないが、ゆっくりと巡る無数の星々に抱かれて安らかな寝息を立てている人たちを見るのは、悪い気分ではなかった。

あの地味を絵にかいたような璃子が、こんな秘密めいた場所で昼休みを過ごしていることに、一体誰が気づいているだろう。

そう考えると、桐人の口元に微かな笑みがのぼった。

やがて、東の空から〝明けの明星《みようじよう》〟である金星が昇ってくる。夏の一夜の星座がドームを巡り終え、もうすぐ夜が明ける。

直也に散々揺さぶられ、あれだけ波打っていた桐人の心は、いつしかすっかり凪《な》いでいた。

それ以来、桐人もできるだけ、おひるのプラネタリウムに通うことにした。璃子には気づかれないよう細心の注意を払い、そっとみなと科学館に忍び込む。

調べてみると、この科学館は二年前にできたばかりの、まだ比較的新しい施設だった。最新設備を整えたプラネタリウムでは、本格的な星空解説がつく有料プログラムも上映されている。無料プログラムであるおひるのプラネタリウムは、その晩の港区の星空を忠実に再現しているらしかった。星座の位置の変化まではよく分からないが、毎日見ていると、月が少しずつ形を変えていく。

約二十分間の投影の間、璃子はいつも、ぐっすりと眠っていた。そして投影が終わるとすっきりした表情で科学館の外に出て、虎ノ門ヒルズの芝生広場のベンチで、タンブラーのお茶を飲みながら手製の弁当を食べてオフィスに戻る。

どこまでも自由で、どこまでも気ままな休み時間だった。オンオフの切り替えが曖昧になりつつある桐人にとって、璃子の昼休みの充実ぶりは称賛と尊敬に値した。

直也との昼食を途中退席して以降、マーケティング部のフロアでの居心地は最悪だ。同期内では、桐人が直也の親身な忠告を〝無視した〟ことになっているらしく、誰も眼を合わせようとしない。向かいの席の新人も、声をかけてこなくなった。

新人がわざわざビューティーカテゴリーの直也のところにいって、なにかを告げている姿を見ると、桐人の胃はきりきりと痛む。直也を中心に場が盛り上がれば、自分が槍玉《やりだま》に挙げられているのではないかと疑心暗鬼になることもあった。

それでも、仕事のやり方を変える気にはなれなかった。自分の意にそぐわないまま、直也に取り込まれるのは嫌だった。

その日、桐人は朝から気が滅入《めい》っていた。大会議室からは、ひっきりなしに大きな声が響いてくる。直也がインフルエンサーと一緒に、新作コスメ紹介の動画配信を行っているのだ。見栄えがよく弁も立つ直也は、たびたび動画配信のホストも務めている。以前はそういうところをすごいと素直に感嘆していたのだが、今は大げさな笑い声に神経を逆撫《さかな》でされた。

〝お前、そんなんで、なにが楽しくて生きてんだよ〟

商品を試しながらコメントを書いている耳元で、直也の嘲《あざけ》りが木霊《こだま》する。ちっともまとまらず、桐人は作業に苦戦した。

ふと気づくと、正午に近い時間になっている。システムチームの璃子の姿はとっくに見えない。

桐人は荷物をひっつかんで席を立ち、直也帝国と化しているフロアを飛び出した。

オフィス街の路地を懸命に走り、みなと科学館に駆け込むと、おひるのプラネタリウムが今まさに始まらんとしているところだった。焦って席に着き、桐人はハッとした。

すぐ傍《そば》の席に璃子がいる。

一瞬、腰を浮かしかけたが、璃子はリクライニングシートにもたれ、眼鏡の奥の眼を既に固く閉じていた。やがてドーム内が暗くなり、席の移動ができなくなる。桐人は息を潜めてシートに身を横たえた。

日が沈み、満月に近づいた月が昇ってくる。クラシック音楽の優しい音色に交じり、璃子の微かな寝息が響いた。

しかし、よく寝るよな……。

たまには星空を楽しめばいいのにと思いながら視線をやり、桐人は小さく息を呑んだ。

まだドーム内の街明かりが残る中、シートにもたれた璃子のマスクをつけた顔が、一瞬薄闇の中に白く浮かび上がる。固く閉じられた目蓋から涙が溢《あふ》れ、マスクの上の頰を濡《ぬ》らしていた。

思わず見つめていると、徐々に街の照明が消え、漆黒の闇の中、すべてが星空に包まれていく。

頭上の天の川に視線を移しながらも、この日、桐人はなかなか気持ちを落ち着かせることができなかった。いつもなら、ゆっくり巡っていく無数の星々を見るうちに自然と心が凪いでいくのだが、今日は、すぐ近くの席で泣きながら眠っている璃子のことが妙に気にかかってしまう。

彼女もまた、人に言えないストレスを抱えて、ここへ通っているのだろうか。

明けの明星が昇り、夜が明けてくると、桐人は席を移動しようと身をかがめた。その途端、リクライニングシートの背もたれがばたんと元に戻り、肩をすくめる。恐る恐る周囲を見回すと、璃子がぱっちりと眼をあけてこちらを見ていた。白い頬を濡らしていた涙はすっかり乾いている。

薄明るくなってきたドームの中、ごく自然に会釈され、桐人も慌てて頭を下げ返した。


「矢作さんも、きてたんだね」

タンブラーでお茶を飲みながら、璃子がなんでもないように言う。

おひるのプラネタリウムの上映後、桐人は虎ノ門ヒルズの芝生広場のベンチに、璃子とはす向かいに座っていた。二人の間のテーブルには、桐人がコンビニで買ってきたサンドイッチと、璃子の手製の弁当が載っている。

「いいでしょ、あそこのプラネタリウム」

我がことのように得意そうに鼻をうごめかせながら、璃子はにんまりと笑った。その表情に、憂いめいたものは微塵《みじん》も残っていない。

「まだできてそれほど経ってないから、あんまり混んでないし、静かだし。穴場だよね」

「そうだね」

なんとなく流れで一緒に昼食を食べることになったが、璃子が意外と話しやすいことが、桐人には驚きでもあり、少々嬉しくもあった。

でも、同期なんだから、これくらいは当たり前か。

璃子にも、この程度の社交性はあったということなのだろう。

相変わらず素っ気ない服装で、化粧気もまったくないが、近くで見ると、璃子は案外整った顔立ちをしている。ロイド眼鏡の奥の眼は黒目が大きく、マスクを外した肌のきめも細かい。

「矢作さんは、いつからきてるの」

ふいに尋ねられ、何気なく璃子を観察していた桐人は、飲んでいたアイスコーヒーに、危うくむせそうになった。

「お、俺？　俺は、今日、たまたま……」

苦しい嘘をついたが、「ふーん、そうなんだ」と、璃子はたいして意に介した様子もない。

「実は、私、あそこのプラネタリウムの年間会員なんだ。お昼の無料プログラムもいいけど、解説員が色々教えてくれる有料の星空教室とかも、本格的で面白いんだよ」

「えっ」

桐人は思わず素っ頓狂な声をあげた。それでは璃子は、ただ昼寝にきているわけではないのか。

「神林さんて、本当に星に興味があるんだ」

「え、なんで？」

「いや、だって」

いつも……と言いかけて、桐人は慌てて言い直す。

「今日、かなり、よく寝てたみたいだから」

「ああ」

璃子が含み笑いした。

「それも含めて、プラネタリウムが好きなの」

そう言うと、璃子は弁当を食べ始めた。二人が黙ると、木陰を作ってくれている大きな楠《くすのき》から蟬《せみ》しぐれが降ってくる。芝生広場は開放的だが、七月の暑さは厳しい。

「でも、少し羨ましいよ」

サンドイッチを一口かじり、桐人は会話を再開させた。

「俺、あんまりよく眠れないから」

「どうして?」

「どうしてだろうね」

他人事《ひとごと》のように、桐人は呟く。

「多分、ストレスだろうけれど、そんなものは誰にでもあるから」

加えて、今は仕事のやり方にも悩んでいる。直也の意見に全面的に与《くみ》するつもりはないが、自分が業務を持ち帰ったりしていることも事実だ。過重労働が好ましくないことは、桐人にだって分かっている。

「ただ、一方的にあれだけ否定されると、なにくそって思っちゃう部分もあるんだよね」

自分からは誰にも言うつもりのなかった直也との諍《いさか》いを、桐人はそれとなく打ち明けた。

職場では、もともと浮いている二人だったからかもしれない。たとえ璃子に話しても、それがおかしな形で職場に広がることだけは絶対にないだろうと確信できた。

「米川マネージャーが承認しているなら、寺嶋さんが矢作さんにそんなことを言う権利はないよね」

弁当のひじきの煮つけを口に運びながら、璃子が冷静な表情で続ける。

「それに、リピーター率だけで見たら、矢作さんの担当店舗は結構健闘してるよ」

「本当っ？」

思わず声が弾む。両カテゴリーのデータ入力を担当している璃子が言うのなら、間違いはないのだろう。自分の地道な努力が少しは報われているのだと、桐人の胸にじわりと喜びが湧いた。

「だけど、眠れなくなるほど頑張りすぎるのは、やっぱりよくないと思う」

桐人自身も自覚していることを、璃子は口にする。

「どうして矢作さんは、そんなに頑張っちゃうんだろうね」

「うーん……」

璃子の問いかけに、桐人は考え込んだ。

果たして、それはなぜだろう。

馬鹿正直、効率が悪い、痛々しい——。

そんなことを言われながら、どうして、自分はこうも頑張り続けているのだろう。

「……認められたいから、じゃ、ないのかな」

考えた末に、桐人は一番自分の答えに近いであろうことを口にした。

「誰に？」

すかさず璃子が畳みかけてくる。

マネージャーの恵理子に？　少し違う。

今やマーケティング部の中心人物である直也に？　まさか。

担当店舗やユーザーに？　もちろん、それはあるけれど、全部ではない。

だったら一体誰に？

「でも、そういうのって、どんな人にもあるんじゃないのかな」

考えあぐね、桐人は言い訳をするように眉根を寄せた。

「承認欲求っていうか――」

口にすれば、軽々しい。だけど、昨今、あらゆる人たちの行動原理を言い当てるのに、これほど重宝がられている言葉もまたない。

「神林さんは、そういうのないの？　誰かに認められたいとか」

「私はない」

しかし、璃子はきっぱりと言い切った。

「本当に？」

「ない、全然ない」

見返してくる璃子の眼鏡の奥の瞳に、なぜか強い怒りがこもっている気がする。

「むしろ、誰にも認められたくない」

吐き捨てるように言ってから、璃子は我に返ったように口をつぐんだ。桐人もそれ以上、追及することはできなかった。

それからは、二人で黙々と食べ物を口に運んだ。沈黙をかき消すように、ニイニイ蟬たちがシーシーと旺盛に鳴いている。

「じゃあ、私、コンビニに寄ってから戻るんで」

先に弁当を食べ終えた璃子が、トートバッグを手に立ち上がった。

「うん、また」

食欲がわかず、サンドイッチを持て余していた桐人は曖昧に応じる。璃子にばれてしまった以上、もうおひるのプラネタリウムに通うことはできないかもしれないと、頭の片隅で考えた。

「矢作さん」

歩きかけた璃子が、ふいに振り返る。

「プラネタリウムで眠ると、会いたい人に会えるんだよ」

「え……？」

理由を問いかける間もなく、璃子がくるりと背中を向けた。無造作にまとめたポニーテールを揺らしながら、璃子はどんどん遠ざかっていった。


その週末、桐人は父の命日に合わせて郷里の新潟に帰った。

休み前はとにかく大車輪で働いたが、それでもまだやり残してきたことが山のようにある気がして、なんとなく気持ちが落ち着かない。

畳に寝転がって板張りの天井を眺めながら、桐人は結局、仕事のことばかり考えてしまう。無理やりそれを追い払うと、今度は璃子の顔が脳裏に浮かんだ。

プラネタリウムで眠ると、会いたい人に会える——。

その言葉を思い返すたび、ドームの薄闇の中、目蓋を閉じたまま涙を流していた璃子の姿が胸をよぎる。

それでは璃子は、会いたい誰かの夢を見て、泣いていたということなのだろうか。

じっと考え込んでいると、キャンキャンと鳴き声が響いた。小刻みな足音と共に、台所で母から餌をもらっていたレオンが畳の部屋に入ってくる。

はっはと短く息をしながら、レオンが桐人の身体によじ登ってきた。起き上がって膝に抱くと、小さな舌でぺろぺろと顔中を舐《な》められる。三年近く帰らなかったのに、再会したときからこの大歓迎ぶりだ。

　犬は短期の記憶より、長期の記憶のほうが優れているという説がある。子犬時代の自分を駅ビルのペットショップのケージから連れ出したのが桐人であることを、レオンは未だに忘れていないのかもしれない。

　だとしたら、義理堅いやつだよな。

　桐人はレオンの小さな身体を掻《か》き抱くようにした。子どもの頃、欲しくて欲しくてたまらなかったあたたかな体温が、今は腕の中にある。

　この日、桐人は母と一緒に父の墓参りにいった。幼いときに両親を失っている父は、矢作家の先祖代々の墓には入らなかった。十年前に建てた新しい墓の下に、父はたった一人で眠っている。

　母と並んで手を合わせても、桐人はなにを祈っていいのか分からなかった。死後の父になにかを報告するにしても、生前の父との交流が余りに乏しすぎた。

「桐人、夕飯の前に、レオンちゃんを散歩に連れていってよ」

　台所から母の声がした。正直に言えば、面倒臭さが先に立つ。

「チワワって、散歩させなくていいんじゃないの？」

「そんなことないのよ」

　手拭いで手をふきながら、母が畳部屋に入ってきた。母曰《いわ》く、チワワは聡明《そうめい》な犬種だが内弁慶になりやすいので、できるだけ外の刺激に触れさせて、社会性を身につけさせる必要があるらしい。レオンが賢くいい犬に育ったのは、そうやって気遣ってきた母の躾《しつけ》の賜《たまもの》なのだそうだ。

「レオンちゃん、お散歩大好きだし、今はちょうど日が陰ってきて涼しいから。お墓参りの間、一人でお留守番させちゃったかわりに、いってきて頂戴よ」

　ここで母の無駄話を聞かされたり、仕事のことばかり考えたりしているよりはましかもしれないと思い直し、桐人はレオンにリードをつけた。

　散歩好きだというのは確かなようで、表に出ると、レオンは率先して走り出した。何度も桐人を振り返り、きらきらと瞳を輝かせる。

　その愛らしい様子を見ていると、少々面倒だったが、やはり散歩にきてよかったと桐人は思った。新潟も日中は暑かったが、夕刻になると風が涼しい。向こうの山から、鈴を振るようなヒグラシの澄んだ輪唱が響いてくる。

　しかし、犬も外に出て社会性を学ぶとは知らなかった。引きこもってばかりいると不安定になるのは、どうやら人間も犬も同じらしい。

　レオンへの接し方を見ていると、元来、母は世話好きのようだ。もし父がいなかったら、幼少期の自分に対する母の態度も、また違ったものになっていたのかもしれない。

　今更どうにもならないことを考えてしまい、桐人は薄く溜《た》め息をつく。気配を察してレオンが立ちどまり、心配そうに見上げてきた。

「大丈夫。お前のせいじゃないよ」

　桐人は膝をつき、レオンの首元を掻いてやる。

「桐人くん？　桐人くんじゃないの？」

　そのとき、ふいに背後から声をかけられた。視線をやり、ぞっと鳥肌が立ちそうになる。

　田んぼのあぜ道に、昔、日曜日に父を呼び出していた近所の小母さんが立っていた。あの最悪だった父とのキャッチボールの原因を作った人だ。

〝たまのお休みの日くらい、息子さんと遊んであげたらいかがですか。桐人くん、いつも一人でいるから、なんだか可哀そうで〟

物陰から盗み見していたときの台詞《せりふ》が甦り、桐人は思わず一歩後じさる。

「やっぱり桐人くんだ。うわぁ、久しぶりねぇ」

小母さんはまったく意に介する様子もなく、あぜ道を踏んでどんどん近づいてきた。

「ご無沙汰してます」

さすがにそれ以上逃げるわけにはいかず、桐人はマスクを引き上げ、できるだけ表情を隠して挨拶する。

「確か、東京の有名な会社にお勤めなのよねぇ」

仕事は？　住まいは？　結婚は？　と、傍若無人にぶつけられる質問を、桐人はすべて曖昧な返答でやり過ごした。話の種になりそうな答えをなにも得られないと気づいたのか、小母さんのマスク越しの顔に露骨につまらなそうな表情が浮かんだ。

「すみません、犬の散歩の途中なんで」

話を切り上げようとする桐人を、しかし、小母さんはなかなか解放してくれない。

「でも、元気そうでよかった。私、あなたのお父さんにはとってもお世話になったから」

ソーシャルディスタンスを侵す勢いで、小母さんが距離を詰めてくる。

「ほかの人にお願いすると、すぐに買い替えたほうがいいって言われる家電でも、あなたのお父さんだけは必ず修理してくれたの。この町の人みんな、あなたのお父さんにはとっても感謝してるはずよ」

このとき、桐人は初めて小母さんの顔をまともに見た。マスクの上の眼差しに、嘘はないように見受けられた。

「あら！　桐人くん、こうして見ると、本当にお父さんに似てきたね」

だが、もう限界だ。

「すみません、犬がいきたがってるんで」

リードを震わせると、レオンが心得たかのように走り出してくれた。おかげで、桐人はようやくその場を離れることができた。

「レオン、お前は名犬だよ」

小さく呟けば、耳ざとく自分の名を拾い、レオンが嬉しそうに振り返る。レオンと一緒に、桐人は神社まで駆けていった。

神社の境内で一休みしながら、鎮守の森に響き渡るヒグラシの声に耳を澄ませる。朝晩の涼しいときにだけ鳴くこの蜩の声を聞くと、郷里に戻ってきたことが実感できた。都心では、ヒグラシの声はほとんど聞けない。

額に滲む汗をぬぐい、桐人は先刻の小母さんの言葉の意味を考えていた。

〝外面ばっかりよくて身内に冷たい〟

母は父をそう評していたが、父の外面は一体どこへ向けられていたのだろう。父の仕事ぶりは、今も小母さんをはじめとする町の人たちの心に残っているようだ。

いちいち修理なんかするより、買い替えさせたほうが早い。

けれど、父は社内でそう責められることはなかったのだろうか。直也のような〝やり手〟から。

急に胸の中がしんとする。

「帰ろうか」

レオンに声をかけ、桐人はきた道を引き返し始めた。家の近くまでくると、煮物のいい匂いがした。

その晩、母は冬瓜《とうがん》の煮つけやマカロニサラダや鰹《かつお》のたたきなど、たくさんのご馳走《ちそう》を作ってくれた。食後の西瓜《すいか》を食べながらふと備えつけの本棚を見ると、そこに何冊か犬の飼い方の本が並んでいた。レオンの躾用に、母が買った本だろうか。

レオンは縁側のケージで休み、母は台所で洗い物をしている。

桐人は立ち上がって本棚に近づいた。かなり読み込んでいるらしく本は既にぼろぼろだ。

随分、古い本だな——。

ぱらぱらとページをめくり、桐人はハッと眼を見張った。ページの所々に、びっしりとメモが綴《つづ》られている。その几帳面な筆跡は、母のものではない。奥付を確かめ、桐人は口元を引き締める。

二〇〇四年。桐人が十歳のときに出版された本だった。

ページを開いたまま、桐人は本棚の前に立ち尽くした。


一週間にも満たない短い夏休みだったが、桐人が出社すると、驚くほどメールがたまっていた。ある程度は休み中にも返信していたけれど、なかなか追いつかない。

璃子が言っていた通り、桐人の担当店舗には、リピーターがつき始めていた。この流れができれば、少しはコンサルティングも楽になる。今後、ワークライフバランスをどうとっていくかが、桐人の課題の一つだ。

〝今日でおひるのプラネタリウムは、しばらくお休みですよ〟

この日、給湯室で新商品のオーガニックコーヒーの試飲をしていると、璃子に囁《ささや》かれた。

今週から小学校の夏休みが始まり、それに合わせ、八月一杯までおひるのプラネタリウムは、小学生でも楽しめるプログラムに変更されるという。夏休み期間中、みなと科学館は、小学生の自由研究を応援する、多くのプログラムやイベントを提供するのだそうだ。

その情報だけを告げると、璃子はタンブラーにお茶を詰めて給湯室を出ていった。

正午近くになり、システムチームに視線を走らせたときには、璃子の姿はもうどこにも見えなかった。桐人がくることを拒絶はしていないようだが、誘い合わせていくつもりもないところが、彼女らしい。

取引先からのメールにあらかた返信を終えてから、桐人もこの夏最後のおひるのプラネタリウムへ向かった。

オフィス街の路地を抜け、みなと科学館の門をくぐり、二階のプラネタリウムに足を運ぶ。薄墨色のドーム内に入ると、毎回、世知辛い現実から隔絶されたような気分になる。コンクリートジャングルの中の隠れ家を思わせるこの場所とも、九月まではお別れだ。

右側の中央寄りのシートに、璃子のポニーテールが見える。初めてきたときと同じように、桐人はその斜め後ろに腰を下ろした。

ひんやりとした静けさの中、街明かりが消え、やがて周囲が星空に包まれる。

南北に流れる天の川を挟んで現れる夏の大三角形。その三角形をひっくり返した位置に輝く北極星。北極星の右に見える大きな柄杓《ひしゃく》は、大熊座の北斗七星。南側の小さな柄杓は、射手座の南斗六星。南斗六星の近くで一際《ひときわ》赤く燃える星は、蠍座《さそり》の心臓アンタレス……。

何度もおひるのプラネタリウムに通い、受付に置いてある星座表を見るうちに、桐人にも、無数の星々が形作る夏の星座がなんとなく分かるようになってきた。

プラネタリウムの星空は、投影機が映し出す疑似宇宙だが、地上から見えるほとんどの星もまた、痕跡に過ぎない。

今は潰《つい》えてしまっているかもしれない何光年も彼方《かなた》の星の光を結びつけ、人はそこに星座の物語を編んだ。その気持ちが、今の桐人にはほんの少しだけ分かる気がする。

本当にあるのか否か定かではない痕跡を結びつけてしか、たどることのできないもの。遥《はる》かに遠く手の届かない光を、想像の物語で自らに引き寄せるもの——。

もう会えない人の、確かめようのない思いもまた、実体のつかめない星の影だ。

クラシック音楽の静かな音色を聞きながら、桐人の意識がゆるゆると、投影機が映し出す幻の星空に溶けていく。

そのとき、桐人の胸になにかがすとんと落ちてきた。しっかりと受けとめ、満天の星々を振り仰ぐ。


実家で本を見たよ。犬の飼い方の本。

とん、と再びなにかが胸元にくる。受けとめ、それを投げ返す。

なんだか分かんないけど、びっしりとメモってたよね。俺が犬を飼いたいって言ったとき、相手にもしてくれなかった癖に。一体、どんだけ不器用なんだよ。

今度胸にきたものは、心なしか勢いが弱かった。反対に、桐人は力を入れて投げ返す。

大体、あんたは酷いんだよ。保険で備えていたからって、それですべてが帳消しになるとでも思ったか。俺は、絶対あんたを許さない。大体、なんで……。

なんで、あんなに無理したのさ。

桐人の心に、これまで決して思い出すまいとしていた記憶が甦る。父の死因は最初の脳溢血ではなかった。後遺症は残ったものの一度は一命をとりとめた。しかし、絶対安静を言い渡されていたにもかかわらず、父は母や桐人の介護を嫌がり、なんでも自分でしようと無理をした。明け方、父は廊下でこと切れていた。夜中に一人でトイレへいこうとして、途中で倒れて脳溢血の再発を起こしたらしかった。

どうして一人で動いたんだよ。誰かを呼べばよかったじゃないか。そんなに家族の世話になるのが嫌だったのか。

桐人の心に、強い怒りが込み上げる。

なに、カッコつけてるんだよ。自分はそれでいいかもしれないけれど、残されたこちらの身になってみろ。あれ以来、俺は……。

桐人の瞳に涙が湧く。

あれ以来、俺はぐっすり眠れない。

父が寝ていたのは、桐人の隣の部屋だった。

あのとき、俺が異変に気づいていたら、お父さんは死ななかったかもしれない。そう考えると、今でも、俺は熟睡できない。

とん、と胸に落ちるものが熱くなる。その熱が、震える桐人の心を包み込むように全身に沁《し》みていく。

涙をこらえ、桐人は力を入れてもう一度それを投げ返した。

あんたの釣り竿は高く売れたよ。釣り竿が化けた子犬は、今ではお母さんの生き甲斐《がい》だ。あんたより、よっぽどいいパートナーになってるよ。

お父さんは早くに両親を亡くして苦労したから、家族への接し方がよく分からなかったんじゃないかって、お母さんはあんたをかばってたけど、俺には言い訳にしか聞こえないよ。

再び弱々しいものが胸にくる。桐人は苛立《いらだ》たしく、それを力任せに投げ返す。

なに、これ。

あんた昔、俺に、もっと力を入れてちゃんと投げろって言ったじゃん。これで、ちゃんと投げてるつもり？

今度は少ししっかりしたものが胸にきた。桐人も無言で投げ返す。

とん、とん、とん……。

何回か、それが往復した。

お父さん。

何度目かを投げ返し、桐人は呟く。

俺は……俺は、ちゃんとやれてるのかな。

誰に認められたいのか。

璃子から尋ねられたときに即答できなかった答えを初めて悟る。桐人は、今はもうこの世にいない父に、自分を認めてほしかった。

ずしんと音をたてて、力強いものがくる。

その途端、温かいものが胸に溢れ、桐人は眼をあけた。満天の星が広がる。

天の川を挟んだ夏の大三角形のフィールドで、若き日の父と、幼い頃の自分がキャッチボールをしていた。

桐人の投げ返したボールを受け取り、父が穏やかな笑みを浮かべる。

「矢作さん、終わったよ」

璃子の声で、桐人は眼を覚ました。目蓋をあけた瞬間、眼尻から涙が溢れた。それを見まいとしてか、璃子がさりげなく桐人に背を向ける。

リクライニングシートから立ち上がり、桐人は璃子の後を追った。

「眠れたんだね」

途中、ポニーテールを揺らして璃子が振り返る。桐人が小さく頷《うなず》くと、「よかった」と微笑《ほほえ》んだ。

「会いたい人に会えた？」

呟くように言った後、

「それじゃ、私、今日は一人で食べるから」

と、桐人の答えを待つこともなく、璃子は軽く手を挙げ、迷いのない足取りで、どんどん遠ざかっていった。

いつか、彼女の「会いたい人」について、話を聞くことはあるのだろうか。

その日がきてもこなくてもいいように、桐人には思われた。

表へ出ると、真夏の強い日差しが降り注ぐ。

俺もいかなきゃ。

この空の上にある天の川のフィールドを振り仰ぎ、「じゃあ、また」と、桐人は誰かに別れを告げて前を向いた。

森の箱舟

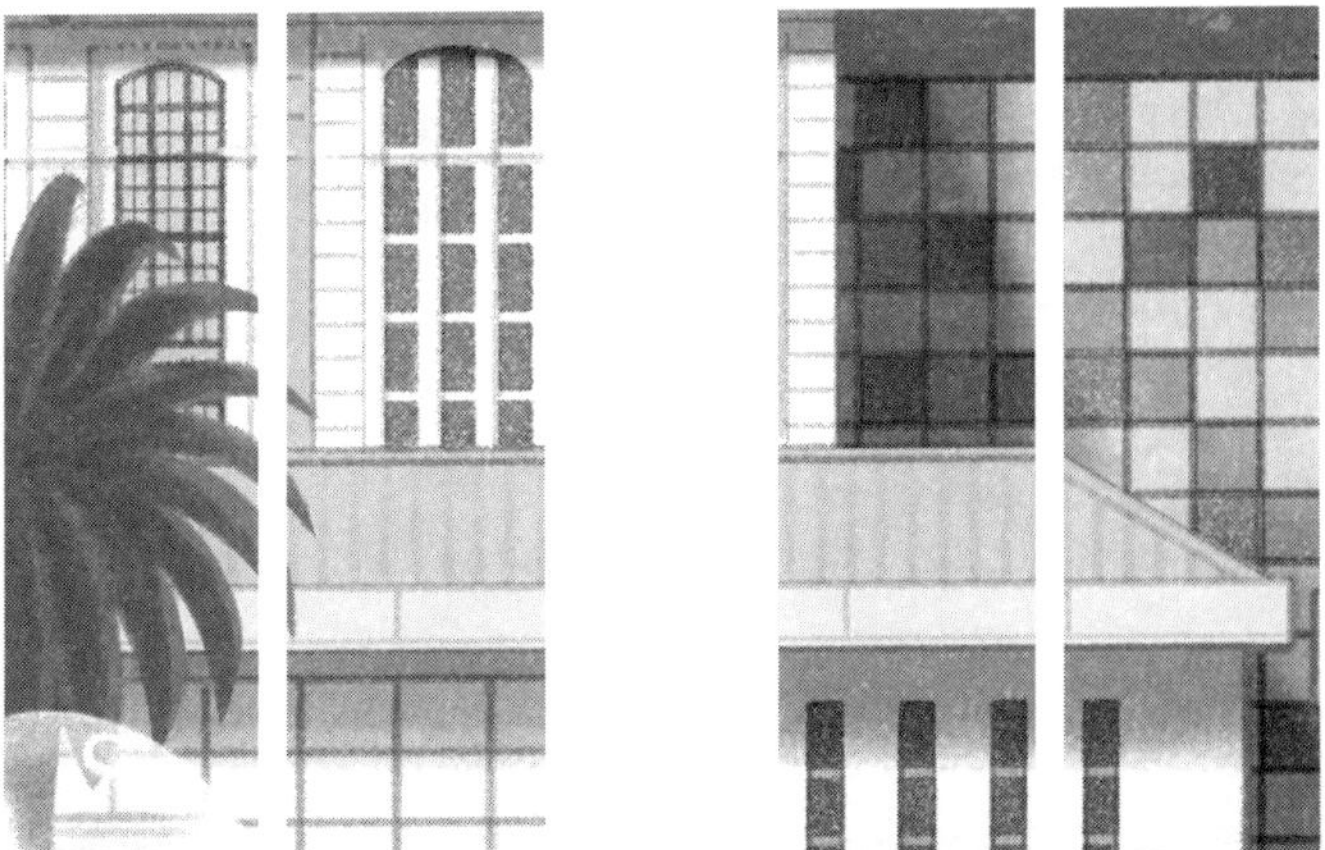

会議室の大きな窓からは、高層ビル群の向こうにそびえるスカイツリーが見える。八月の強い日差しの中、ひょろりと立つその姿は、所々節くれだったマッチ棒みたいだ。

ふと視界に入った光景に、米川恵理子《よねかわえりこ》は、この場にそぐわない間の抜けた感想を抱く。

「結局、正社員登用はないということなんですか」

押し殺した声が響き、恵理子はハッと我に返った。

ずっと沈黙していた伊藤友花《いとうともか》が、マスク越しににらむようにこちらを見ている。この秋に契約更新を迎える友花との面談は、既に一時間以上に及んでいた。

「一応、上には何度も掛け合ってみたんだけど、今のところ、契約社員の正社員登用は難しいみたいなんだよね」

恵理子はできるだけ淡々と事実を述べた。

パラウェイのマーケティング部で、マネージャーを務めるようになってから六年が経つが、契約更新のたびに、重苦しい面談をすることになる。特に、相手が正社員登用を目指す向上心の強いタイプだと、話し合いは平行線になりがちだった。

パラウェイが運営するネットショッピングモール「パラダイスゲートウェイ」の花形部門、ビューティーカテゴリーのマーケティングを担当する三十代の友花は、経験者採用枠で中途入社してきた契約社員だが、優秀なスタッフだ。

担当店舗の開発実績や売上は、正社員のそれと比べてまったく遜色がない。加えて、離職率が極めて高い女性契約社員の中で、三年間の契約満了までたどりつき、着実にキャリアを積み上げてきている。本来なら、正社員登用の声がかかってもおかしくはない。

だが、人事の決定権を持つゼネラルマネージャー《GM》からは、契約更新を促すようにだけ申しつけられた。はっきりと告げられたわけではないけれど、恐らく理由は、友花が昨年結婚したことにある。

パラウェイは現在業績好調だが、若い既婚女性の正社員登用にはすこぶる後ろ向きだ。以前、三十代の女性契約社員を正社員登用した途端、妊娠が判明し、産休・育休制度適用の後、認定保育園が確保できなかったことを理由に、あっさり退職されてしまった例があるからだ。

結婚時、早く子どもが欲しいと友花自身が口にしていたことも、今回の人事に影響しているのかも分からない。

マタハラが社会的な問題になって以来、妊娠を理由に解雇することはおおっぴらにはできなくなったものの、働き盛りの多くの非正規雇用の女性社員が、なかなか正社員になれないという皮肉なパラドックスが起きている。

世の中は、大抵そうだ。

派遣社員が同じ部署で働き続けることができない、所謂《いわゆる》〝三年ルール〟も、本来なら速やかな正社員化を目指して制定されたはずなのに、ほとんどの場合、部署を替えて改めて契約し直すからくりか、もっと酷い場合は雇い止めの状況を生んでいる。

たとえ労働法が改正されても、企業の実態がそれに伴っていない。建前と本音がどんどん乖離《かいり》していく。

その上、人事権を持つＧＭは、契約更新の面談には決して同席しようとしない。

〝よろしく頼みます〟

先週、彼から送られてきたメールの文面を思い出し、恵理子は顔をしかめそうになった。あのGMは、恵理子に対し、「お願いします」という言葉を絶対に使わない。

いつだって、〝頼みます〟だ。

些細《ささい》なことかもしれないが、些細なことだからこそ、日頃は隠蔽されている無意識の侮《あなど》りが露呈する。

キャリアや年齢はたいして変わらないくせしてね――。

恵理子はマスクの中の口元をゆがめた。

六年前、丁度四十歳になったときに、恵理子は求職サイトを通じ、パラウェイの社長から直々にヘッドハンティングされた。前職の専門商社で培ったスキルを買われ、パラウェイのマーケティング部の二大部門であるビューティーカテゴリーとライフスタイルカテゴリーのマネージャーに抜擢《ばってき》されたのだ。

以来、恵理子はずっと現場で、二十代、三十代の若手社員たちをまとめてきている。

ヘッドハンティング、IT企業のマネージャー、オフィスは虎ノ門の高層ビルの二十三階と聞けば、多くの人たちは、サクセスストーリーを想像するだろう。

だが、現実は厳しい。

マネージャーは現場の監督者にすぎず、バブル世代の社長以下、経営方針を決めているGMは同世代も含めて全員男性だ。女性は中間管理職どまりで、離職率の高い現場をまとめるのが関の山ときている。

ミレニアム時代に設立したIT企業とはいえ、所詮はそんなものだ。

二十三階のフロアは確かに眺めがいいが、普段、恵理子は大きな窓に背を向けて、フロアで起きる小さなことから大きなことまで、あらゆる問題に対峙《たいじ》している。

面談で契約社員に一時間以上ごねられることでもない限り、スカイツリーをまともに眺める時間もない。

「新卒採用はあるのに、契約社員の正社員登用は、今後もないということですか」

恵理子の散漫を察したのか、友花の声が一層の険を帯びた。

そう詰められると、反論のしようもない。新型コロナウイルスの蔓延《まんえん》による新しい生活習慣を受け、現在、電子商取引《イーコマース》は軒並み順調だ。どのカテゴリーも人手不足で、新卒採用の人数も増え、物流倉庫に配属された社員を本社に呼び戻す流れも起きている。

なぜ自分だけが、と、友花が不服に思うのは当然だ。

「本当に、申し訳ないとは思っているの。伊藤さんが優秀なことは、折に触れて、上にも報告してるんだけどね……」

自分もまた被害者であるかのように、恵理子は深い溜め息をついてみせた。

再び長い沈黙が会議室に流れる。

「これ以上、米川マネージャーとお話ししていても、どうにもならないってことですね」

ふと、友花の眼差しに、怒りに代わってあきらめの色が浮かんだ。

「私としては、伊藤さんには、できることなら契約を更新してほしいと思っているのだけれど。あと二年勤めれば、無期雇用に転換できるし」

「雇用期間の転換だけで、労働条件の改善はないということですよね」

白けたように、友花が鼻先で笑う。

「もちろん、昇給の交渉はできる限りさせてもらいます。伊藤さん、頑張ってくれてるんだし」

あくまで理解者を装ったつもりだが、反応は返ってこなかった。今後も非正規雇用のままで働かせようとするのは、さすがに虫がよすぎたか。

だけど、悪く思わないでほしい。

これは会社の決定で、私は与えられた役割を果たしているにすぎないのだから。

視線を落としてむっつりと沈黙している友花の様子を、恵理子はなにげなく窺った。

よく手入れされた長い髪。マスクをつけていても分かる張りのある肌。伏せられた目蓋を縁どる長い睫毛《まつげ》――。ビューティーカテゴリーで主に化粧品《コスメティック》のマーケティングを手掛けている友花は、本人もセンスがよくて美しい。

三十代は、女盛りで働き盛り。けれど、子どもを産もうと考えるなら、そろそろ本腰を入れなければならない年齢だ。令和の時代になろうと、三十五歳で高齢出産になってしまう事実は変わらない。キャリアと子ども。そのどちらも手に入れようとするのは難しい。

「契約の更新については、少し考えさせてください」

唐突にそう言うなり、友花は音をたてて席を立った。

恵理子の返事を待つこともなく、さっさと会議室の出口へと向かう。

「米川マネージャーはいいですね。なんでも手に入れられた世代で」

そう捨て台詞を残し、友花は会議室を出ていった。なんとも後味の悪い幕切れに、残された恵理子は暫し唖然《あぜん》としてしまう。

面談の資料をまとめ、フロア全体を見渡せる自分の席に戻ってきたときには、ぐったりと疲れていた。チェアの背にもたれて、目蓋を閉じた。

マネージャーのチェアの背もたれには、ほかの社員の椅子とは違う上等なクッション素材が使われていて、深くもたれると上半身が包み込まれるようになる。

こうやってほんの少し差別化しているところも、この会社の隠されたカラーなのかもしれない。

でも、そういう会社の中で、この六年間、自分は精一杯うまくやってきたつもりだ。

目蓋をあけ、恵理子は一つ息をつく。

長女で、歳の離れたやんちゃな弟がいたせいもあり、子どもの頃から〝お姉ちゃん〟としてしっかりせずにはいられなかった。

加えて、恵理子は空気を読むのが得意だった。

目上の相手がなにを言ってほしいのか、自《おの》ずと察することができる。その能力を、親に対しても先生に対しても存分に発揮してきたから、恵理子は家でも学校でも大人たちに可愛《かわい》がられ、おおいに重宝がられた。

学級委員や生徒会の役員を務めたことは数知れず、親戚連中からも〝よいお姉ちゃん〟と称《たた》えられた。

要するに私は、〝役割〟に準ずるのがうまいのだ。

なんでも手に入れられた世代だと、友花に皮肉られたことを思い返し、恵理子はマスクの中で苦く笑う。

役職を持ち、二児の母でもある自分は、非正規で働く友花から見れば恵まれているように見えるのかもしれないが、それは世代とは関係がない。友花たち若い連中は、四十代半ばの恵理子をバブル世代と一緒くたに考えている節があるけれど、大きな間違いだ。

本当に恵まれていたのは、現在五十代半ば以上の人たちで、恵理子はロストジェネレーション

――所謂、失われた二十年をサバイブしてきた世代だった。特に、恵理子が社会に出た一九九九年は、求人が底をつき、就職超氷河期というべき時期だ。

だからこそ、子どもの頃から培ってきたスキルが役に立ったともいえる。

義人《ぎじん》であるノアが作った救いの箱舟にだって、定員はある。

神の怒りの大洪水よろしく、いつやむともしれぬ平成不況の土砂降りの中、恵理子はなんとか定員の少ない新卒入社という箱舟に乗り込むことができた。

その箱舟が実は泥船だったり、途中で座礁したりするのは、また、別の話ではあるのだけれど。

「米川マネージャー」

ふいに声をかけられ、恵理子は顔を上げる。

ビューティーカテゴリーの寺嶋直也《てらしまなおや》がデスクの前に立っていた。入社六年目にして、ビューティーカテゴリーの中心的存在になりつつある、やり手の若手社員だ。容姿もあか抜けていて、ノーネクタイのクールビズを爽やかに着こなしている。

「ちょっといいですか」

「もちろん」

友花との面談で疲れ果てていたが、恵理子は持ち込まれてくる問題を、一度として断ったことがなかった。そんなことをしていたら、〝役割〟はこなせない。

特に直也は要注意だと、子ども時代から鍛え上げてきたセンサーが告げてくる。

主張が強く、実力もそれなりにあって、態度も存在感も大きい。学校のクラスに必ず一人はいる、ボスキャラにして、クラスのカラーまで決めてしまうムードメーカー。

こういうのを敵に回すと後々厄介なことは、学級委員をしていたときから知っている。

打ち合わせスペースで、恵理子は直也とテーブルをはさんで向かい合った。

「ライフスタイルカテゴリーの矢作《やはぎ》がやってるポップ施策のことですけど、あんな手間のかかるやり方、米川マネージャーが承認したって本当ですか」

「ああ、あれね」

ライフスタイルカテゴリーの矢作桐人《きりと》は、今年の春、物流倉庫から異動してきた社員だ。直也とは、確か同期に当たるはずだ。

要領のいい直也とは反対に、少々生真面目が過ぎるタイプだった。毎朝、始業時間の三十分前に出社してくるので、恵理子も出勤時間を早めざるを得なくなったほどだ。

「初出店の店舗だけっていう話だったから」

直也はインフルエンサーたちを起用した生配信等の派手な施策を取っているが、桐人が提案してきたような地道なやり方があってもよいのではないかと思ったのだ。事実、桐人の担当店舗は、じわじわとリピーター率を上げている。

「でも、一々担当店舗の商品を試して自分で推薦コメントを書くようなやり方は効率が悪すぎて、チームとしての拡張が見込めません」

直也の口調が正論を帯びた。

「あれをスタンダードにされたら、時間がいくらあっても足りません。そもそもマーケティングの仕事は、無償でポップを書くことではなく、出稿料を引き出すことですよね」

「そうねぇ」

ときどき桐人が業務を持ち帰っているらしいことは、恵理子も薄々気づいている。

「だけど、矢作君の担当店舗はリピーター率も上がってるし、軌道に乗ってくれれば、有償の出稿に切り替えることだってできるでしょう？　矢作君も、それを目指してるんだし」

「だから、そんな要領の悪いことを一人で進められると、周りに不要なプレッシャーがかかるんですよ」

ライフスタイルカテゴリーの新人が、同じくポップ施策を要求されて精神的に参っているのだと、直也は滔々《とうとう》と説明し始めた。カテゴリーの枠を超えて、何度も相談を受けているのだと。

ライフスタイルカテゴリーの新人ねぇ……。

毎朝遅刻気味に現れる寝ぐせだらけの新人の顔を、恵理子は思い浮かべた。

新卒入社というだけで、ああいうだらしのないタイプが正規雇用になり、伊藤友花のような優秀なスタッフが非正規雇用のまま契約更新を強いられるのも妙な話だと、人事の理不尽さに首をひねりたくなる。

「カテゴリーが違うとはいえ、スタッフのメンタル面の問題は、僕も気になりますから」

殺し文句のような言葉に、ハッとした。

「分かりました」

気づくと、恵理子は反射的にそう答えていた。

「私も、矢作君が過重労働傾向にあることは、ちょっと気にかかっていたから。折を見て、施策の見直しについて話してみます」

きっぱりと告げれば、直也は溜飲《りゅういん》が下がったように破顔した。

「さすが、恵理子さん」

その馴《な》れ馴れしい物言いに、一瞬、胸焼けのようなものが走る。

よろしく頼みます——。

満足そうに打ち合わせスペースを出ていく直也の後ろ姿に、同世代のGMから送られてきたメールの文面が重なった気がして、恵理子は内心不快感を覚えた。

自分のデスクに戻ると、既に正午近い時間だった。パソコンのスリープ状態を解除し、メールソフトを開く。

「本日中にご確認ください」と件名の入ったメールをチェックすると、先日取材を受けたウェブマガジンから校正のファイルが届いていた。成長中のイーコマース企業のマネージャーとして、恵理子はメディアから取材を受けることがよくあった。

〝仕事と子育ての両立には、夫の協力が欠かせません〟

いかにも颯爽といった感じに写っているスーツ姿の自身の写真の横に、大きなキャッチが躍っている。

はたして自分は、本当にこんなことを言ったのだろうか。

二児のお母さんなんですかぁ、お子さんまだ小学生なんですかぁ、子育て大変ですよねぇ、へぇ、家事は旦那さんと分担制なんですかぁ……。

世慣れた感じのライターから、矢継ぎ早に質問された覚えはあるが。

〝米川マネージャーはいいですね。なんでも手に入れられた世代で〟

友花の捨て台詞が、耳の奥に響く。

ビューティーカテゴリーの様子を窺うと、友花をはじめ、女性スタッフたちがごっそり席を外していた。今頃、彼女たちのランチの席で、自分は槍玉に挙げられているのかもしれない。

どんなに空気を読んでも、どんなにうまく立ち回っても、どこかで陰口をたたかれるのは免れない。おまけに、ウェブマガジンにこんな〝充実自慢〟みたいな記事が出れば、益々《ますます》それは噴出するだろう。

だって、仕方がないじゃないの。

半ば開き直ったように、恵理子は思う。

この社会が公正でないのは、今に始まった話ではない。定員制の箱舟から追い出されないだけの〝役割〟を、私は必死に果たしているだけ。

深く息をついて顔を上げると、フロアの片隅で黙々とパソコンに向かっている一人の女性社員の姿が視界の端に映った。

黒縁のロイド眼鏡に、灰色マスク。低い位置で無造作に束ねたポニーテール。

顧客データを管理する、システムチームの神林璃子《かんばやしりこ》だ。華やかな女性スタッフが多いマーケティング部のフロアでは却《かえ》って目立ってしまうほど、いつも素っ気ない格好をしている。

もっとも内勤の璃子は、どこかに営業にいくわけでもない。ただひたすら、一日中データの管理と入力を行っている。システムチームは、新卒入社の璃子以外は、在宅のパート勤務や契約社員だ。

彼女は、毎日、ほぼ誰とも口をきかず、たった一人でパソコンに向かっている。

羨ましい。

ほんの一瞬、そんな思いが心に浮かび、恵理子は慌ててそれを打ち消した。

その晩、恵理子は夫の雅彦《まさひこ》が作った肉じゃがの残りを保存容器に詰めながら、ぼんやりと考え事をしていた。

最近、妙にもやもやするのはなぜだろう。

小さなことから大きなことまで、社内で起こる問題をそれなりに均《なら》していくうちに、自分の心の奥底に、均しきれない礫《つぶて》がどんどん溜まっていくような――。

たとえば友花のあきらめ切った眼差しとか、それらしい理屈を持ち出して同期を貶《おとし》めようとする直也の強《したた》かさとか。

〝さすが、恵理子さん〟

昼間の直也の声が甦り、恵理子は眉を顰《ひそ》める。

少しばかり容姿のいい若い男から、「恵理子さん」呼ばわりされたくらいで浮かれると思われているなら心外だ。それが親しみではなく、侮りだと分からないほど、自分は愚かではない。

おまけに「メンタル面の問題」なんて、したり顔で口にしてくれちゃって。その言葉を出されたら、対処しないわけにはいかないじゃないの……。

恵理子の胸の奥が一層重くなった。

メンタル、メンタル、メンタル。

若い社員たちは、まるで伝家の宝刀のように、この言葉を振り回す。

セクハラ、パワハラ、モラハラ、マタハラ、アカハラ、カスハラ……。

メンタルという言葉が口にのぼる頻度に比例して、ハラスメントの種類も増えていく。

自分たちの世代では有耶無耶《うやむや》になっていた問題が、新しい定義の登場と共に可視化されていくのは、決して悪いことではない。むしろ、歓迎すべきことだろう。

だけど、昼間の話は少し違う。

ライフスタイルカテゴリーの新人は、プレッシャーというより、単純に施策を面倒がっているだけではないのだろうか。

そして、直也もまた、本気で新人のメンタル面を心配しているわけではないだろう。

ボスキャラの直也は、自分と相容れない流れが職場にできていくのが、気に食わないだけだ。それが分かっているのに、恵理子は指摘しなかった。むしろ、迎合するような態度をとってしまった。

現場に波風を立てたくなかったし、それ以上に、自分の評判を落としたくなかったからだ。契約社員の友花には理不尽を押しつけ、職場のムードメーカーの直也には丸め込まれる。しかし、それが本当に自分の〝役割〟なのか。

「お母さん、お母さん」

保存容器を冷蔵庫に入れていると、次男の健斗《けんと》が台所に入ってきた。

「それ、明日の弁当に入れないでよね」

目ざとく恵理子の手元を覗《のぞ》き込み、頬をふくらませる。

「明日の学童の弁当の当番は、お母さんでしょ。その肉じゃが作ったのお父さんだからね。お母さんは、ちゃんと、お母さんの弁当を作ってよね」

小学三年生の長男の優斗《ゆうと》と、一つ下の二年生の健斗は、夏休みに入ってからずっと、学童保育に通っている。学校同様に勉強を見てもらえ、宿題も計画的にこなすように指導してもらえるので、保護者としてはありがたい限りだが、学童には給食がないため、毎日の弁当を用意する必要があった。

家では、夕食が夫の担当、朝食が恵理子の担当、学童の弁当は交代制と、なんとなくルールができている。けれど、この弁当の採点が、なぜだか恵理子の当番のときに限って、二人ともすこぶる辛いのだ。とりわけ、次男の健斗はずけずけと文句を口にする。

「だって、普通、弁当はお母さんが作るんだよ。お父さんが作ったって言うと、友だちも先生も驚くもの」

無邪気に言い放たれると、どう返していいのか分からなくなる。今日日《きょうび》、ほとんどの家庭が共働きだろうに、未だに弁当は母親が作るというのが一般的なのだろうか。

うちは、少々事情が違うのだけれど。

まとわりついてくる健斗を半ば持て余しながら、恵理子は昔のことを思い返した。

救いの箱舟と信じ、新卒入社で乗り込んだ専門商社は、ふたをあけてみればすさまじいブラック企業だった。とはいえ、あの頃は〝ブラック〟という概念がそれほど浸透していなかったので、どれだけサービス残業をさせられても、こんなものだろうと、耐えることしかできなかった。

夫の雅彦は、同じ部署の後輩だった。少々頼りないが、常に業務過多の恵理子を気遣ってくれる優しいところがあり、一緒にいると癒された。やがて結婚し、第一子を妊娠すると同時に、恵理子は会社を辞めた。今ほど産休や育休の制度も整っていなかったし、なにより、子育てをしながら働き続けられるような環境ではなかったのだ。

翌年には第二子も産まれ、年子の男児の育児に、恵理子は翻弄された。特に二人目の健斗は大変な難産で、結局帝王切開になったため、しばらくは腹部の痛みで家事をまともにこなすことができなかった。

あのとき、助っ人《すけと》にやってきた義母から「やっぱり高齢出産だったから、普通に産めなかったのかしら」と言われたことは、今でも胸の奥で固いしこりになっている。

雅彦の様子がおかしくなってきたのは、長男の優斗が三歳に、次男の健斗が二歳になった頃だ。もともと、いささか気弱で、先輩の恵理子にもよく頼ってくる人だったが、一人で家計を背負う重圧に耐えられなくなったようだった。

恵理子が抜けた後の業務にもついていけていない様子で、どんどん憔悴《しょうすい》していった。見かねた恵理子は、実母と義母の応援を頼りに、再就職先を探すことにした。そうは言っても、埼玉の実母にそうちょくちょくきてもらうわけにはいかないし、近所に住む義母との間には、絶対に解《と》けないしこりがある。再就職するにしても、パートくらいにしか考えていなかった。

ところが、求職サイトを通じて、思ってもみなかったオファーが舞い込んできた。

ミレニアムに入ってから設立された新進のイーコマース企業パラウェイの社長本人から、主要部門のマネージャーとして直々にヘッドハンティングされたのだ。バブル世代の社長は、恵理子の専門商社時代の業績を高く評価してくれていた。提示された条件も、決して悪いものではなかった。

夫婦で話し合った結果、残業が少なく、時短も望める事務部門へ、雅彦が異動願を出すことになった。今後は、主に恵理子が家計を背負い、雅彦は家事と子育てを担うと、双方納得の上で決めたのだ。

折しも、前年に厚生労働省のメンタルヘルス指針が改正されたこともあり、雅彦の異動願は比較的スムーズに受理された。時短のため、年収は一気に減ったが、憔悴し切っていた夫の顔には、生来の呑気《のんき》と紙一重の穏やかさが戻ってきた。

振り返ってみれば、あの頃から大メンタルヘルス時代が始まったのではないかと、恵理子には思われる。

以来、現在に至るまで、家計のほとんどを支えているのは恵理子だ。

それなのに、〝仕事と子育ての両立には、夫の協力が欠かせません〟なのか。

ウェブマガジンから届いたファイルに躍っていたキャッチが脳裏に浮かぶ。

協力?

もし、夫と妻の立場が逆だったら。妻が残業の少ない部署に異動して子育てをすることを、夫は「協力」と思うだろうか。なぜ、仕事と子育てを「両立」させなければいけないのは、圧倒的に妻の側なのだろう。

恵理子の心に、また一つ、均すことのできない礫が溜まる。

「ねえねえ、お母さん。お母さんの当番のときは、絶対にハンバーグか肉団子を入れてね」

健斗が甘えたように身体をぶつけてきた。挽肉《ひきにく》料理は、健斗の大好物だ。

「ミニトマトは入れないで。ウインナーはタコの形にして」

「はいはい」

頷きながら、子どもたちだって雅彦にはこんなに甘ったれた注文を出さないのにと、恵理子は複雑な気分になる。

〝よろしく頼みます〟のGM。不服そうな友花。したり顔の直也――。

「デザートもつけてね、お母さん」

健斗が益々まとわりついてきた。

どいつもこいつも、勝手なことばかり言っちゃって。

職場でも、家庭でも、どこまでいっても〝母親〟役から逃れられない気がしてくる。これもまた、求められる〝役割〟か。

もちろん、子どもたちは可愛い。それは紛れもない事実だけれど。

リビングからは、テレビを見ている雅彦と優斗の笑い声が聞こえてくる。

「お母さん、お母さん。健斗も、きてみなよ。すごく面白いのやってるよ」

雅彦の呑気な呼びかけに、あんたの〝お母さん〟じゃないよ、と、恵理子は心の中で毒づいた。

週末、恵理子は久々に大学時代の旧友たちと表参道《おもてさんどう》のカフェでランチを食べていた。

ゼミで仲良くなった五人とは、「女子会」と称して、年に数回集まっていたが、新型コロナウイルスの流行が始まってから、なかなか顔を合わせることができなかった。

現在も感染者は増え続けているものの、政府は経済を回す方向に舵《かじ》を切ったようで、これまでのような行動の制限等は出ていない。

今ではどこへいっても消毒液が設置され、飲食店にはアクリル板の仕切りが置かれることも普通になった。良くも悪くも、自分たちはコロナ禍の新しい生活様式に馴染んできている。

それにしても――。

久しぶりに会う旧友たちの顔を、恵理子は密《ひそ》かに見回した。学生時代は皆それなりに個性的だったのに、四十も半ばを過ぎると、見た目から口調までがよく似てくる。

そろって無難なミディアムボブかショートボブ。自分も含めて髪を染めているのは、お洒落というより白髪隠しのためだろう。

口にする話題も、圧倒的に夫か子どものことばかりだ。そこへときどき、義父母への不満が顔を出す。

皆、考えることや悩むことは同じなのだと安堵《あんど》もするが、その反面、〝常識〟に洗われ続けて摩耗した互いの姿を見るようで、恵理子は段々寂しくなる。

惰性で続けている「女子会」も、本音を言えば少々退屈だ。しかも、本当に会いたかった友人には、直前にキャンセルされてしまっていた。

「今日、優斗君と健斗君は？」

急に話題を振られ、恵理子は一瞬、食べていたパスタを喉に詰まらせそうになった。

「年下夫くんが見てくれてるんでしょう」

「いいよねぇ、恵理子んとこ、旦那さんに理解があって。うちなんて、子どもが小さいときは、友だちと外食とかできなかったもの」

「うちもワンオペで大変だったわ」

恵理子が答える間もなく、勝手に会話が進んでいく。既婚子持ちの友人の中で、まだ低学年の子どもがいるのは、結婚と出産が比較的遅かった恵理子だけだ。

「そう言えば、この間、読んだよ、ウェブマガジン。〝仕事と子育ての両立には、夫の協力が欠かせません〟ってやつ」

「年下夫くんのおかげで、恵理子は現役バリバリだね」

からかうような口調に、少々むっとする。

「うちの場合、私が稼がないといけないから」

反論を試みたが、まったく効果はなかった。

「それでも羨ましいよ。私は保活に失敗して、会社辞めなきゃいけなかったんだもの」

「あー、それ、あるよねー」

「しかも、恵理子のところって、夕飯、毎晩旦那さんが作ってくれるんでしょ」

「すごい。最高じゃない」

「うちでは絶対無理だわ」

次々に感嘆の声があがる。

雅彦が毎晩夕飯を作るのは、彼のほうが早く帰宅するからだ。家事は合理的に分担しているにすぎない。

確かに夫は家事や子育てに協力的かもしれないけれど、なぜそれを、こんなにも美談にされなければいけないのか。もしかしたら、夫はつらい仕事から、これ幸いと逃げただけなのかもしれないのに。


恵理子の中に、釈然としないものが込み上げる。

ただでさえ、昨晩、弁当の肉団子が兄の優斗より一個少なかったと健斗に大泣きされて、気が滅入っているのだ。健斗が〝お母さん子〟であることは事実だが、こうも我儘《わがまま》をぶつけられるのはたまらない。


「男の子はすぐ母親から離れるから、今のうちに手をかけてあげたほうがいいよ」

ところが、少しでもこぼそうものなら、すぐにそう諭される。

「健斗くん、きっと寂しいんだよ」

可哀そうにと続けられて、心底、余計なお世話だと思う。

「女子会」って、こんなにつまらなかったっけ――。

なんだか〝世間一般〟とか〝常識〟とかいう曖昧を相手に、腕押ししているみたいだ。

一番会いたかった友人、植田久乃《うえだひさの》がドタキャンした気持ちがよく分かる。

久乃は旧友の中で、唯一独身だ。子どもと夫の話しかしないような「女子会」に、うんざりしていても仕方がない。

学生時代、恵理子は久乃と二人でバリ島の格安旅行に参加したことがある。最初にいったビーチはいかにも格安の大味なホテル泊だったが、久乃のリサーチで訪れた山岳地帯ウブドの民宿《ロスメン》での経験は、忘れられないものになった。

ウブドは、バリ島の中でも古くから芸術村として知られる場所だ。

青々とした棚田《ライステラス》を併せ持つジャングルの中に、いくつもの工房やギャラリーが点在している。

そこで売られている絵画のほとんどは、素朴な農民たちが手掛けたものだった。

宮沢賢治《みやざわけんじ》が提唱した「農民であり、芸術家であれ」という理想を、自然に体現しているのがウブドの人たちなのだと、美術や文学に造詣の深い久乃が説明してくれた。

ロスメンのスタッフたちが、夜になるとガムランを奏で、素晴らしいダンスを披露することに、恵理子はおおいに感銘を受けた。

椰子《やし》の大規模農園として整えられた、ジャングルの美しさにも心を打たれた。

ジャングルの中のアトリエ。フランジパニやジャスミン等、香りのよい花々が咲き乱れる画廊。

オイルランプの炎が揺らめくロスメン。夜になるとどこからともなく響いてくるガムランの音色……。

子どもがいる今となっては、あんな瞑想《めいそう》的な旅はとてもできない。

コロナ禍で、気楽に海外にいくことはできなくなったけれど、久乃は今もあちこちの美術館に足を運び、その様子を画像投稿サイトにアップしていた。

久乃の投稿をチェックするのは、恵理子の密かな楽しみの一つだ。

今度は、久乃と二人だけで会おう。

パスタを食べ終えながら、恵理子は心にそう決めた。

「恵理ちゃん」

最後まで話がかみ合わない「女子会」がようやくお開きになり、駅に向かっている途中、背後から声をかけられた。振り向くと、友人の一人、大森智子《おおもりともこ》がこちらを見ている。

「さっきの話の続きだけど」

改まったように、智子が続けた。

「男の子って、本当によく分からないよ」

また育児に関する余計な口出しかと辟易《へきえき》しかけたが、智子は随分と浮かない顔をしている。よくよく思い返せば、先ほどのランチの間も、智子は口数が少なかった。

「うちの息子、高校に入った途端、なんか、宇宙人みたいになっちゃって」

「宇宙人？」

「うん。なにを考えてるのか、全然分からないの」

一緒に駅へ向かいがてら話を聞けば、智子曰く、高校生になった息子がリモート授業をいいことに、部屋に引きこもってゲームばかりしているのだという。

「小さいときはあんなにお母さん子だったのに、今じゃ、まともに口をきこうともしないの。まあ、こっちも、お母さん、お母さんってまとわりつかれてるときは、つい鬱陶しくて、邪険にしちゃったこともあるんだけどね」

少々耳の痛い話だ。

「中学時代も大人しかったし、少しは大人になったのかと思ってたら、ここへきて、いきなり宇宙人だよ」

「でも、今どきの男子高校生って、大体そんな感じじゃないの？」

「なら、いいんだけど。最近、コロナでリモートの授業ばっかりだったでしょ。あの子、未だに仲のいい友だちとかもいないみたいなんだよね。いじめとか受けてないか、ちょっと気にかかって……」

智子の語尾がかすれた。本気で心配しているようだった。

「大丈夫だよ、智ちゃんの息子なら」

恵理子はその場しのぎの慰めを口にする。

「じゃあ、私、あっちのホームだから」

もしかすると、智子はもっと話を聞いてもらいたかったのかもしれないが、恵理子は早々に別れを告げた。背中に視線を感じつつ、足を速める。

〝常識〟に摩耗させられる一人ひとりにも、やっぱり色々あるのだろう。

だけど、これ以上の〝役割〟は背負いたくない。申し訳ないけれど。

せっかくの休日なのに、なんだかちっとも気が休まらなかった。

翌週、打ち合わせから戻ってくると、とんでもない事態が恵理子を待ち受けていた。

フロアに足を踏み入れた途端、怒声が耳に入る。

急いで騒ぎが起きている現場に向かえば、フロアの真ん中で、寺嶋直也と矢作桐人が、ほとんど胸ぐらをつかみ合う勢いで言い合いをしていた。

「ちょっと、二人ともなにしてるの!」

人垣を作っているビューティーカテゴリーとライフスタイルカテゴリーのスタッフをかき分けて、恵理子は彼らの間に入る。

「ここは会社です。言いたいことがあるなら、私が聞きます」

真っ赤な顔で罵り合う二人を別室に引き離し、とりあえず恵理子は、比較的落ち着いている桐人から事情を聞くことにした。

「一体、なにがどうしたっていうの」

テーブルを挟んで向かい合い、恵理子は眉間にしわを寄せる。

普段は大人しい印象のある桐人だが、こうして見ると意外に上背があるし、直也につかみかかっている様子は、正直言って、少し怖かった。もともと歩調が合わないのは知っていたけれど、まさか、こんな騒ぎを起こすとは。

「いつもの矢作君らしくないじゃないの。きちんと説明してください」

恵理子は溜め息をついて腕を組んだ。

しかし、よくよく話を聞いていくと、事態は意外なところに起因していることが分かってきた。

この日、直也が人気男性インフルエンサーを招き、商品紹介の動画を収録することは、恵理子も報告を受けていた。そのインフルエンサーが、収録時にアドリブで、フロアの女性スタッフたちに次々と声をかけていったのだという。彼は〝遅れてきたチャラ男〟を自称しているインフルエンサーで、ナンパ口調で女性スタッフたちに口紅やマスカラを試用させ、「美しいー！」と叫んで笑いをとったりするらしい。ビューティーカテゴリーの女性スタッフたちも慣れたもので、収録はつつがなく進んでいたという。

ところがインフルエンサーが、フロアの隅でパソコンに向かっている一人の女性スタッフに眼をつけた。それが、システムチームの神林璃子だった。

「神林さんは最初から嫌がっていたんです」

桐人が重い口調で続ける。

嫌がる璃子に、「彼女、彼女、こっち向いてよ」と、インフルエンサーはしつこく迫っていった。

璃子が顔面蒼白《そうはく》になっていることに気づき、これはまずいのではないかと桐人が席を立ちかけたとき、凄《すさ》まじい悲鳴がフロア中に響き渡った。

インフルエンサーに腕をつかまれた瞬間、璃子がパニックを起こしたというのだ。

さすがのインフルエンサーも異常を察し、収録はすぐに中止された。

「だけど寺嶋が、神林さんの態度を普通じゃないって言い出して……」

「それで、神林さんは？」

恵理子は眉間のしわを深くする。

「ビューティーカテゴリーの伊藤さんが提携医院に連れていきました」

ビル全体の医療を請け負っている提携医院に伊藤友花が同行していったと聞き、少しは安堵した。

けれど、普段冷静な璃子が、いきなりパニックを起こすとは――。

一体全体どうしたことかと恵理子が考え込んだとき、急に部屋の外が騒がしくなった。

「ちょっと、寺嶋さん、駄目だってば……！」

友花の声を振り切るように、いきなり部屋の扉があけられる。

「米川マネージャー！」

興奮した面持ちの直也が部屋に飛び込んできた。

「神林さんに精神疾患があるって知ってましたか？」

凄まじい勢いで、直也が畳みかけてくる。

「だから、そう決まったわけじゃないってば」

「だって、本人がそう言ってたんでしょう？」

唖然としている恵理子と桐人の前で、直也と友花が言い合いを始めた。

「神林さんは、パニックを起こしたのは別に今回が初めてじゃないって言っただけ」

「それって、もともと精神疾患があるってことじゃないですか」

恵理子は椅子から立ち上がった。

「いいから、二人とも落ち着いて。何度も言ってるけど、ここは会社です。言いたいことがあるなら、冷静に話してください」

自分の〝役割〟を思い出せと、恵理子は若い社員たちを諭したくなる。とにかく、直也と友花をそれぞれ席に着かせた。

友花に璃子の様子を尋ねると、今はすっかり落ち着いているという。

「なんか、詳しいことはよく分からないんですけど」

口ごもりながら続けられた友花の説明によれば、幼少期の体験から、璃子には男性に対する一種の恐怖症《フォビア》があるらしい。

「ただ、無理やり触られたりしなければ、別に何事もないし、職務にも支障はないって、本人は言ってましたけど……」

「あれが、何事もないわけないだろうが」

友花の言葉尻をかき消すように、直也が身を乗り出す。

「米川マネージャーは、このこと、知ってたんですか？」

改めて詰め寄られ、恵理子は曖昧に首を横に振った。

「酷いな。それって、会社を騙《だま》してたのと同じじゃないか。ほんの少し触られただけで、あんな過剰反応を示すなんて、どう考えたってまともじゃない」

「ほんの少しじゃないだろう」

それまで黙っていた桐人が、押し殺したような声を出す。

「あのインフルエンサーは、嫌がってた神林さんの腕をいきなりつかんだんだ。やり過ぎたのはそっちだろう」

「はあ？」

途端に直也がこめかみまで赤くした。

「なに、冗談言ってんだよ。大体こっちは、神林のそんな事情なんて、一つも知らなかったんだぞ。あれが生配信だったら、どうなってたと思う？　会社にも、クライアントにも、大損害だ。精神疾患があるなら、会社に報告するのが筋ってもんだろう。それを隠していたなんて、一緒に働く俺たちを騙していたようなものじゃないか」

いきなり、直也がこちらを向く。

「そうですよね、米川マネージャー」

気圧《けお》されるような態度だった。

「精神的な疾患なんて、言ってもらわなければ、傍《はた》からは分からない。そんなのに一々気を遣ってたら、仕事なんてできるものか」

危うく呑まれそうになっていた恵理子は、その言葉にかろうじて踏みとどまる。

〝カテゴリーが違うとはいえ、スタッフのメンタル面の問題は、僕も気になりますから〟

先日自分を丸め込んだ殺し文句と、まったく反対のことを言っている。直也は、メンタル問題を自分に都合よく利用しているだけだ。

もし、ここで頷いてしまったら、私の〝役割〟は本当に……。

「神林さんは、これまでだって真っ当に働いてきたじゃないの。それに、嫌がる女性の腕を無理やりつかむのは、事情があろうとなかろうと、許されることではありません」

気づくと、恵理子は大声で直也に反論していた。一瞬、直也の表情がゆがむ。

「へー」

やがて、開き直ったようなふてぶてしさが直也の口調に滲んだ。

「それじゃ、今回のことを含めて、今後、神林さんがなにか問題を起こしたら、米川マネージャーが責任をとれるんですか?」

その挑戦的な眼差しに、〝さすが、恵理子さん〟の調子のよさの陰に隠れていた本心を、まざまざと感じとる。

やっぱりこの男は、女の現場マネージャーなんて、一つも重んじていない。

「とりあえず、今回の収録やり直しの経費は、米川マネージャーのほうで処理していただけますよね。そうであれば、僕はもう構いません」

鋭い一瞥をくれて、直也は部屋を出ていった。

残された恵理子と桐人たちの間に、重たい沈黙が流れた。


その晩、恵理子は疲れ切って帰路についた。

一段落したところで提携医院へ向かい、「もう大丈夫です」と言い張る璃子を早退させたが、本人は納得していない様子だった。

璃子によれば、もともと定期的に通院もしているし、今日のように特別な事さえなければ、業務にも日常生活にもまったく支障はないということだった。

その話をどう受けとめればいいのか、恵理子は今でもよく分からない。

医師の診断書を会社に提出させる必要があるのか、或《あ》いは本人の主張を重んじるべきなのか。

メンタルヘルスの問題は難しい。どこかでGMに報告したほうがよいのか否かも含め、判断がつかなかった。

同時に、この先璃子がなにか問題を起こしたらお前が責任をとれるのかと詰めてきた、直也の険阻な眼差しが甦り、厄介なのを敵に回してしまったなと思う。

なんだかんだいって、直也の派手な施策が生み出す売上は大きく、社長やＧＭの覚えもめでたい。今後、直也は本気で自分を追い落としにくるかもしれない。

そうなれば、箱舟から追い出されるのは、恐らく自分のほうだろう。

優斗にも健斗にも、まだまだお金がかかるのに。

家計の重みが、ずしりと恵理子の細い肩にのしかかる。自分はまだ、〝役割〟を手放すわけにはいかないのだ。

「ただいま」

ようやく家にたどり着き、玄関の扉をあけた途端、なんだか嫌な予感がした。

「お母さんっ！」

案の定、ふくれっ面の健斗が走り出てきた。

「お母さん、なんで、今日の弁当にハンバーグ入れてくれなかったの？」

またか。

本当に、いい加減にしてほしい。

「約束したよね。お母さんの当番のときは、絶対にハンバーグか肉団子を入れてくれるって」

「やめて、健斗。今日はお母さん、疲れてるの」

「俺だって、疲れてるよ。夏休みなのに、毎日毎日、学童で」

普段なら笑ってしまう言い草も、今はひたすらに鬱陶しい。

「いいから、もう、早く寝て。お夕飯、食べたでしょ？」

「お母さんのハンバーグ食べないと、寝られない」

「そんな我儘、お兄ちゃんは言わないでしょ」

比べてはいけないと知りつつ、つい、比較的聞き分けのいい優斗を引き合いに出してしまう。その瞬間、健斗の顔が真っ赤になった。

「だって、お母さん、サボってるじゃん。毎晩、お父さんがお夕飯作るのは、お母さんがサボってるからだって、おばあちゃんが言ってたもん」

「健斗っ！」

思わずカッとなって、反射的に手が出た。頭をはたかれた健斗が、火がついたように泣き出す。

「やっぱり、そうじゃん。お母さん、俺のこと産んだときだって、サボったんでしょう？　お兄ちゃんのことは頑張って産んだのに、俺んときは、手術で楽して産んだんだって、おばあちゃんとお父さんが笑ってたもん。だから、俺のときばっかり、サボるんだ」

恵理子は、自分の顔が引きつるのを感じた。

「どうしたんだよ」

騒ぎに気づいてやってきた雅彦を思い切りにらみつけて、家に上がる。

サボる？　楽をした？

帝王切開で子どもを産んだことを、夫と義母が子どもたちの前でそんなふうに語っていたとは思ってもみなかった。

なんという無神経。なんという蒙昧《もうまい》。

「お母さん、ご飯は？」

追いすがってくる雅彦の前で寝室の扉を閉め、「入ってこないでっ」と恵理子は叫んだ。

「私がいつ、なにをサボったっていうの。子どもの前で自分がなにを言ったのか、しっかり考えてみなさいよ!」

人に家計のほとんどを押しつけて、よくもそんなことを口にできたものだ。

部屋の前で、健斗の泣き声と、優斗の「お母さん、どうしたの」と繰り返している声が聞こえてきたが、恵理子は扉にしっかり鍵をかけ、ベッドにもぐりこんで耳をふさいだ。


翌日、恵理子は出社時間のぎりぎりまで寝ていた。

さすがにこれ以上はまずいというところでベッドを抜け出し、洗面所で顔を洗い、身支度をする。その間、誰とも口をきかなかった。

寝室を追い出され、ソファで寝たらしい雅彦が何度か近づいてこようとしたが、徹底して無視をした。二人の子どもたちは、リビングで、雅彦の作った朝食をぼそぼそと食べている。

健斗がべそをかいていたが、恵理子は視線を合わせなかった。

「あのさ、お母さん」

玄関を出ようとしたところで雅彦が追ってきたが、鼻先で勢いよく扉を閉めてやった。

なにが、「お母さん」だ。冗談じゃない――。恵理子は憤慨しながら駅へ向かう。

いつもより遅い時間の私鉄は混んでいた。地下鉄に乗り入れ、窓の外が暗闇に沈む。マスクで顔を覆った車内の人たちは、全員手元のスマートフォンをいじっている。

恵理子は吊革につかまり、車窓に映る自分の険しい顔を見つめた。

乗換駅に着き、どっと人が降りていく。後に続かなくてはいけないのに、なぜだか恵理子はその気になれず、眼の前の空席に腰を下ろした。一度シートに腰かけると、張り詰めていた力が一気に抜けて、そのまま立ち上がれなくなってしまった。

乗換駅がどんどん遠ざかっていくのを、恵理子はシートにもたれたままぼんやりと眺めた。

この地下鉄、どこへいくんだっけ……。

確認する気にもなれず、目蓋を閉じる。

暫しうたた寝し、気づいたときには終点に着いていた。混んでいた車内の乗客は、すっかりまばらになっていた。

新木場《しんきば》――。終着駅にして、京葉《けいよう》線とりんかい線への乗換口。

地下鉄を降りたほとんどの人たちは、乗換の改札へと向かっていく。恵理子は地下鉄の改札を抜けるとそのまま駅の外へ出た。

当てもなくぶらぶらと歩いていると、眼の前に、にゅっとスカイツリーがそびえているのが眼に入った。いつもはビル越しに眺めるツリーが、ここからはぽつんと一本だけ立っているように見える。

誘われるように足を運べば、段々周囲の緑が濃くなってきた。

遊歩道。駐車場。芝生広場。

いつしかたどり着いた広大な敷地の入口に立つ看板を認め、恵理子ははたと悟る。

そうか。ここは、東京のごみの埋め立て地に整備された、夢の島公園か。

もちろん名前は知っているが、日頃通勤に使っている路線の終点に「夢の島」があったなんて、恵理子はこれまで考えたことがなかった。

ごみで作られた「夢の島」。

なんだか皮肉な気もするけれど、陸上競技場を備えた広々とした公園の樹々は、真夏の日差しの中、旺盛な緑を茂らせている。夏休み中の部活の子どもたちだろうか。トラックを、いくつもの小さな影が走っていた。

公園内に足を踏み入れていくうちに、恵理子は段々不思議な感覚に囚《とら》われた。

ソテツ、ユーカリ、カナリーヤシ、マルバデイゴ……。奥へいけばいく程、熱帯や亜熱帯の植物が増えていく。まるで南国の庭を歩いているようだ。

恵理子の脳裏に、ウブドのジャングルの面影がよぎった。

濃い緑から、蟬時雨《しぐれ》が降ってくる。

やがて眼の前に、大きな硝子《ガラス》張りのドームが見えてきた。熱帯植物館だ。「夢の島」には、清掃工場の余熱を利用した大温室があると聞いたことがある。この三つに連なる大きなドームは、その温室なのだろう。

熱帯植物館は丁度開館したところのようだ。

入ってみようかと思ったが、恵理子はそのままドームの前を通り過ぎた。もう少し、園内を歩いてみたい気分だった。

トートバッグからスマートフォンを取り出し、時刻を確認する。とっくに始業時間を過ぎていた。

歩きながら、恵理子はマーケティング部の番号をタップした。

「はい、パラウェイでございます」

耳元に響いた声に、一瞬息を吞む。ワンコールで電話に出たのは、神林璃子だった。

なにか言わなければいけない。

もう、大丈夫なの？　気分はどう？　仕事に支障はないですか？

いくつかの質問が喉元まで出かかったが、すべて、意味がないように思えた。璃子は通常通り出社し、電話にも出ている。それ以外、一体、なんだというのだ。

「もしもし、米川です」

「お疲れ様です」

所用ができたので、少し遅れます。そう伝えるつもりだった。

しかし――。

「今日は、サボります」

気づいたときには、そう告げていた。

「承知しました。お気をつけて」

なんでもないように璃子が応える。蟬の声が聞こえたのか、恵理子が野外にいることに気づいている様子だった。思わずくすりと笑ったときには、もう通話は切れていた。

おかげで、随分気が楽になった。

恵理子はスマートフォンをバッグにしまい、樹々の向こうに見え隠れする東京湾のマリーナを眺めつつ、森の中へ分け入っていく。余熱の影響で冬の冷えこみが弱いのか、生い茂る樹々の背が高い。本当に、ちょっとしたジャングルみたいだ。

ふいに歩道の向こうに、不思議な建物が現れた。

背の高いとんがり屋根の中に、巨大ななにかがすっぽりと入っているように見える。

なんだろう。

興味を覚え、建物に近づいた。入館は自由のようなので、硝子の扉をくぐってみる。

その刹那、視界に飛び込んできた光景に、恵理子はハッと眼を見張った。

船だ。木造の大きな船が、建物一杯に収まっている。

箱舟。

一瞬、本気でそう思った。

だが、船の脇腹に書かれた文字に、恵理子は胸を衝《つ》かれる。

第五福 龍丸《ふくりゆう》――。その船名には覚えがあった。

確か、アメリカの水爆実験で被害を受けた船ではなかったか。恵理子が生まれる二十年以上前の出来事だが、この船と乗組員の被曝《ひばく》によって水爆実験の環境汚染が大きな問題になり、特撮映画「ゴジラ」の誕生につながったという話を、なにかの本で読んだことがあったのだ。

でも、なぜ、その第五福龍丸が「夢の島」の森の中に――。

巨大な船体を見上げながら通路を回り込んでいくと、「都立第五福竜丸展示館」という小さなパンフレットが置かれていた。恵理子は手に取って読んでみる。

一九五四年三月、南太平洋に漁業に出ていた第五福龍丸は、偶然、アメリカがマーシャル諸島のビキニ環礁で行った水爆実験に巻き込まれ、放射性降下物である「死の灰」を浴びてしまう。「死の灰」を浴びた乗組員には原爆症の重い症状が出て、そのうちの一人は半年後に亡くなった。

展示館には、このときに降った「死の灰」や、実際に船内にかけられていた日めくりカレンダー、大漁 旗《たいりようばた》なども展示されている。順路に沿って進んでいくと、被曝船となった第五福龍丸の数奇な運命が展示パネルに記されていた。

第五福龍丸の被曝事件は、アインシュタインの人類に対する遺言状とも言われる、「ラッセル＝アインシュタイン宣言」のきっかけにもなった。核兵器の廃絶と科学技術の平和利用を訴えるこの宣言には、日本人として初めてノーベル賞を受賞した湯川秀樹も名を連ねている。

原水爆実験反対を大きく推進することになった第五福龍丸ではあるが、当時は安全性への危惧もあり、一刻も早い処分を求める声が大きかったという。だが、科学的な見地からも保存が決まり、後に、安全性が確認された上で、第五福龍丸は東京水産大学の練習船「はやぶさ丸」へと生まれ変わる。そして、学生たちと共に約十年間の航海を続け、一九六七年に老朽化のため廃船処分となり、「夢の島」に打ち捨てられた。

しかし、ごみの中に放置された巨大な木造船が、かつての第五福龍丸であると知った人たちの中から、「被曝の証人である船を保存しよう」という声があがり、放置場所のすぐ近くに、展示館が建てられることになったのだそうだ。

船の実際の名前は第五福龍丸だが、一九七六年に完成した展示館は「都立第五福竜丸展示館」と名づけられた。

一九七六年――それは奇《く》しくも恵理子が生まれた年だ。

建物一杯にそそり立つ木造船を、恵理子はじっと見上げた。

なんと波乱に満ちた航海を経て、この船はここにたどり着いたのだろう。

二階へ続く階段を上り、益々近くから船体を眺めてみる。そのとき、階下でわあっと歓声が響いた。数組の親子連れが、展示館に入ってくる。

「すごーい」「でかーい」

巨大な船の様子に、子どもたちから次々と感嘆の声があがった。

今では第五福龍丸は反戦反核のシンボルとして、多くの人たちを迎える新しい役割を果たしているのだ。

こんな場所があるなんて、今の今まで少しも知らなかった。

この日、サボることがなければ、恵理子自身、ここへたどり着くことはできなかったに違いない。紆余曲折《うよきょくせつ》の航路に耐えてきた船体に書かれた第五福龍丸という文字を改めて読みながら、恵理子は船首から船尾までの通路をゆっくりと歩いてみた。

八月も後半に入り、日没が随分と早くなった。窓の外のスカイツリーの展望台部分が、光の輪を放ち始めている。

会議を終えた恵理子は、自分のデスクに戻る前に、給湯室に向かった。今日は遅くなりそうなので、なにか飲み物を用意したかった。

先日、ビューティーカテゴリーの伊藤友花から、契約更新をしない旨を伝えられた。覚悟はしていたが、やはり、ショックだった。来月から、彼女に代わって新しい契約社員が入ることになっている。

結局私は、なにもできなかった……。

現場スタッフの離職率が高いことを、会社の経営方針を牛耳るGMたちは、なんとも思っていない。パラダイスゲートウェイのブランド力さえあれば、人はいくらでも集まると高を括《くく》っている。

そして、実際、その通りなのだ。

けれど恵理子はもう、それに準ずるのが己の〝役割〟だとは開き直れなくなっている自分を感じ始めていた。

給湯室に入ると、香《かぐわ》しい匂いが周囲に立ち込めている。システムチームの神林璃子がマグカップにお湯を注いでいるところだった。

「お疲れ様。なに？　すごくいい匂いね」

チョコレートのような深い香りだ。

「これ、矢作さんの担当店舗で扱っている商品なんです」

振り返り、璃子が説明してくれる。矢作桐人の担当店舗の主力商品である、フェアトレードのカカオを使ったオリジナルココアだという。

「試飲させてもらったらすごく美味《おい》しくて、それ以来、はまっちゃって、購入してるんです。よかったら、米川マネージャーも飲んでみませんか」

ココアなんて、久しく飲んでいない。だが、魅惑的な香りに抗《あらが》えず、恵理子は璃子の言葉に甘えることにした。

恵理子のマグカップに、璃子が山盛りのココアパウダーを惜しげもなく投入する。その様子を眺めながら、恵理子は先週末、家族で夢の島公園を訪ねたときのことを思い返した。

初めて会社をサボったときには結局入らなかった熱帯植物館に、恵理子は夫と二人の息子たちと一緒に入ってみた。三つに分かれたドームには、水辺、人里、小笠原《おがさわら》諸島と、テーマ毎《ごと》に、巨大な水生植物や、色鮮やかな花を咲かせる熱帯植物が植えられていた。二階には、食虫植物を集めた温室があり、奇妙な形のウツボカズラの大群生に、優斗も健斗も大喜びしていた。

途中、カカオの木もあり、カカオポッドと呼ばれるカカオの実が、幹や枝に何個もぶら下がっていた。

黄色、オレンジ、赤、紫……。熟すと色鮮やかに変化する、ラグビーボールのような形をしたカカオポッドは、まるでオブジェのようだった。

あの可愛らしいカカオポッドから取り出した豆を発酵させ、乾燥させ、次に工場で様々な加工を経て、ようやくチョコレートやココアが出来上がるのだ。

カカオの木は熱帯雨林の森の中でしか育たない。けれど、熱帯地方のカカオ農家には、自分たちが生産したカカオ豆から作られるチョコレートを口にしたことがない人もいるという。

そうした不公平を是正するために生まれたのが、生産者から生産物を適正価格で直接購入するフェアトレードという取り組みだ。普通の商品より少々割高にはなるが、生産者の顔が見える分、製品のクオリティーは保証されることが多い。

「どうぞ」

璃子が淹《い》れてくれたココアを、恵理子は礼を言って受け取った。息を吹いて少し冷ましてから一口含むと、スパイシーで華やかなチョコレートの香りがふわりと鼻腔《びこう》に抜けていく。ノンシュガーなのに、充分自然の甘みがあった。

「すごく美味しい」

思わずうなると、「ですよね」と、璃子が満足そうに小さく笑う。その表情に、不安定なものは微塵もない。

給湯室の隣の休憩スペースに腰を下ろし、恵理子は璃子と一緒に香り高いココアを味わった。これで、夕刻からの仕事にも集中できそうだ。

〝恵理さん、本当にごめん〟

雅彦から謝られたのは、熱帯植物館の後、第五福竜丸展示館を見学している最中だった。

巨大な木造船の展示に優斗も健斗も大興奮で、二人は第五福龍丸の歴史を調べることを、ずっと棚上げにしていた夏休みの自由研究の課題にすることに決めた。

〝俺もそれなりに、夕飯や弁当を頑張ってるつもりなのに、子どもたちはやっぱり、お母さんの料理が一番好きみたいでさ〟

優斗と健斗が二階に上っている間に、雅彦は神妙な口調で続けた。

〝特に健斗は、お母さんでないと満足できないって感じがあからさまで。なんとなく腹が立って、つい、あんな言い方でからかっちゃったんだよ〟

今は心底反省していると、雅彦は項垂《うなだ》れた。

自分が甲斐性なしだから、恵理子に苦労をかけているのは理解しているのだと。

それを聞いた瞬間、恵理子はハッとした。

〝役割〟に振り回されているのが自分だけではなかったのだと、初めて気づかされた。

思わず夫の手を取り、恵理子は首を横に振った。夫と妻という世間一般的な役割にこだわらず、今後も互いに得意なことをすればいいのだ。家事にせよ、会社の仕事にせよ、楽なものはない。それでも、二人のうち、経済活動に向いているのは多分自分のほうだし、雅彦は家事も料理も決して下手ではない。

これからも、たびたび不満は噴出するだろうが、力を合わせてやっていくしかないだろう。

「夢の島」から戻ってから、息子たちの自由研究につき合って、恵理子も第五福龍丸について、いろいろと調べてみた。

もともと第五福龍丸は、戦後の食糧難解消のために、敗戦から二年後の一九四七年にカツオ船、第七事代《ことしろ》丸として誕生する。その後、ＧＨＱによる遠洋漁業の制限解除に先立ちマグロ船へと改造され、一九五三年、第五福龍丸と名づけられた。

そして、翌年の一九五四年に、アメリカが極秘で行っていた水爆実験に巻き込まれて被曝。以降、第五福龍丸がたどった経緯は、想像を超えて過酷だった。

核実験がもたらす汚染被害の証拠という側面や学術的観点から、国の買い上げが決まったものの、その存在はどこに係留されていても疫病神扱いだったようだ。安全性が認められた後でも、修復を請け負った造船工場には、「作業をやめろ」「放射能がうつる」といったビラが貼られる騒ぎが頻発したらしい。

それでも、船は幾度となく訪れた処分の危機を乗り越えて生き長らえ、二〇二〇年には日本船舶海洋工学会によって「ふね遺産」に認定された。

今や第五福龍丸は、日本に現存する唯一の西洋型肋骨《ろっこつ》構造の木造漁船だ。

そうした造船技術の歴史的な価値以外にも、核兵器の使用を示唆して周囲を威嚇する国が存在する現在、核汚染の脅威を知らしめるシンボルとして、第五福龍丸は新たな航海に乗り出したと言えるだろう。

生まれて初めて会社をサボったことによって出会った、森の中の箱舟。

誰かに与えられたり、押しつけられたりした〝役割〟に準ずるのではなく、紆余曲折を経て、自らがたどった航路が、自ずと本当の役割を果たすことにつながるのだと、その船が教えてくれているように、恵理子には感じられる。

「伊藤さん、契約更新しないんですよね」

ふいに響いた璃子の声に、物思いにふけっていた恵理子は我に返った。ココアを飲み終えた璃子が、眼鏡の奥から恵理子をじっと見つめる。

「そうね。残念だけど……」

恵理子はマグカップをテーブルに置いた。璃子は暫し黙っていたが、やがて思い切ったように口を開いた。

「伊藤さんが新卒のとき、リーマンショックが起きて内定が取り消されたんだそうです」

「え、そうなの」

「はい」

初めて聞く話だった。

しかし、あれだけ優秀な友花が、定員制の箱舟に乗り遅れることになった理由には納得がいった。

「フェアじゃないですよね」

マグカップを洗いながら、璃子が呟くように言う。

「私みたいなのが新卒入社できたのに、伊藤さんみたいにしっかりした人が正社員になれないなんて」

洗い終えたマグカップを棚に戻し、璃子は足早に給湯室を出ていった。

その後ろ姿を見送りながら、あまり感情を表に出さない璃子もまた、自らの役割を思いあぐねているのかもしれないと、恵理子は考えた。

負けるな。

思わず、心で呟いた。

〝精神疾患のある人間に気を遣いながら、仕事しなきゃいけないっていうんですか〟

再収録の費用を恵理子が決裁したとき、直也はなおも挑戦的にそう告げてきた。もう恵理子への侮りを、隠すつもりはないようだった。

負けるな。

もう一度、今度は自分自身に呟く。

ひょっとすると――。

契約更新を断った友花も、会社でパニックを起こした璃子も、そして現在の〝役割〟に準ずることに倦《う》み始めた自分も、一つの岐路に立っているのかもしれない。

ふいに恵理子の頭の中に、奇妙な幻想が生まれる。

展示室のとんがり屋根が開き、森の箱舟が宙に浮かぶ。

新たな航海に乗り出した船に、恵理子は乗り込む。雅彦も、璃子も、友花も乗っている。

箱舟の前途は多難だ。

なにせ、誰も経験したことのない、世知辛いコンクリートジャングルの航海なのだから。

社会も会社もフェアじゃない。

でも、負けるな。みんな、負けるな。

黄色、オレンジ、赤、紫……。ビルの谷間に揺れる色とりどりのカカオポッドに見送られ、船がゆっくりと動き出す。

どこへたどり着くのか、なにを目的にした航海なのかはまだ分からない。だけど、この箱舟に定員はない。各々の心にある船だからだ。

今いる場所から少しでも進むことを目指して、私たち、一人ひとりを乗せた船は行く。

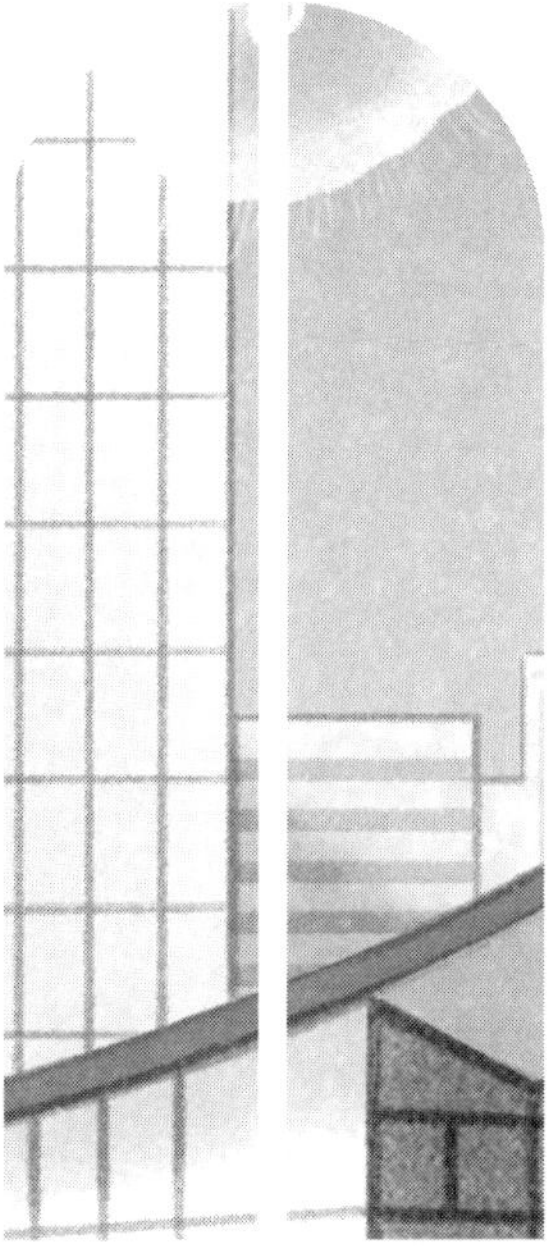

タイギシン

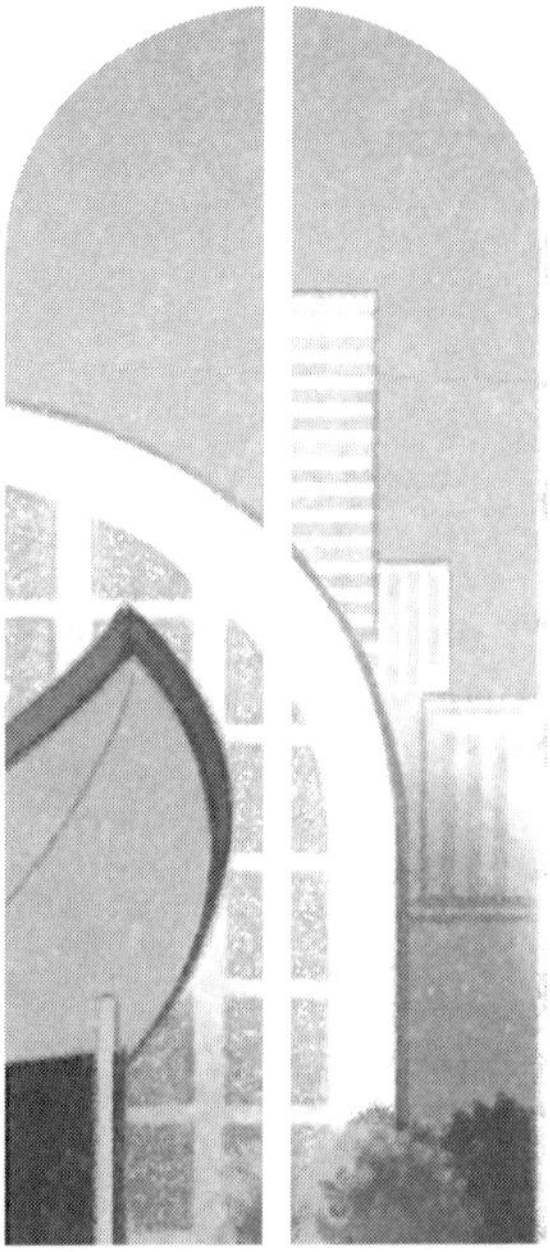

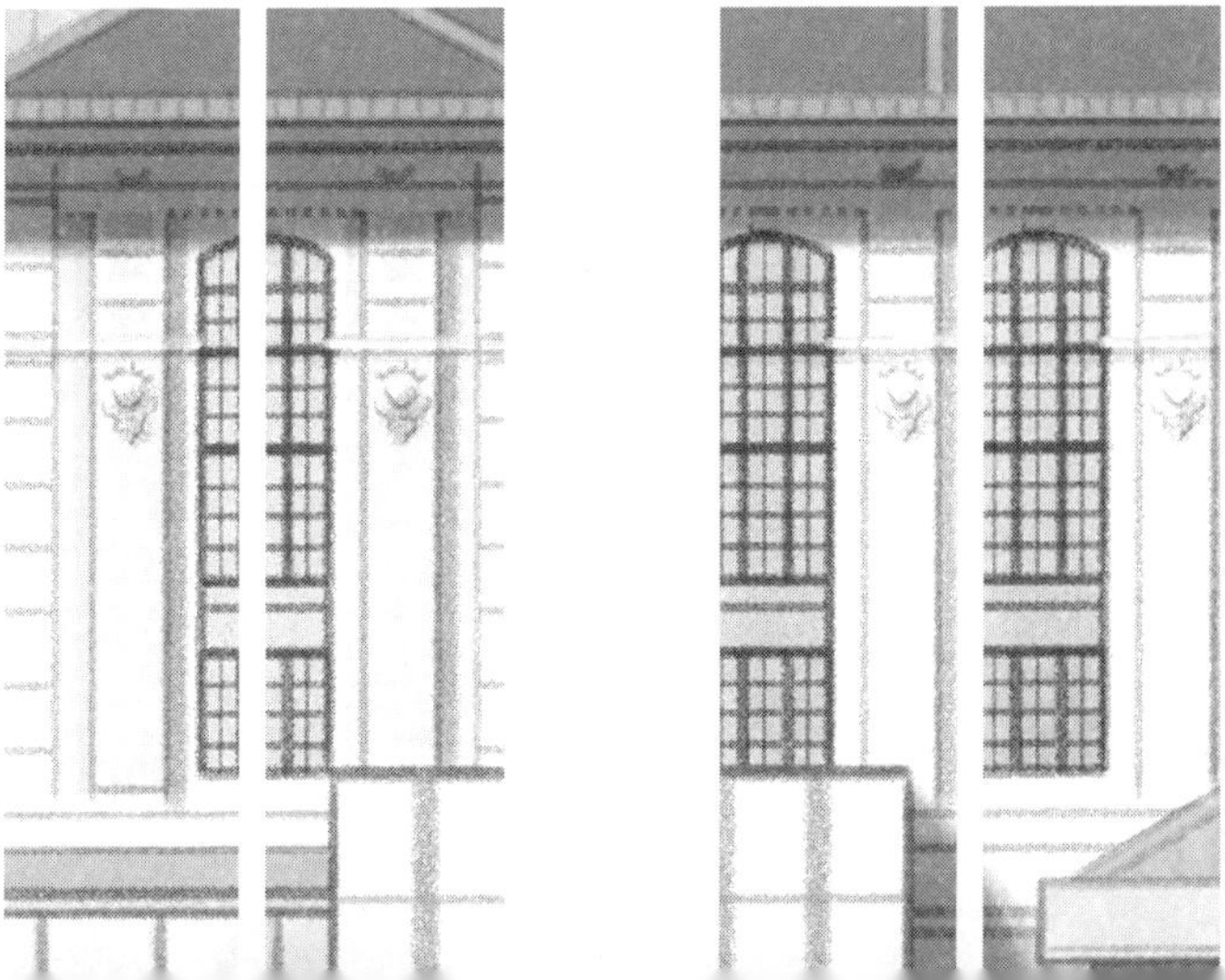

後二週間で、二学期が始まってしまう。

カーテンを閉め切った暑苦しい部屋の中、大森圭太《おおもりけいた》はノートパソコンに届いた「学校からのお知らせ」をにらみつける。

全国の小中高に臨時休校が要請されてから、二年と半年が経とうとしている。

新型コロナウイルスの感染者数は減少傾向ではあるものの、現在、都内では週平均二万人を超す人たちが罹患している。それでも学校は、二学期から通常登校と通常授業に踏み切るという。

この春圭太が入学した高校は、都立の中では分散登校やオンライン授業を長く継続させているほうだったが、どうやらそのことに対し、一部の保護者から〝学力が下がる〟〝級友と会えず、子どもに元気がない〟等々強い批判が出たらしい。

冗談じゃない。

圭太は思わず唇を嚙《か》み締める。

級友がたくさんいるリア充なら、学校がオンラインだろうがなんだろうが、いつだって元気なはずだ。このままずっとオンライン授業が続くことを願っている自分のような少数派の存在に、なぜ彼らは気づこうとしないのだろう。

通常登校。通常授業。そう考えただけで、圭太は憂鬱でたまらなくなる。

いつも楽しそうにしていられる陽キャのリア充たちが、圭太には異星人のように感じられる。

あいつらは、この世の中がどんなに理不尽で恐ろしいか知らないんだ。

いや、自分だって、これまではたいして深く考えたことがなかった。たまたま難を逃れていたから。

でも本当は、この世界はいつだって犠牲者を必要としている。今や圭太にはそのことが痛いほど分かる。

なぜなら、自分がターゲットになってしまったからだ。

マウスを片手に固まっていると、突然、ノートパソコンのディスプレイがブラックアウトした。暗い画面に、自分の顔が映る。

ぼさぼさ髪。度の強い眼鏡。蒼白い細面――。

改めて見てみると、自分はなんとも弱々しい。だから、こんなことになったのか。

弱い者いじめは、昔から、どこへいっても絶えない行為だ。

いじめという言葉を辞書で引くと、〝自分より弱い立場にある人を、肉体的、精神的に痛めつけ苦しめること〟とある。

子どものとき、縁日で買ってきた三匹の金魚を水槽に放したことを思い出す。金魚は最初、水槽の中で仲良く泳いでいたが、ある日、その中の一匹が急に弱り始めた。すると、残りの二匹が弱った一匹をつつき回すようになってしまった。慌てて隔離したときには遅かった。

小さな水槽で白い腹を上にして浮いていた金魚の姿が、まざまざと甦る。

あの金魚は自分だ。

〝めーっけ〟

顔合わせ程度に行われた入学式の後、校庭を一人で歩いていると、圭太はいきなり背後から後頭部を思いきり殴られた。

ぎょっとして振り向いた瞬間、圭太は心底驚いた。

髪を脱色した中学時代の先輩、小野寺《おのでら》康《やすし》が質《たち》の悪そうな上級生たちと一緒に、にやにやと笑っていた。

〝こっちでも仲良くしようよ、後輩ちゃん〟

康が口にした言葉が耳の奥に響き、誰もいない薄暗い部屋で圭太は身を縮こまらせる。上級生たちの顔には、つつき回せる小動物を見つけた肉食獣の、獰猛《どうもう》且つ悪趣味な愉悦が滲んでいた。

それ以来、圭太は康たちのターゲットにされてしまった。

たまの通学で、彼らに見つかったら最後だ。面白半分に暴力を振るわれ、いたぶられる。理由も理屈も通用しない、暇つぶしのような嫌がらせ。

中学時代なら、まだ逃げ込める群れがいたけれど、入学式以降、オンライン授業ばかりでまだ親しい友人もいない高校では、サバンナの真っただ中で、たった一人で立ちすくんでいる気分だった。

だけど、なぜ自分が——。

理由を追究しようとすると、胸の奥がきりきりと痛む。

結局、これがこの世の中なんだ。最終的に、いつもこの結論にたどり着く。

自分が生きている世界は、理不尽で、汚くて、惨《むご》い。考えれば考えるほど気が滅入り、現実から逃げたくなる。

こんなとき、本当にヴァルキリーがいてくれたなら……。

マウスをクリックして画面を呼び戻し、圭太は新たなブラウザを立ち上げた。オンライン授業のために、ノートパソコンを買い与えてもらえたのは幸いだった。

ファンタジーノベルからはまったオンラインのロールプレイングゲームに、圭太はちょくちょくログインしていた。すぐに課金を求められるのでたいして先には進めないが、女戦士ヴァルキリーの姿を眺めているだけで、圭太の心は満たされた。

ヴァルキリーとは、北欧神話に登場する武装した乙女のことらしい。主神オーディンに仕え、戦場で生きる者と死ぬ者を選別するという。

だが圭太の好きなファンタジーノベルにおけるヴァルキリーは、主人公の圧倒的な守護神だ。燃えるように赤い髪を一本の三つ編みにし、筋骨隆々たくましい。背中の剣を鞘《さや》から抜いて一振りすれば、たちまち敵を殲滅《せんめつ》する。強く美しいヴァルキリーは粗暴な面も持ちつつ、主人公にだけはどこまでも忠実で、そこがまたたまらなく魅力的なのだ。

剣をかまえるヴァルキリーの勇ましい姿に、暫し重苦しい現実を忘れる。

そのとき、部屋の扉がノックされ、圭太はびくりと肩を弾ませた。

「圭太、ご飯できたけど」

部屋の外から、母の智子《ともこ》の遠慮がちな声が響く。ここで〝うるせえ、ばばぁ〟とか怒鳴るのが「お約束」なのかもしれないが、圭太にはそんなこともできない。

ただでさえ母は、夏休みの間中、どこへもいかずに自室にこもっている自分のことで、気を揉んでいるはずだ。母からも父からも、気を遣われているのをひしひしと感じる。

だからこそ、本当のことは口にできない。

ノートパソコンをシャットダウンし、圭太はのろのろと立ち上がった。部屋の扉をあければ、たったそれだけのことで、智子の顔にあからさまな安堵の色が広がる。

「学校からのお知らせ」は、母のスマートフォンにも届いているのだろう。特別に申し立てれば、今まで通り、オンライン授業を継続することもできるに違いない。

しかし、そのことを智子に伝える術《すべ》を、圭太はどうあっても見つけることができなかった。


翌日、圭太は久々に近所の書店へと向かった。できることなら部屋に閉じこもっていたかったが、ヴァルキリーが登場するファンタジーノベルの新刊の発売日だったのだ。

店頭でしかもらえない特典の冊子がどうしても欲しくて、圭太は午後から家を出た。

心底嬉しそうに玄関まで見送りにきた智子の様子を思い返し、圭太は重い溜め息をつく。母はなんとしてでも、一人息子の自分に〝まとも〟でいてもらいたいのだろう。

でも、こんな嫌な世の中で、まともでいられる自信なんてない。

久しぶりに外へ出た圭太は、あまりの暑さに、少し歩いただけで眩暈を起こしそうになる。昨夜、遅くまでネットサーフィンをしていたせいかもしれない。

気持ちが不安定になると、圭太はついネットサーフィンをしてしまう。そんなときに必ず覗きにいくのが、SNSの炎上案件だ。

SNS上では、ほぼ毎日と言っていいほど、様々な炎上が起きている。誰かが失言したり、揚げ足を取られたりして、その投稿に延々批判のリプライやメッセージがつくのだ。たまには擁護もあるが、そういうのは圧倒的に少数派で、辛辣なあげつらいや、嘲りがどこまでも続く。

もっとも圭太は、いきった〝ネット弁慶《べんけい》〟にもなれないので、なにかを書き込んだりはしない。ただひっそりと、炎上案件を見回るだけだ。

昔の悪行が露呈して今の地位や仕事を失う、所謂キャンセルカルチャーにも関心を惹《ひ》かれる。

特に過去のいじめがばれて降板させられたり、失脚したりする人の記事を見ると、あらゆるキーワードで検索して、より詳細を知りたくなる。どこまでが真実か分からないし、間違いを犯さない人などどこにもいないはずなのに、己を高い棚の上にあげて糾弾している人たちの罵詈雑言《ばりぞうごん》を、「もっと、もっと」と食い入るように読んでしまう。

人間って醜い。過去を暴かれた人も、悪事が露呈した途端、一斉に攻撃する人たちも。

性善説なんて、絶対に信じられない。

みんな、水槽の中の金魚と同じだ。弱った相手をつつき回して憂さを晴らす。

深夜に散々炎上案件を追った後、しかし、ふいに自己嫌悪に襲われる瞬間がくる。

でも、一番醜いのって、密かにこんなことをしている自分自身なのではないだろうか。

昨夜の心持ちが甦り、胸の奥が重くなった。

こんなんだから、狩られるんだろうか——。

憂鬱な思いを振り払い、圭太はようやくたどり着いた書店の店内に足を踏み入れた。残暑に汗ばんだ身体を、エアコンの冷気が心地よく包み込む。

明るい店頭にたくさんの本が並ぶ書店が、圭太は好きだった。ネット注文も手軽だが、本を手に取って選ぶことができるのは、やはり楽しい。

ファンタジーノベルのコーナーに向かおうとして、何気なく店内を見回した瞬間、足がすくんだ。

漫画雑誌のコーナーに、絶対に会いたくない康たちの姿が垣間見《かいまみ》えた。黒マスクから鼻を露出させて雑誌を物色している康が、ふと顔を上げそうになる。

その瞬間、圭太は脱兎《だっと》のごとく駆け出した。

見つかったら、お仕舞だ。ヴァルキリーのために持ち出してきた小遣いを、根こそぎむしり取られることになる。

わき目もふらず、圭太は一心に逃げた。万一追われていたらと思うと、家へ向かうこともできない。家の場所がばれたりしたら、とんでもないことになる。でも、とにかくどこかへ逃げなくては。できるだけ身を隠せそうな細い路地を選び、圭太は懸命に走った。

逃げて、逃げて、逃げて——。

恐ろしくて、しばらくの間は振り返ることもできなかった。

やみくもに走っているうちに、やがて公園へ向かおうと思いつく。圭太の暮らす地域には、どっしりとした瓦屋根を載せた古い門を持つ、比較的大きな公園がある。あそこなら、子どもからお年寄りまで、常にたくさんの人がいるはずだ。

懸命に走り、圭太はなんとか公園にたどり着いた。

午後の公園には、マスクをしたまま追いかけっこをする小さな子どもたちや、犬を連れた人たちの姿が見える。芝生広場には、いくつかの簡易テントも張られていた。

立派な門構えをくぐり、怖々と背後を見やる。誰も追ってきていないことを確認し、ようやく足をとめた。久々に走ったので、心拍数が上がりすぎて胸が苦しい。頭もくらくらする。

倒れるように近くのベンチに腰を下ろすと、どっと汗が噴き出した。

逃げていい。

ネット上をはじめ、今は多くのメディアに、一見物分かりの良さそうなこの言葉が溢れている。

つらければ、逃げましょう。自分を護《まも》って逃げましょう。

だけど、そういうことをまことしやかに言っている人たちって、果たして本当に逃げたことがあるのだろうか。現実問題、逃げるというのは、こんなにも大変なことなのだ。

吐き気を覚え、圭太は両手で顔を覆う。

逃げろって言ったって、一体、どこへ逃げろっていうんだよ。家にも学校にも逃げ場なんてないじゃないか。

第一、なんにもしていない俺が、どうしてこんなにつらい思いをして、逃げなければいけないんだ。俺に「逃げろ」と言う前に、理不尽なあいつらを今すぐなんとかしてくれよ。

追い詰められれば、鼠《ねずみ》だって猫を嚙む。でも、現実世界の多くの追い詰められた人間は、眼の前の猫ではなく、往々にしてもっと弱い無関係なものに牙をむく。

SNSの炎上から、ニュースで流れる犯罪まで、その手の例を何度も眼にしてきた。こんな毎日が続けば、自分だって将来そっちのほうに引っ張られていってしまうかもしれない。

なんだよ、もしかしたら、俺って犯罪予備軍なの？　詰んだ。

圭太はベンチで深く項垂れた。

どのくらいそうしていたのだろう。

いきなり、隣にどすんと腰を掛けられて、驚いて顔を上げる。

買い物帰りらしい老婦人の二人連れが、圭太の存在など意に介した様子もなく、盛大にお喋《しゃべ》りを始めた。ベンチから押し出されるように、圭太はよろよろと立ち上がる。

せっかく、思い切って家を出てきたのに——。

もう一度、書店に向かう気にはなれなかった。足を引きずって歩きながら、圭太は見るともなしに、昼下がりの公園の様子を眺めてみた。

芝生広場の向こうには、区のスポーツ協会が運営する、黄色い壁の公営体育館が見える。公園の真ん中には池もあり、周囲の岩の上ではたくさんの亀が甲羅干しをしていた。木立の隙間からは高架がのぞき、ゴーゴーと音をたてて新幹線が走っている。その木立の前で、幾人かの人たちが、篠《しの》笛《ぶえ》でお囃子《はやし》の練習をしていた。

もうすぐ近所の神社で秋祭りがあるのだっけ……。

圭太はぼんやりとそんなことを考えた。普通に眺めている分には、東京下町の公園の、なんの変哲もない長閑《のどか》な光景だ。

帰るか。

溜め息混じりに再び門に向かう途中、視界の端をよぎった人影に、ハッと息を吞む。

芝生広場の中央の道を、剣を背負ったヴァルキリーが歩いていく。

一瞬、圭太の眼には本当にそう映った。

慌てて見返せば、背負っているのは剣ではなく、細長い筒型《チューブ》のバックパックだった。けれど、歩いているのはやっぱりヴァルキリーだ。

赤毛でこそないが、一本に編んだ長い三つ編み。盛り上がったたくましい肩。

百八十センチを超えるかと思われる長身の女性が、堂々と一本道を歩いている。

日常の中に、いきなりファンタジー世界の人物が現れたことに、圭太は暫し呆気《あっけ》にとられた。颯爽と風を切り、ヴァルキリーが公園を横切っていく。

その姿が木立の陰に紛れそうになったとき、圭太ははたと我に返った。今、後を追わなくては、ヴァルキリーを見失ってしまう。

そう思うと必死だった。眩暈も吐き気も忘れ、後を追う。

歩幅の広いヴァルキリーはどんどん遠ざかっていくが、幸いその姿は周囲にどれだけ人がいても、頭一つ分抜き出ている。やがて、彼女が体育館の中に入っていくのを、圭太はしっかり見届けた。

少し遅れて、圭太は芝生広場の向こうに見えていた体育館にたどり着いた。換気のために大きくあけられた窓からは、バレーボールに興じている人たちの姿が見える。これまで一度も入ったことがなかったが、こうして見ると、なかなか立派な施設のようだ。バレーボールのコートだけでも三面もある。

入口から建物の中に入りロビーを進むと、受付にヴァルキリーの姿があった。なにかの貼り紙の前で、スタッフとにこやかに言葉を交わしている。吸い寄せられるように、圭太はふらふらと近づいた。

少し曲げただけで盛り上がる上腕二頭筋。服の上からも分かる見事な筋肉美。マスクで顔の半分が見えないとはいえ、やっぱりヴァルキリーにそっくりだ。思わずごくりと唾を呑む。そのとき、ヴァルキリーがふとこちらを見た。凝視していた圭太は、ぎょっとして立ちすくむ。

これでは自分は、完全に不審者なのでは――？

ヴァルキリーの顔が憤怒《ふんぬ》にゆがみ、背中の剣で一刀両断にされる妄想が脳裏をよぎる。

「体験希望ですか」

ところが、実際には朗らかに声をかけられた。

「ほえ？」

虚を衝かれた圭太は、なんとも間の抜けた声を出してしまう。そのとき、ヴァルキリーの背後の貼り紙の文字が眼に入った。

〝ボクシングクラス　体験者募集中〟

ボ……ボクシング……？

自分の生活範囲とはあまりにかけ離れた言葉に、思考が追いつかない。

もともと、圭太は運動が苦手だ。バスケットボールでもバレーボールでもへまをして、周囲に舌打ちされては、たびたびいたたまれない思いをしてきた。体育の成績も、良かったためしがない。区のスポーツ協会とも、公営体育館とも無縁だった。

「大丈夫ですよ。うちのクラスは初心者大歓迎なんで」

完全に逃げ腰でいると、いきなりフロア案内の地図を真っ直ぐに差し出された。

見れば、この体育館は一階の競技場《アリーナ》のほか、地下一階には温水プール、地下二階には各クラスのスタジオや卓球等のレクリエーション室までを備えた、外観以上に充実した施設のようだ。

「私のクラスは、ボクシングを本格的に学ぶというより、とにかく楽しくパンチを打つことを目的にしてるんです」

強くて美しいヴァルキリーが、自分を招いている。その事実に、圭太は頭の芯がしびれるような陶酔を味わった。

そして気づいたときには、受付でボクシングクラスの体験受講の手続きを終えていた。

我に返ったのは、更衣室でレンタル用のトレーニングウェアに着替えているときだ。

俺、なにやってんの？

ボクシングって、そんなの、さすがにないだろう。それこそ、無理ゲーだ。

きっとクラスにいる受講生だって、マッチョのおっかないオッサンや、危ないヤンキーだらけに違いない。

やっぱり、逃げよう。

着替えをやめて更衣室の扉をあけると、廊下を歩いていくヴァルキリーの姿が見えた。鮮やかなオレンジ色のタンクトップに身を包み、長い三つ編みを揺らして、廊下の真ん中を堂々と進んでいく。

その様子に、圭太は改めて抗いがたい魅力を感じてしまう。

もう少し――。もう少しだけ、現実世界に現れたヴァルキリーを眼に焼きつけておきたい。

結局圭太は急いで着替えを済ませると、ヴァルキリーから直接手渡されたフロア案内の地図を頼りに、ボクシングクラスのスタジオに向かった。


「はい、ワンツー、よけて！　ワンツー、ワンツー、ジャブ、フック、ストレート！」

スタジオ内に、ヴァルキリー――もとい、堂本清美《どうもときよみ》インストラクターの威勢のいい掛け声が響く。

「ほらほら、足をとめないで。フットワーク、フットワーク！」

前列の受講生に倣いながら、圭太も懸命にパンチを繰り出した。

公営体育館のボクシングクラスに通い出して、一週間が過ぎた。週三回のクラスの三回目。最初はどうなることかと思ったが、意外にも圭太は皆についていけている。

というか……。

号令に合わせてシャドーボクシングを繰り返しながら、圭太は周囲の受講生を眺める。

清美の姿だけを拝めればと、恐る恐る足を踏み入れた初日のスタジオで、圭太は正直拍子抜けした。そこにいたのはマッチョのおっかないオッサンでも、危ないヤンキーでもなく、ほとんどが母親より年上のオバチャンと、どう見ても七十歳以上のジイサンたちだったのだ。

考えてみれば、公営体育館の平日夕方クラスの客層など、そんなものなのかもしれない。

〝あら、若い子がきたわね！〟

〝よかった、十五名集まらないと、このクラス、続けられなくなっちゃうんだよ〟

受講生たちからも大歓迎され、圭太はおずおずとクラスの一員に加わった。

最初は完全に流されていたのだが、しかし、軍手をはめ、その上に備品のボクシンググローブをつけたとき、圭太は自分でもハッとした。

グローブは、自分の手を何倍にも大きく見せる。

それをつけて、見よう見まねでファイティングポーズをとってみると、スタジオの鏡に映る自分が、まるで違う人間のように思えたのだ。

ブラックアウトしたノートパソコンの画面に映ったいかにも貧弱な自分とは、全くの別人だ。

もしかして、かっこいい、かも——?

錯覚と言われてしまえばそれまでだが、素直にそう感じた。

情けなく、弱々しい自分が、すっと遠ざかる。

〝これからも一緒にやりましょうよ〟

〝また、おいで、お兄ちゃん!〟

にぎやかな受講生たちに押されるがまま、結局、圭太はその日のうちに受講申し込みをした。高校生なら、受講料はひと月千円。オンラインゲームの課金より安いくらいだ。

もちろん、初日は散々だった。

ジャブも、フックも、ストレートも分からない。パンチを打とうとすると、フットワークがとまってしまう。

けれど、インストラクターの清美に「まずはパンチを打つことを楽しんで」と励まされ、周囲を真似《まね》てやっていくうちに、少しずつコツがつかめるようになってきた。

相手を牽制《けんせい》するジャブ、横から打ち抜くフック、腹を狙うボディ、顎を狙うアッパー、そして一番威力のあるストレート。

右ストレートを打つときは、左足を踏み出し、後ろの右足のかかとを浮かして腰ごと回転させてパンチを打つ。右腕だけで打つのではなく、下半身の重心を拳に移動させるような感覚を持つのだ。そしてパンチを打ち終えたら、すぐに脇を締めてガードの構えに戻る。

スタジオの鏡に映る自分のフォームが、少しずつ様になってきた。

「さあ、本番いくよー!」

マスクに加え、飛沫よけのフェイスシールドをつけた清美が、ミットを構えて受講生の前に立つ。ここからは、一人ひとり順番に、清美のミットにパンチを打ち込んでいくのだ。

シャドーボクシングでは号令についていけたのに、清美に眼の前に立たれると、いきなりパンチの種類が分からなくなる。「ワンツー」の号令は、ジャブ、ストレートと頭では分かっていても、手足がバラバラに動いてしまう。

それでも、清美のリードは圧巻だった。

リズムが崩れがちな圭太のよれよれのパンチをうまく受けとめ、次のパンチをしっかりリードしてくれる。

「やっぱり、清美ちゃんのリードは最高だねぇ」

「清美ちゃんは、どんなパンチでもちゃんと受けとめてくれるからねぇ」

「清美ちゃんくらいがたいがいいと、こっちも安心して思い切り打てちゃうよ」

「本当に、すごいストレス解消だよね」

給水の休憩に入るたび、オバチャンやジイサンたちは、口々に清美を褒めちぎった。クラスは四十五分と短いが、最初の十五分で、全身が汗だくになる。

こんなに汗をかくスポーツを、圭太はこれまでしたことがない。ペットボトルの水をがぶ飲みし、ふと前を見れば、したたるほどに汗をかき、大きなボクシンググローブをはめた自分が鏡に映っている。なんだか信じられない気分だった。

「さあ、次は連打いくよ！ みんな、思い切り打ちこんで！」

ジャブとストレートを計五回、全部で十発のパンチを打ち込む。オバチャンも、ジイサンも、次々にすごい音をたててパンチを打った。

「ナイスパンチ」

清美が嬉しそうに声をあげる。

鮮やかなオレンジ色のタンクトップに身を包んだ清美が、長い三つ編みを揺らしながら、圭太の前に立った。

「さあ、新人君も思い切って！」

だが、圭太のパンチにはまだ力がない。オバチャンや七十過ぎのジイサンのパンチでさえバシバシと響くのに、圭太のパンチはポスポスだ。

「もっと腰を回して、拳に全身の力をのせて！」

清美が正面から圭太を見据える。

「倒したい相手の顔を思い描いて、打ってごらん！」

ミットを構えた清美の叱責に近い声が飛んだ。その瞬間、悪辣な笑みをたたえた康の顔が脳裏に浮かぶ。

「さあ、さあ！」

ヴァルキリーに導かれるように、ふつふつと怒りが込み上げた。自然と後ろ足のかかとが浮き、下半身の力が拳にのる。

ふざけるな！

気づいたときには、渾身《こんしん》の力を込めて右ストレートを繰り出していた。

バシーン！

初めて、清美のミットが大きな音を放つ。

「ナイスパンチ！」

清美が晴れやかな声をあげた。信じられない思いと同時に、心地よい痺《しび》れが、圭太の右腕を走り抜ける。


以来、圭太はボクシングにのめり込むようになっていった。

備品の大きなグローブを装着すると、日常のスイッチが切り替わる。それは、小説やゲームのファンタジー世界に入り込む感覚にも少し似ている。

ボクシングをしていると、嫌な相手も、弱い自分も一時《いっとき》忘れることができた。

圭太はクラスがない日でも公営体育館に向かい、サンドバッグを相手に自主練に励んだ。暇を見つけてロードワークも行うようになった。

ボクシングを始めたことは、両親には告げていない。それでも、自室に引きこもってばかりだった息子が突然毎日どこかへ出かけるようになったことに、智子は呆気にとられつつも、手放しで喜んでいるようだった。

ナイスパンチ――！

憧れのヴァルキリーにそう叫んでもらうことを思うと、圭太はいくらでも頑張れる。周囲に気を遣いながらする球技や、個人の能力差が歴然と出る徒競走などは苦痛でしかなかったが、一人で打ち込むスポーツは、案外楽しいものなのだと初めて知った。

たかだか数週間のトレーニングでは、別段、身体に変化はなかったけれど、心は随分と軽くなった。このままどんどん違う自分になれるような、そんな気がしていた。

九月に入り、夏休みが明けると、クラスは週に二回になってしまったが、ファンタジーノベルの挿画から抜け出してきたような清美とまみえることは、圭太にとって無上の喜びであることに変わりはなかった。

二学期が始まっても、圭太の心は、ボクシングとヴァルキリーで一杯だった。

そんな夢見心地が一気に覚めたのは、放課後、学校の裏庭を歩いているときだ。

その日、圭太は学校の図書室に、ボクシングに関する本を探しにいった。意外にもハウツー本が充実していて、夢中になって物色しているうちに、いつしか遅い時間になっていた。

良い本が借りられたと、鼻歌まじりに人気《ひとけ》のない裏庭を歩いていると、いきなり、眼の前を立ち塞がれた。

顔を上げた瞬間、さっと血の気が引く。

「圭太ちゃん、久しぶりぃ。なんか、随分とご機嫌じゃん」

康といつもの上級生たちが、悪趣味な笑みを浮かべていた。

どうして――。

圭太の胸元を、気味の悪い汗が流れる。

気をつけていたはずなのに。通常登校のときは、放課後、寂しい場所で一人にならないように。できるだけ集団に紛れて、死角には近寄らないようにしていたはずなのに。

どこかで気が緩んでいた。ボクシングにばかり夢中になって、油断してしまった。

「お前さ、この間、本屋で俺のこと見て逃げただろう」

康がずいと近づいてくる。

「俺がせっかく声かけようとしたら、逃げやがって。あのとき、俺、傷ついたよなー」

やっぱり、見られていたのかと、圭太は絶望的な気分になった。

「本当、本当。あの後、こいつ、すごいショック受けてて、俺たち見てられなかったよなぁ」

他の上級生たちが、次々に康に呼応する。

「おい、お前。先輩のこと、そんなふうに傷つけていいとでも思ってるのか」

「そうだよ。どう謝罪するつもりだよ」

「謝罪だけじゃ足りねえよな。やっぱり、ちゃんと慰謝料もらわないと」

にやにや笑いながら、上級生たちが距離を詰めてきた。

〝逃げていい〟の人たちに聞いてみたい。こんなとき、一体、どこへ逃げればいいのかを。

逃げ出そうとすればつかまるし、誰かを呼ぼうとして失敗したら、もっと酷い目に遭わされる。

倒したい相手の顔を思い描いて、打ってごらん――！

ふいに、ヴァルキリーの声が耳の奥に響いた。

圭太は密かに拳を握る。しかし、ここには体育館の備品の大きなボクシンググローブはない。ただ握り締めた拳は骨ばっていて貧弱で、とても繰り出せるようなものではなかった。

「ほらほら、慰謝料だよ」

「さっさと出せよ」

上級生たちに取り囲まれ、圭太は蒼褪める。

「中学時代は、散々世話してやったじゃんか」

康の台詞が、胸の奥のほうをえぐった。

震える手で学生鞄《かばん》をあけて財布を取り出すと、いきなりひったくられる。

「なんだよ、諭吉《ゆきち》が入ってねえじゃん」

「しけてんなぁ」

舌打ちしながら数枚の千円札を抜き取り、康が財布を地面に投げつけた。慌てて拾いにいったところを、背後から思い切り蹴りつけられる。

顔から地面に落ち、眼鏡のパッドが鼻の脇にめり込んだ。

「うわぁ、だっせー」

倒れた圭太を、康が嘲笑った。

「今日はこれくらいで勘弁してやるよ」

「もう失礼なマネするんじゃねえぞ」

「今度、先輩に会ったら、逃げずにちゃんと挨拶しろよ」

財布から抜き取った千円札を見せびらかすように振りながら、康と上級生たちが去っていく。彼らの姿が視界から消えても、圭太は地面にうずくまったままでいた。

ぽたぽたと、地面に黒っぽい血が散る。眼鏡を外せば、鼻パッドが壊れ、マスクにも血が滲んでいた。

地面にできた染みを見つめていると、圭太の心の中にもじわじわと黒い染みが広がった。

駄目だ。なんにも変わっていない。

グローブをつけて、シャドーボクシングをして、実際にパンチを打って、別人になったような気壊れた眼鏡をかけ直し、圭太はのろのろと立ち上がった。

ボクシングなんて、なんにもならない。自分はただ、浮かれて調子に乗っていただけだ。

やっぱり自分は、弱くてみじめなターゲットだ。

がしていたけれど、結局、現実は少しも変わらない。


その日、圭太は公園に向かったものの、ボクシングのクラスには出なかった。ベンチで項垂れ、只々時間を潰していた。一応、公園にやってきたのは、心配性の母に詮索をされないためだ。それに、生々しい顔の傷を見られたくもなかった。

鼻パッドはゆがんでしまったが、眼鏡はなんとかかけることができている。ずきずきと痛むけれど、傷口の血もとまった。

でも、これからどうしよう。

この先ずっと、康たちに怯《おび》えて、こそこそ逃げ隠れしながら過ごすのか。こんな日々が、あいつらが卒業するまで続くのか。

先生に相談？　なんにもならない気がする。

親に相談？　絶対、無理。

ふいに恐ろしい思いが湧く。もしかすると、学校を出てからも、自分はああいう連中のターゲットのままなのかもしれない。そう考えた途端、胸の奥が石でも詰めたように重くなる。

明るい先がどこにも見えない。閉塞感に潰されてしまいそうだ。

こんな世の中で、まともでいられる自信がない。

気づくと、空が暗くなり始めていた。九月の半ば近くになっても、まだまだ残暑は衰えることがかった。

公園の人影が減っていく中、圭太はじっとしていた。できることなら、このまま消えてしまいたいが、夕暮れは随分と早くなった。群青が濃くなる空に、少しだけ欠けた月が昇っている。

やがて完全に日が暮れて、公園内の電灯がつき始めても、圭太はベンチから動くことができずにいた。全身から気も力も抜けて、益々ぐったりと下を向く。

「新人君？」

ふいに、頭上から声が降ってきた。顔を上げ、圭太は大きく眼を見張る。

背中に剣――ではなく、細長いチューブ型のバックパックを担いだヴァルキリー――ではなく、堂本清美インストラクターが、不思議そうに自分を見下ろしていた。

「どうしたの、こんなところで。もう、クラスはとっくに終わっちゃったよ」

「あ……、は、はい！　す……、すみません！」

思ってもいなかった邂逅《かいこう》に、圭太の声が上ずる。

「そういえば、今日、きてなかったよね」

「す、すみません……！」

圭太がひたすら恐縮すると、

「そんなに緊張しないでよ」

と、清美がマスク越しに笑った。

「でも、新人君、最近すごく頑張ってたのにね」

「あ……、はい……」

圭太の胸に、沈鬱なものが込み上げる。自分はこのまま、クラスを辞めてしまうかもしれない。

そうしたら、この人と、クラスの受講生たちはがっかりするだろうか。確かボクシングのクラスは、定員割れぎりぎりだったはずだ。

でも。

自分は知ってしまったのだ。ボクシングなんて、実際にはなんにもならない。

押し黙っている圭太を、清美がじっと見つめた。

「どうしたの、その顔。鼻の脇のところ、怪我《けが》してるみたいだけど」

鼻パッドがめり込んだ傷口を指摘され、圭太は思わず視線を逸《そ》らす。忘れかけていた傷が、ずきりと痛む。

「ちょっと、お邪魔しちゃおうかな」

その圭太の隣に、いきなり清美が腰を下ろした。驚いて顔を上げれば、ヴァルキリーにそっくりのたくましい大きな身体がすぐ横にあった。

「この時間、いつもこの公園のベンチで夕飯食べてるの」

夕飯——？

意外な言葉に興味を惹かれる。清美はバックパックを肩から下ろし、圭太の眼の前で、そこから水筒と弁当箱を取り出した。

「見てみる？　マッスル弁当」

じゃーんと効果音つきであけられた弁当箱には、白っぽい鶏の胸肉と、茹《ゆ》でたブロッコリーしか入っていなかった。

「これが夕飯ですか？」

圭太は眼を丸くする。

「そう。この子たちのね」

清美は澄ました顔で、上腕二頭筋を撫でてみせた。

「朝や昼は好きなものを自由に食べてるけど、夜だけはこの子たちの育成に特化してるの」

すごい——。

清美の引き締まった見事な筋肉美は、こうしたストイックな「マッスル弁当」によって培われていたのかと、圭太は素直に感嘆した。

マスクを顎までずらし、清美がブロッコリーを一房《ひとふさ》口に入れる。

「よかったら、話、聞くよ」

気さくな笑みを浮かべられ、どきりと鼓動が大きくなった。

憧れのヴァルキリーが隣にいるだけでも信じられないのに、親身な眼差しが向けられている。

「新人君、名前、なんだっけ？」

「大森……大森圭太です」

「圭太君か」

ヴァルキリーが自分の名前を呼んでいることにどぎまぎする。

「圭太君、高校生だよね。何年生？」

「一年です」

「一年生ってことは十六歳か。いいなぁ、青春真っ盛りだね」

「よくないですよ」

しかし、気づくと暗い声で反論していた。ブロッコリーを飲み込んだ清美が、マスクをつけ直す。

「どうした？　なにかあったか？」

落ち着いた声で尋ねられた。その少し乱暴な言葉遣いが、ファンタジーノベルのヴァルキリーそのもので、圭太は正面から清美を見てしまう。まじまじと眺めれば、当然ながら清美は生身の女性だ。眼の下には微かなしわが刻まれ、ヴァルキリーほど若くない。

だけど、清美は誠実な面差しをしていた。

それでも圭太は、なかなか口を開くことができなかった。

「もしかして……。その傷、誰かにやられたとか?」

さりげない口調で尋ねられ、反射的に顔をそむける。しかしその反応こそが、なによりも雄弁に清美の言葉を肯定してしまっていた。

長い沈黙の後、圭太はようやく重い口を開いた。

「……俺、ターゲットにされてるんです」

辛抱強く自分の言葉を待ってくれている清美の前で、圭太は訥々《とつとつ》と話し出す。

質《たち》の悪い上級生たちに眼をつけられていること。逃げ回ることに疲れてしまったこと。ボクシングを始めて少しだけ違う自分になれたような気がしていたが、実際彼らに会えばなにもできなかったこと――。

「ダサいっすよね。高校生にもなって、いじめられてるなんて」

自嘲的に言った圭太を、清美が即座に遮った。

「そんなことないよ」

「圭太君が自分を責める必要なんて、どこにもない。悪いのは、嫌がらせをする相手なんだから」

いじめは、する側が悪い。

間違いなくそれは正論だ。だけど実際、人の心は本当に正しいほうに動くだろうか。

「あのさ、実は結構多いんだよ」

懐疑的な気分に襲われる圭太に、清美が語りかけてくる。

「いじめがきっかけで、ボクシングにはまる人。フライ級の世界チャンピオンにも、過去にいじめられっ子だったことをカミングアウトした人がいたでしょう？」

そう言えば、そんな話を聞いたことがある気がした。

「かくいう私自身が、そうだったし」

「え？」

意外な言葉に、再び清美をまじまじと見つめてしまう。

「あのねぇ。私だって、最初からこんなにムキムキだったわけじゃないから」

圭太の露骨な反応に、思わずといったように清美が苦笑した。

「私、子どもの頃から図体《ずうたい》ばっかり大きくて、勉強も運動も全然できなくてさ……」

水筒の水を一口飲み、清美が話し始める。

「ついたあだ名は、クソデカ女」

背中を丸めて歩いていると、男子からいきなり突き飛ばされることもあった。女子はくすくす笑うだけで、誰も助けてくれなかった。

「クラスでグループ分けをするときも、私だけ、どこにも入れてもらえない。担任の先生は、迷惑そうな顔するばっかりで、なんにもしてくれないし。もう、消えてなくなりたいって、いっつも思ってたよ」

つい先ほどの自分の気持ちを言い当てられた気がして、圭太は視線を伏せる。

いじめはいつだって、される側をみじめにする。

弱いからやられるのだ。弱肉強食の世の中で、弱い奴は、やられても仕方がない。いじめをする側が悪いというのは正論かもしれないけれど、結局のところ建前だ。やられるほうに理由があるという感覚が多くの人たちの意識の水面下にあるからこそ、SNS上の炎上案件は、あんなにも嬉々《きき》として燃え広がるのに違いない。

弱みをさらされた相手に、人は容赦なく石を投げる。

「でもね、そんなときに、近所でボクシングジムを開いてるおじさんが、たまたま声をかけてくれたんだよ。お嬢ちゃん、いい体格してるねー。ちょっとジムに寄ってみないかーって」

圭太の鬱々とした考えをよそに、清美が懐かしそうにマスクの上の眼を細めた。

「もう、自分は誰からも相手にされないんだって思い詰めてたから、声をかけてもらったことが、単純に嬉しくてねぇ。一応ジムの中に入ってみたけど、最初は自分にボクシングなんて、絶対無理だって思ってたの」

ベンチにもたれ、清美が独り言のように言う。

「だけど、ボクシングって不思議だよねぇ……。武装っていうのかな?　練習用の大きなグローブをつけてみたら、なんだか自分が急に強くなったような気がしてね」

それは、圭太にも理解できた。

グローブをつけてファイティングポーズをとった鏡の中の自分が、全く別人のように感じられたことを思い出す。

「そこからはもう夢中。両親に頼み込んで、本格的にジムに通わせてもらったの。私にとって、初めての習い事。ボクシングって、割と一人でこつこつ練習できるし、運動コンプレックスが強い人でも、意外に集中して取り組めるんだよね。それに、バカにされたり、いじめられたりすることを考えたら、ボクシングの練習なんて、ちっともつらくなかった。やればやっただけ、強くなれる気がしたし」

天空にかかる月を見上げながら、清美は続けた。

「今となっては分かるんだよね。ジムのおじさん、多分、私がいじめられてるのを知っていて、声をかけてくれたんだろうなって」

そこまで話すと清美はマスクをずらし、再び「マッスル弁当」を食べ始める。鶏の胸肉を咀嚼《そしゃく》しながら、今度は圭太からの言葉を待っているようだった。

虫の音に交じり、どこかからお囃子を練習する篠笛の音色が聞こえてくる。

「あの……。よく、逃げていいって言うじゃないですか」

普段から思っていることを、圭太は思い切って口にした。

「でも、あれって、俺、ただの上から目線のきれいごとにしか思えないんですよ。だって、逃げ場所なんてどこにもないし、偉そうにそういうこと言ってる人たち、結局、どこへも逃げてないじゃないですか」

「確かにそうだね」

圭太の言葉に、清美は暫し考え込む。

「私、思うんだけどさ」

弁当箱に蓋をしながら、清美がふいに真面目な顔になった。

「あの〝逃げていい〟っていう口当たりのいい常套句《じょうとうく》は、最近、政治家たちがなにかとちらつかせてくる、自助だとか、自己責任だとかと同じことなんじゃないのかな」

「え……」

「要するに、〝逃げていい〟って言うだけで、それを終わらせようとしてるってことでしょう？　はい、自己責任で逃げなさい、で解決しようとしてるだけ。それって、完全に傍観者の目線だよ。いじめがそんなに簡単に解決するわけないじゃない」

清美は憤然と腕を組む。

「特に最近、そういうことを強く感じる。コロナとか、震災とかもそうだけど、それが長引いたり、色々うまくいかなくなってきたりすると、どこかで、自分でなんとかしろに切り替える。切り捨てられていく人たちが出るのを後目に、自助とか、自己責任でうやむやにする。でも、それが本当に、国のリーダーたちのやることなのかな。リーダーって、そんなもんじゃないはずだよね」

そこまで言うと、清美は「あー」と頭を抱えた。

「本当に嫌な世の中になっちゃったな。私たち大人が情けなさすぎるから、こんなことになったのかな。困ってる人を傍観する世の中なんて、くそくらえだよ。なんか、小さい子や若い人たちに申し訳ない。ごめん、ごめんね、圭太君」

大きな身体を縮こまらせ、清美は「ごめん」と謝り続けている。

その様子に、初めて自分の話に真摯に耳を傾けてくれる人が現れた気がして、暗くよどんでいた圭太の心が微かに震えた。

「……堂本さん」

圭太は初めてその名を呼んだ。

「だけど、俺、本当はそのきれいごと言ってる上から目線の連中のこと、とやかく言えた義理じゃないのかも」

心の奥底に蓋をしていた過去が、むくむくと込み上げる。

「俺のことターゲットにしてる中学時代の先輩、昔は、普通だったんです」

誰にも言えなかった記憶を、初めて口に出した。

〝中学時代は、散々世話してやったじゃんか〟

康が自分にぶつけた台詞は、あながち嘘ではなかった。

帰宅部でときどき通学路の空き地でたむろしていた圭太たちに、康は時折、飲み物やアイスをおごってくれることがあった。最初は、単に世話好きな先輩なのだと思っていた。

〝あの人、クラスではぶられてるらしいよ〟

だが、ある日、友人の一人がそう言った。

〝空気が読めなくてダサいから、誰からも相手にされてないんだってさ〟

完全にバカにした口調だった。

「それ聞いて、俺もなんとなく白けた気持ちになったんです。だから、俺らみたいな地味めの後輩を選んで声かけてくるのかって」

それからは、なにかをおごってもらうことがあっても、こっちが相手をしてやっているのだと冷ややかな気分になった。

「口では、あざーすとか言いながら、心の中では見下してたんです」

きっと康は、それをひしひしと感じ取っていたのだろう。

「結局、俺も傍観者だったんです」

はぶられるほうが悪いのだと、ダサいのだと、そう思っていた。

弱いものをつつき回す金魚は、自分の心の裡《うち》にも棲《す》んでいる。だから、炎上案件に群がる人たちの罵詈雑言を見回って、どこかで安心していたのだ。醜いのは自分だけじゃないと。

性善説を信じられないのは、自分のせいだ。

高校にきて、髪を脱色し、全く別人のようになっている康の姿を見たとき、圭太は心底驚き、慄《おのの》いた。

かつて己を小馬鹿にしていた後輩を、康が嬉々として生《い》け贄《にえ》にしようとしていることを瞬時に悟ったからだ。

「情けないのは、俺も一緒です」

ふいに込み上げそうになった涙を、唇を嚙み締めてやり過ごす。

深くうつむいた圭太を、清美はじっと見つめた。

「ねえ、圭太君」

やがて、清美がゆっくりと口を開く。

「本気でボクシングを教えてあげようか」

「え？」

圭太は反射的に顔を上げた。

「クラスでやってる〝なんちゃって〟じゃなくて、本気のボクシング。その気があるなら、クラスの後に、パーソナルの稽古をつけてあげる」

清美の真剣な眼差しが、圭太を間近から覗き込んだ。

「その先輩は、髪を脱色して不良仲間に入ることで、違う自分になろうとしたのかもしれない。だけど、自分が逃げる道を見つけるために、他の誰かを犠牲にしてたんじゃ、本当はどこにもいけやしない。そんなのは、ただのまやかしなんだよ」

清美の声が一段低くなった。

「圭太君は、本気で違う自分になってみない？」

本気で違う自分になる――。

いじめられっ子から、ファンタジー世界の守護神ヴァルキリーに変貌を遂げた清美の言葉には、真実味があった。

「私は情けない大人だけど、圭太君の傍観者にはなりたくない。だって、せっかくここまで話してくれたんだもの」

誰にも言えなかったことをようやく他人《ひと》に話せたのだと、圭太は今初めて気づく。

「今度は私が、あのとき声をかけてくれたジムのおじさんになるよ」

「でも、いいんですか」

思わず尋ねると、清美はふっと笑みを浮かべた。

「但し、条件があるけどね」

すっと清美の眼が細くなる。その迫力に、圭太はごくりと唾を呑んだ。

「公式戦とまではいかなくても、私をトレーナーとして、スパーリング大会に出場しなさい」

スパーリングとは、初心者でも出場できる、所謂練習試合のことらしい。

「時間はかかっても構わないから」

「俺に……、できますかね」

圭太がおずおずと尋ねると、清美はふんと鼻を鳴らして腕を組んだ。

「あのさ、圭太君。よく、心技体《しんぎたい》って言うじゃない」

心技体――。精神を鍛え、技術を磨き、それが体力に結びつく。確か、そんな意味の言葉ではなかったか。

「でも、あれ、違うよ」

清美があっさりと首を横に振る。

「本当はね、体技心」

「タイギシン？」

「そう」

聞き返した圭太に、清美は深く頷いた。

「まずは、身体を動かす。そこから技術、最後に心。要するに、スポーツは精神論じゃないの。できる、できないは関係ない。とりあえず、やってみるってのがスタートってわけ」

大きな掌《てのひら》が、静かに差し出される。

「どう？　やってみる？」

その姿は、なぜだかもうヴァルキリーには見えなかった。眼の前にいるのは、恐らく四十前後の女性、堂本清美、その人だ。しかし、だからこそ。

この人を、信じてみたい。

「よろしくお願いします」

圭太は自分の意志でしっかりと頷いた。


翌日から、本格的なボクシングの特訓が始まった。学校が終わり次第、毎日公営体育館へ駆けつけ、清美から教わった縄跳びトレーニングで自主練を行う。

フットワークのステップを向上させるために、縄跳びでリズム感と持久力を養うのだ。

両足跳び、駆け足跳びを、それぞれ一分間。最初のうちは、つっかからずに跳ぶだけで大変だった。一分とはこんなにも長いのかと、体育館の大時計の秒針を見ながら、何度もくじけそうになった。

それができるようになったら、次は右足で二回、左足で二回、交互に片足ずつで跳ぶ。これがまた、想像以上に骨が折れた。とても一分なんて続けられない。それでも、ボクシングクラスがある日もない日も、体育館の片隅で、圭太は一人で縄を跳び続けた。

週に二回のクラスでは、備品のボクシンググローブではなく、清美と一緒に選んだ自分用のグローブをつけるようになった。グローブ着用の際は、軍手ではなく、バンデージを巻く。これだけで、パンチがぐんと打ちやすくなった。

〝お兄ちゃん、随分と本格的だねぇ〟

オバチャンやジイサンに冷やかされつつ、クラスでは、圭太も皆と一緒にパンチを打った。そして、クラスが終わると公園に場所を移し、清美からパーソナルトレーニングを受ける。

「ほら、ほら、右、右！　フットワーク、とまってる！」

その日も、圭太は清美から厳しい声をかけられていた。

「パンチを打ったら、すぐに脇を締めて！　遅い、遅い！　そんなんじゃ、ガード、がら空きだよ！」

クラスでのおおらかさとは大違いの鋭い指摘と、手加減のないリードが続く。

きつい、厳しい、なにも考えられない。

それでも、圭太は清美の容赦のないリードに食らいついていった。なぜなら、傍観者になりたくないと言ったこの人を師に、怯えてばかりの自分に本気で見切りをつけたいと心に決めたからだ。

両親も、まだあまり馴染みの湧かないクラスメイトたちも、もちろん、康たちも誰も知らない。

日の落ちた公園の一角で行う、秘密のトレーニング。

無心に身体を動かしていると、不思議なことに、凝り固まっていた心のどこかがゆるやかに解放されていく。自分の弱さや醜さを、くよくよと思い悩むことも少なくなった。

まさしく〝体技心〟だ。

「少し、休もうか」

頃合いのよいところで、清美がミットを外した。圭太もグローブを外し、したたる汗をぬぐう。

二人で公園のベンチに腰掛け、スポーツドリンクを飲んだ。

今日も木立の向こうから、篠笛の音色が聞こえてくる。

「考えてみると、東京って不思議なところだよね」

ベンチにもたれ、清美が周囲を見回した。

「なにがですか」

言わんとすることが分からず、圭太は首を傾《かし》げる。

「特にこの辺りは下町風情っていうか、古いものと新しいものが混然としてるじゃない」

清美の視線が、立派な瓦屋根を載せた公園の門に向けられた。

「私が山間部を切り開いた神奈川のニュータウン育ちだから余計そう思うのかもしれないけど、この辺りは、昔から人が住んでいたわけでしょう？　この公園だって、元は藩主のお屋敷の庭園だったっていうし。藩主？　なに、それ、すげーって思っちゃう」

いたずらっぽく清美が笑う。

「だってさ、もしかしたら、私たちがトレーニングしているこの場所で、江戸時代は藩主の若様が剣の稽古とかしてたのかもしれないんだよ」

もともとこの街で育った圭太はそんなことを考えたことがなかったが、言われてみればこの一帯は、昔は「江戸越えの村」と呼ばれていたらしい。東海道の第一宿も近くにある。

「お祭りとかもさ、実は私は、ショッピングモールの特設会場の縁日くらいしか知らなかったんだよね。ところが、こっちにきてみたら、秋祭りの時期になると、たくさんの家が〝御祭礼〟って書かれた提灯《ちょうちん》を吊るしてるじゃない。大都会大都会っていうけど、東京って、結構伝統が息づいてる場所だなぁって、感心しちゃった。お囃子だって、テープじゃなくて、町内会の人たちがちゃんとこうやって練習して吹くんだもんね」

眼を閉じて、清美は篠笛の音色に耳を澄ませる。その隣で、圭太も改めて公園の様子を眺めてみた。

昔から大勢の人が住んで、泣いたり笑ったりしてきた場所。

藩主の若様が剣の稽古をしていたかもしれない庭園の跡地で、自分たちはボクシングのトレーニングをしている。木立の向こうの高架を、飛脚や駕籠《かご》に替わり、今は東海道新幹線がゴーゴーと音を立てて走っている。

その時代時代に生きてきた人たちも、ままならない世の中を相手に、汗水流して奮闘してきたのだろうか。

篠笛に合わせて小さく首を振っている清美の様子を、圭太はそっと窺った。

いじめられっ子から脱却するためにボクシングを始めた清美は、その後、めきめきと強くなり、本気でアマチュアボクシング選手を目指すまでになった。ところが、たぐいまれなる彼女の体格が、皮肉なことに裏目に出てしまう。日本には、ヘビー級の女子選手が、清美一人しかいなかったのだ。

厳しい減量に挑み、なんとかミドル級まで階級を落とそうと努力するも、どうしてもかなわず、結局、清美は公式戦で戦うことが一度もできなかったという。

〝スパーリングさえ、対戦してくれる相手がいなかったんだよね〟

初めてパーソナルトレーニングを受けたとき、清美はやるせなさそうにそう打ち明けた。

ここまで体格のいい清美と一戦交えるのは、階級が下の選手なら、少々怖かったのかもしれない。

結局、清美は選手になるのをあきらめて、ボクシングのスキルを生かしたインストラクターになる道を選んだ。

〝私、今の仕事も決して嫌いなわけじゃないんだよ〟

これまでの人生では、ボクシングなど間違いなく無縁だったであろう中年女性や、定年退職後の男性たちに楽しくパンチを打ってもらう。

〝すごいストレス解消だって言ってもらえると、やっぱりとっても嬉しいのよ〟

誰からも相手にしてもらえなかった少女時代の記憶があるからこそ、と、清美はしみじみと語った。

最初はおどおどしていた受講生が、段々本気の表情に変わり、勢いよくパンチを繰り出せるようになると、ミットでそれを受けている清美までが元気になるのだと。

きっと、クラスにやってきたばかりの圭太も、そんな感じだったのだろう。

〝でもね、やっぱりいつかは、私が戦えなかった公式戦に出るような選手を育ててみたかったの〟

とは言え、本格的なボクシングジムでは、女性のトレーナーはあまり歓迎されない。女子選手でさえ、男性のトレーナーを望むらしい。

〝ましてや、私自身が公式戦で戦ったことがないとなったら、まともなジムでは雇ってもらえないのよ〟

だから、公営体育館やカジュアルなスポーツクラブで教えることを選んだわけだが、そこでは本格的な訓練より、楽しさが重視される。

〝もちろん、それが悪いわけじゃない。だけど、だけどね……〟

まだ十代の圭太が迷い込むように体育館へやってきたとき、これを逃がす手はないと、内心清美は考えていたのだそうだ。

〝だって、うちのクラスに初めて、スパーリングに出られそうな子がきたんだもの〟

ほんの少しだけ期待していたのだと、清美は片眼をつぶってみせた。

〝正直、本当にパーソナルトレーニングをするようになるとは、考えてなかったけどね〟

あのとき、圭太は清美とヴァルキリーを重ねることに夢中になっていた。まさか、そんなことを思われていたとは、想像もしていなかった。

「さ、そろそろ再開しようか」

目蓋をあけて、清美が勢いよく立ち上がる。

「ほら、ぼやぼやしない！」

慌てて後を追い、再び厳しい指導に立ち向かう。

「ワンツー、ワンツー！　なに、ボケッとしてるの！　足がとまってるよ！」

叱責を浴び、圭太は清美のリードに集中した。

「ワンツー、よけて！　ワンツー、よけて！　足、とめない！」

このきつい訓練を経て、自分が本当に変われるのかは定かではない。

だが、圭太には、一つだけ分かってきたことがある。

週に二回の清美とのパーソナルトレーニングは、自分にとって、理不尽でままならない世の中から切り離される隠れ家だ。

隠れ家は、決して逃げ場所ではない。密かに力を蓄えるためのものだ。

蓄えた力が、この先なにかの役に立つのか。

答えはまだどこにも見えないけれど、圭太は無心に汗をかき、力の限りの拳を清美のミットにたたき込む。


視界が明るい。

眼鏡のフレームがないと、世界はこんなに広々と見えるものなのだと、小学校低学年から近眼だった圭太は改めて気づく。

この日、圭太は街の商店街にやってきていた。休日の昼下がりの商店街は、マスクをした買い物客でにぎわっている。圭太はよく晴れた秋空を見渡し、そのまばゆさに眼を細めた。

ボクシングのパーソナルトレーニングを始めて、一か月が過ぎた。

先週末、清美の伝《つて》で紹介してもらったアマチュアボクシングのサークルで、圭太は生まれて初めてマス・スパーに参加した。マス・スパーとは、本気ではなく、寸止めで軽くパンチを打ち合ったり、オフェンスとディフェンスがあらかじめ形を決めて、交互に攻撃と防御を行ったりする練習方法だ。

ボクシングでは、このマス・スパーを経て、スパーリングに進むのが基本だ。

マス・スパーはあくまで予行演習のようなものだが、一応、向き合ってパンチを打つため、怪我の危険性のある眼鏡は推奨されない。今後のことを考え、圭太はこれを機会に、使い捨てのコンタクトレンズを買った。使い捨てであれば、万一、パンチで吹っ飛んでもあきらめがつく。

事前にある程度打ち合わせをするとはいえ、対戦形式で相手と向き合うのは、圭太にとって初めての経験だった。構えられたミットにパンチを打ち込むのではなく、本当に相手にパンチを打ち、相手からもパンチが返ってくるというのは、正直、とても怖い。

打ち抜かれることこそないものの、パンチを防ぎ損ねれば、ヘッドギアをしていても、ガツンと衝撃を受ける。

鋭い眼光の対戦相手と向き合った瞬間は、「やっぱり無理」と弱気にもなった。

それでも、オフェンスとディフェンスがかみ合ってきたとき、妙味が恐怖を上回るのを感じた。自分の足がキュッキュッと床を踏み、リズミカルにパンチを繰り出せるようになると、不思議な爽快感が込み上げる。

怖いことは怖い。だけど、一方的に殴られたり、多勢に無勢で小突き回されたりするのとは全然違う。

自分も一人、相手も一人。同じ体格の相手との、一対一。

試合になれば勝者と敗者が生まれるけれど、そこに、加虐者と被虐者は存在しない。

ボクシングの世界は、現実世界と比べれば、断然フェアだ。

今朝、圭太は眼鏡を外した自分の顔を、洗面所の鏡に映し、まじまじと眺めてみた。鼻パッドがめり込んでできた傷はもうすっかり治っていたが、代わりに、マス・スパーのパンチを防ぎ損ねてできた青あざが、右眼の上のあたりに浮いていた。

理不尽に受けた傷と、納得の上でできた傷の違いを、圭太はぼんやり考える。本当の痛手は、身体以上に心が受けていたのかもしれない。

同時に、今の圭太には、自分が一人だけではないことも分かるのだ。

夏休みの間中、部屋にこもっていたかと思えば、急に毎日どこかへ出かけ、汗だくで帰ってきて夕飯を食べたらすぐに寝てしまう。これまではゲームに課金ばかりしていたのに、突然、コンタクトレンズを買いにいき、おまけに眼の上に青あざを作って帰ってくる。

傍から見ていたら「奇行」としか思えない自分の行動を、心配性の母は黙って認めてくれていた。

だが、昨夜の夕飯後、圭太は智子から声をかけられた。

〝なにかあったら、ちゃんと言ってちょうだいね〟

遠慮がちな口調だったが、これまでは、こんな一言すらかけられないような状態に自分はいたのだろうと、圭太は悟った。

〝分かった〟

とりあえず頷くと、張り詰めていた智子の表情に、ほっとしたような笑みが浮かんだ。

今の自分の状況を、どう言葉で説明すればいいのかはまだよく分からない。

だけど、父も母もなんとか息子を理解しようと心を砕いてくれていることだけは、ようやく素直に感じることができた。

今日はこれから、オリジナルのマウスピースを作るための素材を、スポーツ用品店に買いにいく。既製品でもいいのだが、自分の嚙み合わせにフィットするものを簡単に作れる素材があると、清美から教えてもらったのだ。どうせなら、ぴったりなものを自作してみたい。

スポーツ用品店に向かっていると、コンビニの前にたむろしている一団が眼に入った。そこに、小野寺康がいる。上級生たちとつるんでいる康は、しかし、いつもと少しだけ様子が違った。なんとなく、他の上級生たちに、ぺこぺこと頭を下げているように見受けられた。

眼鏡をかけていないせいか、康はなかなか圭太に気づかない。

すれ違う直前に、康がハッと眼を見張った。

途端にその顔に、ばつの悪そうな表情が広がる。他の上級生たちもこちらに気づいたが、いつものように絡んでこようとはしなかった。胡乱《うろん》なものでも見るかのように、眼の上に青あざを作った圭太を無言で眺めている。

ひょっとすると自分は、一か月に亘《わた》る厳しいパーソナルトレーニングを経て、わずかながらでも醸し出す雰囲気が変わったのかもしれない。

〝自分が逃げる道を見つけるために、他の誰かを犠牲にしてたんじゃ、本当はどこにもいけやしない。そんなのは、ただのまやかしなんだよ〟

彼らとすれ違いながら、圭太は清美の言葉を思い出した。

本当に逃げ場所が必要なのは、もしかしたら自分だけではなかったのかもしれない。

康たちの視線を背中に感じつつ、圭太はぐいと顔を上げる。

もう逃げない。

圭太は見つけた。逃げ場所ではなく、新たに夢中になれるものを。

〝まずは、身体を動かす。そこから技術、最後に心〟

〝できる、できないは関係ない。とりあえず、やってみるってのがスタートってわけ〟

清美の言葉が、心のどこかで深く響く。

もし、康が本当に助けを求めているなら、できればこれまでのように傍観はしたくない。

たとえ学校が頼りにならなかったとしても、今の圭太には、少しは他のつながりがある。ボクシングクラスのオバチャンやジイサンたちの中には、かつて教育に携わっていた人もいるようだ。ボクシングのサークル関係の知り合いも随分増えた。学校だけがすべてではない。

なにより、無敵のトレーナーがいる。

圭太のパーソナルトレーニングに力を入れつつ、清美は相変わらず、公営体育館でオバチャンやジイサンたちのパンチをしっかりリードし続けていた。

〝清美ちゃん、最高〟〝お兄ちゃんも、随分強くなったねぇ〟

〝いつか、試合出るんだろ?〟〝そのときは、応援にいくからね〟

受講生も今では圭太がパーソナルトレーニングを受けていることを知っていて、口々に励ましてくれる。

全てのパンチを笑顔で受けとめる堂本清美はヴァルキリーではないけれど、やっぱりみんなの守護神だ。

その彼女に、かつて、ボクシングジムのオーナーが声をかけたように、いつかは誰かに声をかけられる自分になりたいと圭太は願う。

ボクシングを始めて、たかだか一か月と少し。

自分はやっぱり強くはないし、これから先もターゲットにされるかもしれない。だけど、やみくもに逃げるのも、人間は醜いとあきらめるのも、もうやめだ。

なぜなら自分は、既にスタートを切ったのだから。

重苦しい毎日は変わらず、新型コロナウイルスの感染は蔓延し、ＳＮＳは罵詈雑言や誹謗中傷に満ちている。

それでも圭太は前を見据えて、足を踏み出す。

まずは動け。心は後からついてくる。

そう信じ、そう祈りながら、この先も続くであろう理不尽で恐ろしく険しい道を、圭太は自らの足を頼りに、一歩一歩、懸命に歩いていく。

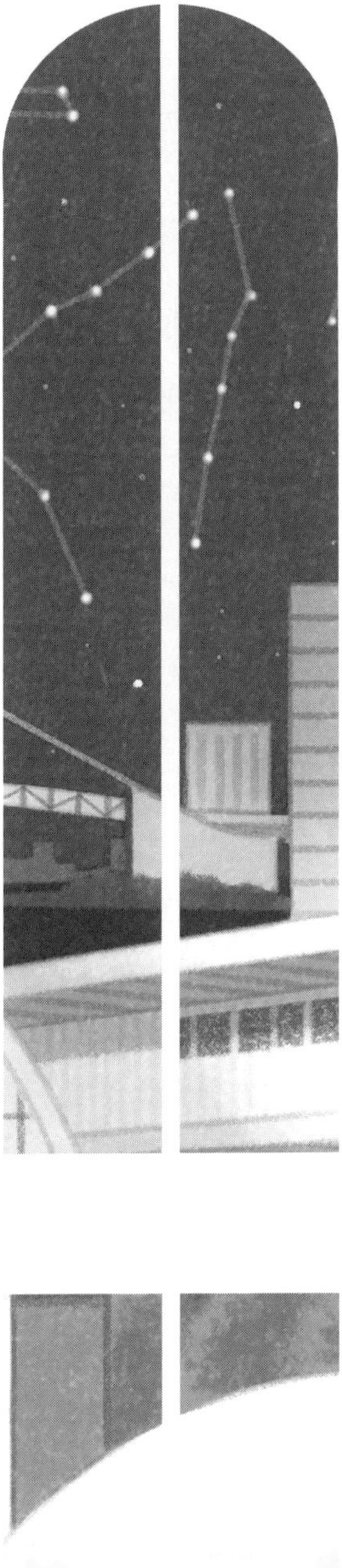

眺めのよい部屋

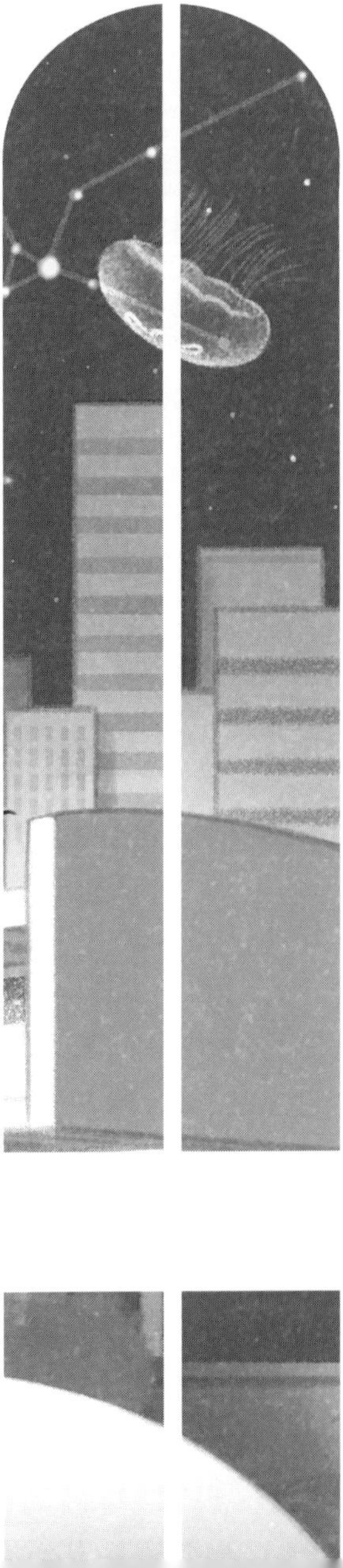

地下鉄の駅から地上に出ると、まだ空は薄暗かった。内幸町《うちさいわいちょう》交差点の横断歩道を渡りながら、植田久乃《うえだひさの》は腕時計に視線を走らせる。もうすぐ六時。

十一月に入り、日の出が随分遅くなった。これからは、早朝出勤がつらい季節だ。

人気《ひとけ》のない歩道を足早に歩き、新橋《しんばし》へ向かう。

官庁街に隣接する整然とした街並みが、大通りを南下するにつれ、どこか雑多な雰囲気に変わり始める。居酒屋、ラーメン店、消費者金融などが眼につくようになれば、そこはもう新橋の駅前だ。同じくオフィス街なのに、たった五分ほど歩くだけで、街の様相がこれほどがらりと変わる地域も珍しい。

関東を中心に展開しているカフェチェーン店に勤めて、かれこれ十数年が経つ。最初は失業後のつなぎのつもりで始めたアルバイトだったが、思いのほか長続きし、いつの間にか正社員に登用された。六年前、四十歳になったとき、久乃は新橋の店舗を任されることになった。

大通りから路地に入り、雑居ビルの裏口へ回り込む。オートロックを解除して中に入った。ビルの一階を占める三十坪ほどの店舗が、久乃の現在の城だ。

「城」というほどのものでもないけど……。

マスクの中で、久乃は小さく笑う。

黒い革張りの一人がけのソファに、窓側に配置されたカウンター席。店長の久乃以外は、全員がアルバイトの小さな店舗。

同じチェーンでも、新設店が広々とした間取りなのに対し、こぢんまりとした新橋店は古色蒼然とした雰囲気が漂っている。カフェというより、喫茶店という響きのほうが似つかわしい。

喫茶は茶を飲むという意味だが、喫茶の〝喫〟を、喫煙の意味だと解釈したがる人もいる。別段、それを酌《く》んだわけではないけれど、店長に任命されたとき、久乃は思い切って新橋店を全席喫煙可にシフトした。

時代の流れに逆らったこの施策は、サラリーマンの多い新橋という場所柄もあって、予想以上に好評だった。

数年前に「改正健康増進法」が施行されてから、ほとんどの飲食店で、座って煙草《たばこ》を嗜《たしな》むことは難しくなった。全席禁煙が主流になり、分煙の施策が取られている店舗でも、かろうじて立ち席の喫煙ブースが設けられているくらいだ。

その鳥小屋のようなブースでさえ、新型コロナウイルスの流行以来、人数制限が定められている。運よくブースに入れたところで、硝子の向こうに順番待ちの人の姿が見えている状態では、煙草の味などほとんどしないだろう。

新橋店はいくつかの手続きを踏み、引き続き、全席喫煙可の施策を取り続けている。たまたま店舗が小さく、「客席面積百平米以下」という「改正健康増進法」の例外に滑り込むことができたのも幸いだった。

全席喫煙可の店舗には二十歳未満は入店できないが、場所柄のせいか、未成年が入店してくることは滅多にない。空気の入れ替えの基準も厳しいけれど、コロナ禍以降は、どこの店舗も同等の対応を求められているのだから同じことだ。

それに、〝喫煙難民〟の憂いを思えば、その程度の手間は惜しまなくてもよいのではないかと久乃には感じられる。

一人がけのソファに深く腰を下ろし、コーヒーを飲みながら、ゆっくりと煙草を楽しめるこの店舗は、ネット界隈《かいわい》では〝スモーカーの聖地〟と呼ばれているらしい。

制服に着替え、久乃はモーニングの準備を始めた。玉子サンド、ツナサンド、ハムレタスサンドと、モーニングの種類はそれほど多くない。大半は出来合いなので、概《おおむ》ねショーケースに並べるだけでいい。

今日は金曜日だ。サラリーマン層がターゲットの新橋店は土日の来店者数が減るため、賞味期限が数日の商品の仕入れはいつもの平日より少ない。余剰商品を出さないように仕入れをするのも、店長の腕の見せ所になる。その点、常連客の多い新橋店は、仕入れの目安がつけやすかった。

ある程度の仕込みを終えたところで、掛け時計に眼をやる。午前六時半。開店まで、後三十分だ。そろそろ早番のバイトの清野勇気《きよのゆうき》がきてもよい頃合いなのだが、まったく気配がない。

まあ、いつものことだ。

軽く息をつき、久乃は一人で清潔状態の確認を始めた。二十代の勇気は、四十代半ばの久乃を舐めている。本人は無自覚だろうが、だからこそ質《たち》が悪い。

もっとも、自分が二十代だったら、やっぱりこんな小さな店にしがみついている四十代の独身女性のことなど舐めてかかっていたと思う。若い頃は、自分にはここではないどこかに大きな未来が待っていると、根拠もなく信じていられるものだ。

大抵の場合、遅かれ早かれ、それは打ち砕かれるわけだけれど――。

冷めたものが、胸の中に去来する。

雑念を振り払い、久乃は各箇所を点検した。厨房《ちゅうぼう》、客席、エントランス。トイレは特に念入りに。空気清浄機を回し、出入口の消毒液を補充する。

「おはようございまーす」

久乃が一通り準備を終えた開店十分前に、ようやく勇気が現れた。

「なんか、十一月に入ったのに、いつまでたっても暑いですね。今日も、アイス、結構出るんじゃないですか」

ぎりぎりの出勤にもかかわらず、悪びれたそぶりもない。一方、勇気のこの手の推測は意外によく当たるので、久乃はすかさずアイスコーヒー用に氷の仕込みを多くした。

勇気が制服に着替えるのを待ち、店内の明かりをつけて、自動ドアのロックを解除する。

午前七時。開店時間だ。

「いらっしゃいませ、おはようございます」

開店と同時に店内に入ってきた常連客に、久乃と勇気は声をそろえて挨拶した。十時半までのモーニングの時間帯は、毎日二人で店舗を回す。

全席喫煙可という施策をとってから、新橋店にやってくるのは、ほとんどが喫煙目的の常連だ。本社のスーパーバイザーに企画書を提出した当初、客層が荒れるのではないかと心配された。しかし、蓋をあけてみれば、連日店に通ってくる常連たちは、もっぱら静かに煙草とコーヒーを楽しむ一人客ばかりだった。スーパーバイザーが懸念していたような客層は、そもそもカフェに足を運ばないのかもしれない。

この日も常連たちはまばらに席に腰を下ろし、早速灰皿を引き寄せて煙草に火をつけている。客層は、二十代から六十代と幅広いが、スーツに身を包んだサラリーマン風の男性が圧倒的に多い。

家でもオフィスでも大っぴらに煙草を吸えないのであろう、今や少数派の彼らは、ここでは伸び伸びと白煙を吐き、ささやかに自らを癒している。それを見ると、つられて久乃の気持ちも平らかになった。

「こちら、全席喫煙可になりますが、よろしいでしょうか」

御新規や、たまさか女性客がやってきた場合は、必ず事前にそう確認することを、勇気たちアルバイトにも徹底させている。御新規の中には、ネット情報を頼りにわざわざ訪ねてきてくれる愛煙家も多いが、女性客は大抵、「えっ」と顔をしかめた。

その際は、近隣のコーヒーショップを案内するようにしている。最近、久乃は手製のマップまで用意し始めた。もちろん同系チェーンの銀座《ぎんざ》店や日比谷《ひびや》店の情報も盛り込んでいるけれど、大事なのは、たとえライバルチェーンであっても、同価格帯の店を正確に紹介することだ。

そうした努力を怠っていないせいか、飲食店の口コミサイトでも、新橋店の評判は悪くなかった。

店の前に、一台のロードバイクがとまる。

ヘルメットをバイクに括りつけ、ぴったりとした革ジャンを身に着けた男性が店内に入ってきた。ここ一か月、平日は毎朝やってくるようになった新規の常連だ。

本来、店舗の前は自転車であっても駐車禁止だが、まだ朝早く、人通りも多くないので、久乃はとりあえず大目に見ている。それを恩に着ているのか否か、男性はモーニングを食べた後、必ずラージサイズのコーヒーをテイクアウトした。

「いらっしゃいませ、おはようございます」

レジの前に立った男性に、久乃は明るく声をかける。

「おはようございます」

男性も軽く頭を下げた。

注文を取りながら、久乃はさりげなく様子をうかがう。ロードバイクの男性は、この界隈のサラリーマンたちとは、少々違う雰囲気を纏《まと》っていた。

まず、年齢がよく分からない。若くないことだけは確かだが、ロードバイクのおかげか、スポーツ選手のように引き締まった体躯《たいく》をしている。

なにより、中年男性特有の疲労感と圧がない。どこか飄々《ひょうひょう》としている。

毎朝接するうちに、久乃は男性に不思議な懐かしさを覚えるようになった。あるとき、ふと思い当たった。

この男性の佇《たたず》まいは、久乃が新卒入社したデザイン事務所で働いていたデザイナーたちの醸し出すムードに近いのだ。考えてみれば、愛煙家でもない久乃が「全席喫煙可」というコンセプトを思いついたのは、彼らが日常的に煙草を吸う人たちだったからかもしれない。

ずっと働いていたい居心地のよい事務所だったが、不況の波に負けて、結局は解散に至った。今では彼らは、フリーランスでデザインの仕事を続けているはずだ。

事務職だった久乃だけが個人事業主になれず、まったく違う職種に就くことになった。

微かな喪失感を覚えながら、注文のブレンドとハムレタスサンドをトレイの上に載せる。

「ご注文の品は以上でよろしいでしょうか」

トレイを男性に手渡し、恐らくこの人も、彼らのようなフリーランスなのだろうと久乃は考えた。

「あ、おはようございます！」

隣のレジで、だらっとしていた勇気の背筋が急に伸びる。

「おはようございまぁす」

ロードバイクの男性の次にやってきたのは、栗色の髪を肩に流した女性客だった。鼻にかかった甘い声で挨拶を返している。

そばかすの散った化粧気のない顔は、少女のようにあどけない。最初に店にきたときには、全席喫煙可の了解をとるだけではなく、年齢確認までしなければならなかった。

実は彼女が勇気より年上の二十六歳だと知り、慌てて非礼を詫《わ》びると、

〝ダイジョブでぇす〟

と、女性は久乃にも甘い声を出してみせた。

数少ない女性の常連客である彼女は、いつもの玉子サンドのモーニングを注文し、窓際のカウンター席に腰を下ろした。

「彼女、コンカフェのキャストなんですよ」

ロードバイクの男性が帰りがけにアイスコーヒーをテイクアウトし、モーニングの第一陣が落ち着いたところで、隣のレジに立つ勇気が囁きかけてくる。彼の視線の先には、玉子サンドを食べ終えて、細い指に煙草を挟んでいる先刻の女性客がいた。

「キャスト？　役者さんかなにか？」

「違いますよ。コンカフェのキャスト」

「コンカフェ？」

「あ、そうか。店長にも分かりやすく言うと、メイド喫茶みたいな。彼女のいるコンカフェは、キャビンアテンダント《CA》売りらしいですけどね」

そう言われて、久乃はようやく「コンカフェ」が「コンセプトカフェ」の略語なのだと思い当たった。

「深夜勤務を終えて、ここで一服してから家に帰ってるんだそうです」

「なんで、そんなこと知ってるの」

久乃の声に非難の色が混じる。顧客の個人情報を引き出すなど、もってのほかだ。

「この間、向こうから話しかけられたんですよ。同郷だって分かって、ちょっと盛り上がっただけです。別に、変な下心とかはありませんから」

「だからって、そんなこと言いふらすのやめなさい」

「コンカフェは、別にやましいものじゃないですよ。言ってみれば、ここだってコンカフェじゃないですか。スモーキングコンカフェ」

「そういう話じゃなくて……」

「CAコンカフェって、深夜営業のこと夜間飛行っていうらしいですよ。まじ、笑える」

常連客の噂話《うわさばなし》をするなと言っているのに、勇気はまったく気づく様子がない。そもそも聞く耳を持っていないのかもしれない。

「だけど、コンカフェのギャラ聞いて、まともにバイトしてるのがバカらしくなりましたよ。写真つきのキャスト用名刺もらいましたけど、あまりに別人で驚いちゃいました。いいですよね、盛り盛りの顔面が金になって。素顔は普通だし、歳だって結構いってんのに。まあ、深夜勤務とか、歩合制とか、大変なのかもしれないけど」

一人で喋り続けている勇気を本気でにらみつけたとき、立て続けに常連がやってきた。モーニング第二陣の始まりだ。

「いらっしゃいませ、おはようございます」

すぐに前を向き、営業用の笑顔に戻る。

八時近くになると、テイクアウトのお客も増えてきて、雑談を交わしている余裕はなくなった。久乃も勇気もひたすらコーヒーやカフェラテを作り、使用済みの灰皿を新しいものと取り替える作業に追われた。

窓際の席でずっとスマートフォンをいじっていた栗色の髪の女性が、トレイを下げて店を出ていく。ちらりと視界に入った横顔は、酷く疲れているように見えた。

一昔前に比べると、女性が男性を接待する飲食店は、時代に合わせてどんどんマイルドになっている。不景気や規制の影響もあるのかもしれないが、ここ三十年程で、男性の性向が変わってきているせいだろう。

キャバクラからガールズバー。ガールズバーからコンセプトカフェ。

しかし、どれだけマイルドになっても、朝まで男性客の相手をする女性の疲労が軽減されるとは限らない。

まあ、今は、男性が女性客を接待する店もどんどん増えてきているようだから、そうした疲労が女性ばかりに課せられているわけではないのだろうけれど……。

「ありがとうございました。またお越しくださいませ」

まるで禊《みそぎ》のようにモーニングで一服してから家路につく、〝夜間飛行〟を終えた飛ばないＣＡの後ろ姿を、久乃は一礼して見送った。

やがてモーニングが落ち着き、昼番のバイトが二人入ったところで、久乃は一旦休憩に出た。試飲用のコーヒーを手に、雑居ビルの裏階段に回る。外づけ階段の踊り場で、手すりにもたれて雑然とした新橋の街並みをぼんやりと眺めた。

制服のポケットのスマートフォンが振動する。取り出せば、大学時代の友人からのメッセージが着信していた。なんだか億劫《おっくう》になり、夏頃に行われた「女子会」を土壇場でキャンセルしたところ、今度は二人だけで会わないかというお誘いだった。

差し出し人は、米川恵理子《よねかわえりこ》。現在は、名前の知られた電子商取引《イーコマース》企業でマネージャー職に就いているワーキングマザーだ。ハイキャリアで、妻で、母親——。

大学時代は一緒にバリ島へ旅行にいったこともあるけれど、今や久乃にとって、最も遠くに思える存在だった。

〝既読〟がついてしまったであろうメッセージを、久乃は無言で見つめる。

スマートフォンというのは、便利なようでいて、なかなかに厄介だ。一応、メッセージアプリやSNSは利用しているものの、ノートパソコン歴の長い久乃は、こうした小さな端末の操作が今一つ苦手だった。

恵理子のことは決して嫌いではない。だが、常に邁進《まいしん》している彼女を間近にすると、一つ所で停滞している自分の怠慢が浮き彫りになるような気がする。

店長になってから六年が過ぎ、最近では、そろそろスーパーバイザーを目指してはどうかと、本社の人事部から声がかかるが、久乃はのらりくらりとそれを躱《かわ》していた。

このままで充分だ。

スーパーバイザーになろうと思ったら、栄養学やコーヒーマイスターの資格を取る必要も出てくる。そんな気力も、野心も、久乃にはない。

今の収入でも、自分一人なら、充分に養える。それだけでいい。

勇気のような若い人たちからどれだけ舐められようと、ここから動きたくない。

どの道、私はこの先も一人きりだし、何ものにもなれやしないのだから。

久乃はコーヒーを啜り、薄曇りのくすんだ空をじっと見上げた。

束《つか》の間の休憩を終え、ランチタイムをなんとか乗り越えると、次は食後の一服を求めるコーヒータイムがピークを迎える。加えて、オフィスにコーヒーを持ち帰るお客がひっきりなしに訪れ、早番の勇気が抜けた後も、久乃は昼番のバイト二人と共に大車輪で働いた。

早朝から約十時間働き続け、十六時にようやく退勤となった。遅番のバイトリーダーに鍵を渡し、裏口から雑居ビルを後にする。

大通りに出ると、どっと疲労感が押し寄せた。今日は少し嫌なことがあった。

〝全席喫煙可になりますが、よろしいでしょうか〟

いつもの確認をした途端、

〝え、なに？　女が煙草吸っちゃいけないの？　それって差別じゃないの？〟

と、もともと虫の居所が悪そうな同世代の女性客に絡まれたのだ。全員にしている確認だと説明しても、〝言い訳しないでよ〟と、一層不愉快そうな顔をされた。

サービス業の常とはいえ、店員にしつこく難癖をつけてくるお客に当たると疲弊する。

こんな日は、やはりあそこか。

地下鉄を乗り継ぎ、久乃はある場所を目指した。

竹橋《たけばし》駅で地下鉄を降り、階段を上る。地上に出て、緩やかな坂になっている橋を渡ると、右側にピロティ構造のモダンな建物が見えてきた。

皇居に隣接する北の丸公園内にある、東京国立近代美術館だ。

今日が金曜日でよかった。通常は十七時で閉館だが、週末の金曜と土曜のみ、この美術館は二十時まであいている。コロナ禍でずっと規制されていた夜間開館が復活してくれたのは、本当にありがたい。

近づくにつれ、コンクリートの屋根の上に、「宇和島駅《うわじま》」という赤いネオンサインがともっていることに気がついた。

東京の心臓部である皇居の真向かいで、愛媛県南西部にある旧城下町の駅名が発光している。どこか哀愁の漂うレトロなネオンサインを見つめていると、日常がほんの少しだけずれていくような、奇妙な浮遊感に囚われた。

このネオンサインもまた、今回の企画展の作品の一部なのだ。

でも、今日は――。

人気の企画展は次回ゆっくり見ることにして、久乃はコレクション会場へと足を向けた。年間フリーパスをスタッフに見せて、エレベーターに乗り込む。

コレクションは、最上階の四階から二階まで、テーマ別に十二室の部屋に配置されている。エレベーターで最上階まで上がり、上のフロアから順番に鑑賞していくという構成だ。

この美術館は、十九世紀末から現代に至るまで、国内を中心とした美術品を一万三千点以上蒐《しゅう》集《しゅう》している。そして素晴らしいことに、本来なら常設であるコレクションでも、会期ごとに展示替えを行っていた。

美術鑑賞が趣味の久乃は、展示替えがあるたびに、必ずここを訪れている。

いや、展示替えがなくたって……。

刺激的な企画展や、膨大なコレクションももちろん魅力的だけれど、この美術館にはもう一つ、久乃にとって特別な場所があった。

逸《はや》る気持ちを抑えながら、エレベーターを降りる。久乃が真っ先に向かったのは、最上階に位置する一室だ。

細い入口を進んでいくと、いきなり眼の前がぱっと開ける。大きな窓の向こうには、皇居の森と丸の内の高層ビル群の夕景が、パノラマのように広がっていた。

「眺めのよい部屋」――。そう名付けられた展望休憩室は、部屋そのものが、コレクションの一つに数えられている。窓に向かい整然と並べられているのは、イタリア生まれのデザイナー、ハリー・ベルトイアによるワイヤーチェアだ。

休憩室にデザイン性の豊かな椅子が用意されているのも、美術館の楽しさの一つだ。埼玉には、「今日座れる椅子」を公式ホームページで紹介している美術館もある。

お洒落なワイヤーチェアもよいが、この部屋には二脚だけ、昭和を代表するプロダクトデザイナー渡辺力《わたなべりき》が一九五二年に発表した「ヒモイス」のレプリカ「ロープチェア」がある。戦後間もない時期に、資材コストをかけずに快適なものをと考案された、ヒモを組んで作られた椅子だ。これがハンモックのような座り心地で、久乃は特にお気に入りだった。

間に合った……。

まだ空が幾分明るいことに心を躍らせながら、久乃は早速ロープチェアに深々と腰を下ろす。ここで、刻一刻と色を変えてゆく東京の夕景を眺めるのが、久乃の週末の特別な過ごし方だった。

薄墨色の空が濃い群青に変わると、皇居の森が黒く沈み、お濠沿《ほり》いの舗道のガス灯風街灯が輝き出す。黒い森の向こうには、煌々《こうこう》と窓明かりを放つ丸の内のビル群が、連なる山脈の如《ごと》くそびえたっている。視線を転じれば、ライトアップされた東京タワーの先端も見えた。

久乃はロープチェアに身を沈め、夕刻から夜に沈んでいく都会の光景をとっくりと見つめる。

普段、なかなか体感することのできない時間の流れに身を浸していると、立ち仕事の疲労や、理不尽な苛立ちをぶつけられた不快感が、さらさらと体内から流れ落ちていくようだ。

コレクションや企画展が混んでいても、あまり存在を知られていないのか、なぜかこの部屋は、いつも比較的空いていた。この日も、広い部屋にいるのは数人だけで、久乃は存分に静寂な時間の流れを味わった。

些末で雑多な日常とは無関係に変化する、空や雲や光の一瞬の情景を、それこそ絵画のように、一枚一枚網膜に焼きつけていく。

時折、この場所をカフェにすればいいというような意見を耳にするが、ひたすら景色とのみ向き合う空間にこそ価値があるのだと、久乃は考えていた。ここには、誰かと向き合う席は一つもない。すべての席は、大きな窓に向けて据えられている。

まるで、東京そのものと向かい合っているみたいだ。

チェアに身を任せながら、久乃は初めて東京にやってきた日のことを思い出す。久乃は、大学進学のために故郷の長崎から上京した。

情報、人、音、色、あらゆるものが過剰な街。けれど、意外にそれらが整頓された街。

東京の整頓を守っているのは、たくさんの眼に見えないルールだ。

暗黙の了解。スマートな建前。つかず離れずの社交辞令。言わずもがなの決まり事。

最初は緊張の連続だったけれど、次第に、久乃は東京が自分のように地方からきた人間によって回っていることを知った。大学の先生も友人も、バイト先の先輩も、半分以上は地方出身者だった。

それがなかなか分からなかったのは、彼らが〝東京ルール〟を粛々と守っていたためだ。

東京で暮らす人たちは、明け透けな本音を口にしない。方言を隠すように、礼儀というオブラートで本心を包み、できるだけ同じトーンで話すことを心掛けている。そうでないと、本当は東京人ではなく、〝田舎者〟だとばれてしまうから。

東京は、異郷の人たちがルールを守って築いた街だ。

だから、自分のような人間には心地よい。

生まれ育った土地で過ごした十八年間より、もっとずっと長い時間を、久乃は東京で過ごしている。

〝一人で、美術館いくやなんて、なんか物欲しそうやないの〟

ふいに、母の麻子《あさこ》の言葉が耳元で甦り、久乃は一気に興が削《そ》がれた。

東京のルールの下で暮らしていたら、口に出すのが憚《はばか》られるような、明け透けな物言い。だが、それが〝田舎者〟の偏見ばかりでないことを、久乃は知っていた。

少し前にも、男性雑誌に「美術館に一人できている女性に声をかけろ」という軟派《ナンパ》指南が掲載されて大炎上したことがあるし、実際、美術鑑賞をしている最中に、見知らぬ男から声をかけられたことが何回もある。建前の裏側で、母と同じことを考えている人は、一定数存在する。

むしろそちらのほうが、ルールに隠された本音かもしれない。

六年ほど前に一度、長崎から上京した母を白金台《しろかねだい》の東京都庭園美術館に案内したことがあった。かつて旧宮家の邸宅だったアール・デコ様式の建築は真に美しく、広々とした庭園に臨むお洒落なカフェもある。あそこなら、母も喜んでくれるのではないかと思ったのだ。

〝ここに集まっとる大勢の人らは、一体なんのために、こげな難しいもんを分かったようなふりして見とるんかね？　芸術家でもなかとに〟

チリの乾燥地帯で数百の日本製風鈴が風に揺れる様を映し出す「小さな魂たち《アニミタス》」と題された映像

作品の前で、しかし、麻子は小さくそう呟いた。

国際的に活躍する現代美術家、クリスチャン・ボルタンスキーの寂寥《せきりょう》感の漂う世界観に陶然としていた久乃は、鈍器で強く頭を殴られたような気がした。

もう二度と、母と共に美術館を訪れることはしまいと、心に固く決めた瞬間だった。

美術館を出た後、レストランに入るなり、こんなところで現実逃避をしているより、もっと足元を見ろと、四十歳以上でも入れる結婚相談所への入会を、しつこく勧められたことにも閉口した。

あの頃は、久乃も四十歳になったばかりだったので、麻子は一人娘の結婚をまだあきらめ切れない様子だった。

自分が店長になったことを話しても、「地元で子どもが結婚しとらんとは、お母さんだけなんやけん」と、ひたすら結婚相談所のパンフレットを押しつけてこようとするのだった。

厄介だし、到底分かり合えないと思った。

とはいえ、麻子を悪い母親だと言い切ることもできない。

久乃の幼少期に両親は離婚していたが、麻子は一人娘に不自由な思いをさせたことはなかった。保険のセールスの仕事を続けながらも、朝晩、必ず温かい食事を用意してくれた。

離婚の原因は父の浮気だった。久乃が二十歳になるまで養育費だけは振り込んでいたようだけれど、新しい家族と大阪で暮らしている父とは、もうほとんど交流がない。

母子家庭は決して裕福ではなかったが、東京の大学に入りたいという久乃の希望を、麻子はできる限り応援してくれた。

もともと絵を描くのが好きだった久乃は、東京で美術関係の仕事に就きたいと考えていた。しかし、それはあまりに狭き門だった。プロの画家やデザイナーになる夢は、東京の芸術系大学のオープンキャンパスに参加した際、既に打ち砕かれていた。久乃には、それを職業にできるほどの才能は備わっていなかった。

だが、東京には、たくさんのミュージアムがあった。しかも国立の美術館や博物館であれば、大抵は五百円程度で入館できる。ときには無料で鑑賞できるインスタレーションまで用意されていた。

結局、久乃は東京の大学の文学部に進学し、趣味で美術鑑賞を続けることにした。鑑賞する側に回っても、アートにかかわり、支えることはできるはずだと気づいたからだ。それは自らへの慰めでもあったけれど、事実、優れた美術作品は、いつでも久乃を、己の足ではたどり着けなかった〝ここではないどこか〟へと誘《いざな》ってくれた。

事務職とはいえ、新卒でデザイン事務所に入れたときは素直に嬉しかった。当時、その事務所は、東京のミニシアターで公開されるアート系映画のポスターのデザインを主に請け負っていて、試写会でいち早く映画を見ることができる役得もあった。

事務所が解散してしまったことは残念だったが、それもまた時代の流れだと、久乃は納得している。加えて、今の自分の状況にも、久乃自身はそこそこ満足している。このご時世で、アルバイトから正社員に登用されたのだから、御の字というべきだろう。

だけど、なんにもなれなかった一人娘のことで、母は心を痛めている。

〝東京に出て広い世界を見たのはいいことやし、若かうちにいろんな経験をしてほしかとは思っとったばってん、そいやって将来のためやろ?〟

母にとっての将来というのは、娘が新しい家庭を持つことと、どうしても切り離すことはできないようだった。

〝お母さんは地元ば出たことなかけん、お父さんみたいな甲斐性なししか見つからんやったけど、久ちゃんは違かろ〟

だから応援したのにと、麻子は口惜《くや》しがる。

芸術家になれなかったことは仕方がない。それでも、妻や母にならなれたはずではないのかと、麻子はなにかにつけて久乃を責めた。

〝東京にはこげにたくさんの人がおるとに、なして一人もよか人と出会えんと？〟

〝今はよかかもしれんけど、将来、絶対寂しくなるやろ〟

〝こんなんやったら、お母さん、いつまでたっても安心できんばい〟

そんな言葉を聞かされるたびに、「お母さんだって、結局は一人じゃないの」と言いたいのを呑み込んだ。新型コロナウイルスの蔓延を口実に、久乃はもう三年近く、盆も正月も長崎に帰っていない。

幸い、電話で話す母は、「腰痛が酷い」とこぼすことはあっても、コロナに罹患することもなく、比較的元気そうだった。

元気でいてくれればそれでいい。顔を合わせれば、また、いつもの堂々巡りの質問を繰り返されることになる。

一人でいる理由をどう説明しても、分かってもらえるとは思えなかった。

大学時代の旧友たちとの「女子会」に参加するのが億劫なのも、同じような理由だ。

ゼミで仲良くなった彼女たちは、今では全員が結婚して母親になっている。恵理子のように、出産後も仕事を続けている人もいれば、専業主婦になった人もいる。〝東京ルール〟に従う彼女たちは、母のように明け透けな言葉をぶつけてくるわけではないが、その眼差しや口調は、常にどこか、久乃に対する遠慮とクエスチョンを含んでいた。

もっともらしく〝結婚だけがすべてじゃないから〟と、理解者を装われるのも、鬱陶しくて嫌だった。

自分の気持ちを正直に話したところで、それがそのまま理解されるとは限らない。たとえ打ち明けても、そこには再び、「なぜ」「どうして」という、それこそ答えられない疑問符を重ねられるだけだろう。

実のところ、久乃は恋愛にまったく興味がない。

それに気づいたのは、高校生のときだ。皆がアイドルやアニメのキャラクターに夢中になっていた中学時代はまだなんとかついていけたが、高校に入り、周囲が一斉に現実の恋愛にうつつを抜かし始めると、途端に疎外感を覚えた。〝恋バナ〟に、久乃は入っていけなかった。

〝いつかは絶対分かるって〟〝久ちゃんは、まだ出会ってないだけだよ〟〝傷つくのが怖いだけでしょ、もっと自信持ちなって〟

彼氏のいるクラスメイトからはそう励まされ、

〝久ちゃんは絶対裏切らないよね〟〝私たち、仲間だよね〟

彼氏のいないクラスメイトからはそう牽制された。

やがて、本当にいつかは分かるのかと、好意を寄せてきたバイト先の先輩と交際し、求められるがままにセックスも経験してみた。しかし、なにも変わらなかった。

先輩に対する恋愛感情も湧かなかったし、身体を重ねるのはぎりぎり耐えられただけで、繰り返したところで、ほかの女子が言うような快感も興奮も見つからなかった。

恵理子とは、一緒にバリ島を旅行したときに、一度だけそうした話題に触れたことがある。恋愛にもセックスにも興味が湧かず、どちらかと言えば苦痛だと打ち明けた久乃に、恵理子は「それは本当の相手に巡り合っていないからではないか」と、高校時代のクラスメイトと大差のないことを口にした。しかし、それでは恵理子自身は「本当の相手」と恋愛やセックスをしているのかと問いかけたところ、妙に考え込まれてしまった。

そのとき久乃は、考え込むような相手とでも恋愛やセックスを〝普通に〟こなせる恵理子のような女性たちとは、やはり自分は根本的になにかが違うのだと改めて認識した。

最近では、自分のような人間を「アロマンティック」とか、「アセクシュアル」とか呼ぶらしい。「アロマンティック」や「アセクシュアル」は、恋愛やセックスを嫌悪しているわけではなく、ただ単に関心が湧かない人たちを呼称する言葉だという。そう定義されると、成程《なるほど》、自分はそうなのだろうと思えてくる。

最近ニュースでもよく眼にするＬＧＢＴＱに加え、今はたくさんの名称がある。

誰にも恋愛感情や性的欲求を抱かない、「アロマンティック」「アセクシュアル」とは正反対に、すべての性とジェンダーの人に恋愛感情や性的欲求を抱く、「パンロマンティック」「パンセクシュアル」という定義もあると聞く。

どうしても名札《タグ》が必要だというなら、自分はアロマンティックで、アセクシュアルなのだろう。

しかし、そんなふうに自己主張しなければならない世の中は、生きづらいという以上に、煩わしいように久乃には感じられる。

久乃はそうまでして自分を肯定したいとは思えなかった。

私は一生一人だし、なんにもなれない。それだけだ。

ただ――。

麻子のことを考えると、久乃の心は沈む。

〝あんたがいつまでも一人なんは、やっぱり私の離婚を見てきたせいなんかねぇ……〟

長崎に帰る母を空港で見送ったとき、溜め息をつくように呟かれた。

自分がなにものにもなれないのは仕方がないにしても、そのせいで、母が己を責めているのだとしたら、忍びない。

同時に、久乃が妻にも母にもならなかったから、麻子もまた、「お母さん」以上の存在になれなかったのだと気づいてしまう。恐らく熱望していたのであろう「おばあちゃん」に、母はとうとう手が届かなかった。

そのことが、切なく、申し訳ない。

誰にも恋愛感情を抱けないということは、冷たく、自分勝手なのかもしれない。

だから私は、自分のことを肯定できない。誰も愛さない私は、自分のことも愛せない。

いつの間にか外は闇に沈み、硝子窓に自分の顔が映っている。微かに眉を寄せたその表情は、大分情けなく見えた。

そろそろ展示を見にいこうと、久乃はロープチェアから立ち上がった。

翌週の日曜日、日比谷のホテルのラウンジで、久乃は恵理子と向き合っていた。正直、気おくれもあったのだが、「ぜひ会って話したいことがある」と重ねてメッセージをもらうと、これ以上断るのもおかしい気がした。もとより、恵理子は大学時代、一番仲がよかった友人だ。実際に顔を合わせれば、やはり嬉しく楽しい。

但し、恵理子に連れてこられたラウンジのコーヒーが、コーヒーチェーン店の相場の六倍以上の値段であることに、久乃は密かに眼を丸くした。ラウンジでお喋りに花を咲かせているのは、ほとんどが経済的に余裕のありそうな中高年の女性だ。言わずもがなだが、久乃が店長を務めるカフェとは客層も雰囲気もまったく違う。

席に着いてしばらくは、簡単な近況報告をし合った。もっとも、久乃から話すことはあまりなく、もっぱら恵理子が「女子会」メンバーの最近の様子について話していた。

なんでも、メンバーの一人、大森智子《おおもりともこ》の息子が、近頃ボクシングを始めたらしい。コロナ禍以降、高校はほとんどがオンライン授業で、夏休みの間も部屋に引きこもっていたのに、突然、練習試合《スパーリング》に出場したという。「心配だけれど、引きこもられているよりはまし」と、智子は安堵の表情を浮かべていたそうだ。

大学時代、智子は優秀な学生だった。同級生の中でも入社希望者の多かった大手総合商社に新卒入社したが、その商社の研修で「女性はスカートをはくように」と指導されたという話を、久乃は今でも鮮明に覚えている。

そういう環境の会社で社内結婚した智子は、当たり前のように「寿退社」し、現在は専業主婦になっている。

〝久ちゃんって、ちゃんとしてるのにね……〟

「女子会」メンバーの中で、独身者が久乃だけになったとき、智子はそう呟いた。まったく悪気のある言い方ではなかったが、それだけに、結婚していないことは智子にとって「ちゃんとしていない」ことなのだと、久乃はひしひしと感じた。

「話変わるけど、久ちゃんの美術館巡りの投稿、すごくいいよね」

ふいにかけられた恵理子からの言葉に、久乃ははたと我に返る。

「あれ？　私、アカウント、教えてたっけ？」

「うん。前に教えてもらったよ」

画像や動画の投稿サイトが集客につながるためか、最近の美術館は、ルールを守れば撮影が許可されている場合が多い。久乃も備忘録代わりに、簡単な感想と一緒に美術館の展示を画像投稿サイトにアップしていた。

ｈｉｓａｎｏというアカウント名を使っているし、別に閲覧を制限しているわけではないので、当然多くの人に見られる可能性はあるのだが、恵理子が自分の投稿をチェックしていたことに、なぜだか久乃はひやりとした。

会社では管理職として、家庭では妻として、母として、忙しい毎日を送っているであろう恵理子の眼に、〝お一人様〟の自分は、随分お気楽に映っているかもしれない。

〝一体なんのために、こげな難しいもんを分かったようなふりして見とるんかね？　芸術家でもなかとに〟

そこに、母の呟きが重なる。

「夜とか、久ちゃんがアップした画像を見てると、バリ島で一緒に画廊巡りしたことを思い出すの。よかったよねー、ウブド。ジャングルの中に、工房やギャラリーがあって」

だが、恵理子の言葉に含みはないように思われた。

「やっぱり、芸術って、癒されるよね。最近、癒しが足りなくってさ……」

大きく溜め息をつき、恵理子がテーブルに肘をつく。

「どうしたの？　なにかあった？」

「うん、ちょっとね」

恵理子のカップが空になっていることに気づいたラウンジスタッフが、銀色のポットから新しいコーヒーを注いでくれた。二杯目のコーヒーを飲みながら、恵理子はぽつぽつと話し始める。

現在、恵理子がマネージャーを務める部署に、一人、なんらかの恐怖症《フォビア》を抱えた女性がいるらしく、彼女を巡り、時折社内がすこぶる険悪な雰囲気になるのだそうだ。その女性が会社でパニックを起こしたのはたった一度だけなのだが、それに対する恵理子の対応が甘いと、やり手の若手男性社員が追及までし始めているという。

「パニックを起こした子って正社員なの？」

久乃の問いに、恵理子が頷く。

「派遣や契約なら、雇い止めになっちゃうと思う。でも、正社員だと、今度は反対に、そういう理由で退社させるのがハラスメントになるでしょう？」

そうした二律背反の矛盾した構造が社内に軋轢《あつれき》を生むのだと、恵理子は眉根を寄せた。

「今のところ、彼女は問題なく仕事をしてるんだけど、契約の女性社員たちはなんとなくざわついてるし、それにかこつけて、精神疾患のある人間に配慮しながら仕事しなきゃいけないのか、それが本当に公平な裁量なのかって、件《くだん》のやり手くんが、なにかと突っかかってくるのよ」

また、それを真に受けて、現場のことなどなにも分かっていない男性ゼネラルマネージャー《GM》が、「やはり女性のマネージメントは温《ぬる》い」なんてことを、したり顔で説教してくるのだそうだ。

「うわあ、鬱陶しいね」

思わず顔をしかめると、「まったく」と、恵理子は首を横に振った。

「だけど、難しい問題だよね。多様性、多様性っていうけど、それを本当に容認できる環境が、完全に整っているわけではないんだもの。変な話、言ったもん勝ち、みたいなところもあるじゃない。彼女のことはともかく、あまりにいろんな多様性を主張されると、つまるところ、気を遣える人が一番損をするみたいなことが起こる可能性もあるでしょう?」

　恵理子の言わんとすることは分かる。

　今はたくさんの名称が溢れているし、SNSを眺めていても、名札《タグ》を必要としている人たちが大勢いる。

〝私はコミュ障です〟〝私は適応障害です〟〝私は注意欠陥多動性障害《ADHD》です〟……。

　名前がつくことで安心できる人もいるのかもしれないが、あまりカジュアルにタグづけが行われると、本当に苦しんでいる人たちの姿が見えにくくなることもあるのではないだろうか。

　それに、人をまとめる立場にある恵理子が言うように、主張《アピール》が要求にとらえられてしまう場合も出てくるかもしれない。

　そう考えると、久乃は複雑だった。

「これからの世の中は、益々いろいろなことが難しく、大変になるよね。うちの子とか、ちゃんと対応していけるのかなって思っちゃう。心配だなぁ、特に次男は我儘だから」

　急に恵理子が母親の顔になった。

「男の子って、ある年齢から、母親なんかに自分のこと全然話さなくなるらしいし。智ちゃんも、息子のことは分からないって言ってたもの。今回も、どうしていきなりボクシングを始めたのか、理由は謎なんだって」

「仕方ないよ。親子っていっても、結局は他人だし……」

　思わず呟くと、恵理子はハッと息を呑んだ。

「そうか。そう言われればそうだよね。だからこそ、話さなきゃいけないいんだろうに、とにかく、なんにも説明してくれないんだって」

その嘆息は、少し耳に痛かった。

「それにしてもさ、ちょっと容姿のいい若い男って、オバサンを小馬鹿にしてるところあるよね」

しかし、次に恵理子が独り言のように発した言葉に、今度は久乃が「えっ」と声をあげる。

「恵理ちゃんでもそんなふうに思うことあるんだ」

今なお颯爽として美しく、名前の知られた会社でマネージャー職に就いている恵理子が、自分と同じようなことを考えているとは意外だった。

「あるよ、あるある」

恵理子がぶんぶんと、大きく頷いてみせる。

「やり手くんなんて、例の彼女のことがある前から、こっちを舐めた態度をとってたもの。ただ さ、自分が若い頃、やっぱりオジサンを舐めてたなって思うと、なんか、その気持ちも分かっちゃうんだよね。癪《しゃく》だけど」

因果は巡る、と、恵理子は肩をすくめた。

その仕草を眺めながら、恵理子は実にたくさんの仮面を持っていると改めて感じる。「母」「妻」「女」「上司」。この日も、次々に仮面を取り換えながら、様々な話をしてくれた。

反面、智子のように、「母」の仮面がぴったりと張りつき、外せなくなっている人もいるようだ。

とまれ、聞いている自分は、のっぺりとした素顔をさらし続けている。

仮面がたくさんあるのは忙しくて大変だろうけれど、違う仮面をつけた瞬間、切り替えられることもあるに違いない。

もしかすると自分は美術鑑賞をすることで、その切り替えを求めているのだろうか。

なぜ美術作品を見るのかという母からの問いに、一つの答えが出たような気がした。

「そう、そう！　久ちゃんにどうしても話したいことがあったの」

コーヒーカップをソーサーに置き、恵理子が突然掌を打つ。

「実は、うちの会社に事業開発部っていう、よく分からない部署ができて、そこに、これまたよく分からないバブルのオジサンがGM待遇で入ってきたんだけど、その人、毎朝、久ちゃんのお店でモーニング食べてるみたいなの」

その〝よく分からないバブルのオジサン〟が、毎日ロードバイクで会社に通ってくると聞き、久乃は大きく眼を見張った。

「毎朝、久ちゃんのチェーンのコーヒー持ってるから、何気なくどこの店舗で買ってるんですか？　って聞いてみたら、煙草が吸える新橋のお店って答えるじゃない。それって、絶対、久ちゃんが店長してる店舗だよね？　久ちゃんの店舗からうちの会社って、ロードバイクなら案外近いし」

「もしかして、その人って、よく黒い革ジャン着てる？」

「そうそう！」

恵理子がまた手をたたく。

瀬名光彦《せなみつひこ》という名の男性は、もともと大手制作プロダクションに所属していた映像プロデューサーで、一か月ほど前に、恵理子の勤めるイーコマースの会社にやってきたらしい。

「すごい偶然でびっくりしちゃった。そのお店の店長、私の大学時代からの友人ですって言ったら、向こうも驚いてた」

コロナによる新しい生活習慣の影響で、現在、イーコマースは軒並み業績が伸びている。

「それで、税金対策かなにか知らないけど、社長が映像事業に手を出したくて、ヘッドハンティングしたみたいなのね。ただ、今のところ、喫煙室で煙草吸ってるとこしか見たことないんだけど」

なんの仕事をしているのかよく分からないそのオジサンが、久乃の店舗のコーヒーをとても褒めていたという。

「都内のチェーンの中では、久ちゃんの店舗がピカイチだって」

「だけど、チェーンなんて、どこも全部マシンだよ。ハンドドリップしてるわけじゃないから、どの店舗でも同じだと思うけど」

「それが違うんだって。たとえマシンでも、コーヒーが余ったり、足りなくなったりしないように、きちんと回転させてるからじゃないかって言ってたよ。店長さんが、しっかり店舗の状況を見極めて、一番美味しい状態で仕込みをしてるからだって」

久乃は思わずぽかんとした。

そんなことは、本社のスーパーバイザーや、統括マネージャーからも言われたことがない。

「このことは、ぜひとも会って伝えたかったの」

コーヒーを飲みながら、恵理子が嬉しそうに笑う。

「久ちゃんって、きっと支度がうまいんだよ。あんな格安のバリ島旅行でも、久ちゃんがしっかりリサーチしてくれたおかげで、すごくいい思い出が作れたんだもの。そういうの、ちゃんと仕事でも生かしてるんだなぁって、感心した」

思いがけない賛辞を、久乃はぼんやりと聞いていた。

このところ良い天気が多かったが、その日は朝から冷たい雨が降っていた。気温も一気に下がり、肌寒い。この秋、初めて冬用のコートを着た久乃は、地下鉄の階段を上りながら、背後を振り返った。

「お母さん、寒くなか?」

上京して以来、久乃は久しく方言を使っていなかったが、母が相手だと、やはり懐かしい響きに引っぱられる。

「大丈夫。たくさん着てきたけん」

後をついてくる麻子が頷いた。

その言葉通り、麻子は着ぶくれするほど服を重ね、頭には毛糸の帽子までかぶっている。それでも、久々に会う母は、随分痩せて、一回り小さくなったような気がした。

しばらく会わなかったせいか、母は一段と年老いてみえる。

地上に出ると、暗い空を背景にした「宇和島駅」という赤いネオンサインが眼に入った。ネオンサインを見つめ、久乃は我知らず息をつく。

どうしてこんなことになったのだろう――。

十一月半ば、いきなり麻子から上京するという連絡が入った。東京に用があるので、そのついでに会いたいという。久乃は急遽《きゅうきょ》休みを取り、母を空港まで迎えにいった。

そこまではよかったのだが、銀座でランチでもご馳走しようかと思っていたところ、食事は済ませているので、美術館にいきたいと麻子が言い出した。しかも、久乃が今、一番いきたいところへ連れていって欲しいと繰り返す。

〝やけどお母さん、美術に興味なかやろ〟

久乃があきれると、そんなことない、とむきになられた。

〝久ちゃん、次は国立近代美術館の企画展にいきたかって、この間、投稿しとったやん。そこへ連れてってよ〟

突然そんなことを言われ、久乃は唖然とした。

麻子は背負っていたリュックのポケットからスマートフォンを取り出し、久乃よりよっぽど慣れた手つきで操作を始めた。

〝ほら、これ、久ちゃんの投稿やろ？〟

得意そうに画像投稿サイトの画面を突きつけられ、久乃は言葉を失った。恵理子に続き、母までが自分の投稿をチェックしているとは、思ってもみなかった。

〝だってあんた、全然帰ってこんのやから、こうやって近況を知るしかなかやろ〟

メールアドレスで検索したら、簡単に分かったと、麻子は悪びれた様子もなく笑う。

庭園美術館の一件ですっかり懲りていた久乃は、なんとかほかのことで母の関心を引こうとあれこれ提案してみたものの、〝久ちゃんが一番見たかやつば一緒に見たか〟の一点張りだった。

結局根負けしてここまできてしまったけれど、麻子が本当に現代美術を見たいのかと、久乃は今もまだ懐疑的な思いをぬぐい切れなかった。

「今回の企画展は現代アートよ。お母さん、コレクションのほうがいいんじゃなか？　コレクションなら、重要文化財とかも見れるばい」

もともと企画展のチケットにはコレクションの入場も含まれるが、両方を見るのは、久乃でも相当疲れる。七十を過ぎた母の体力では厳しいと思った。

「だって、久ちゃん、コレクションはこの間見たばっかりやろ？」

ところが麻子は意気揚々と、企画展の会場へ向かおうとしている。仕方なく、久乃は企画展のチケットを二枚買い求めた。

企画展は日本の現代アートを代表するアーティスト、大竹伸朗《おおたけしんろう》の大回顧展だった。

チラシ、雑誌の切り抜き、スナックのマッチの箱、レシートといった紙にはじまり、金属ラベル、車輪、廃棄物等、文字通りのがらくたを貼り付け《コラージュ》した何冊ものスクラップ《スクラップ》ブックは、大竹の代表的な表現だ。

今回の回顧展では、豆本から、三十キロにも及ぶ巨大なものまでを含むスクラップブックをはじめ、およそ五百点の作品が出展されている。

美術館の外観《ファサード》に掲げられた「宇和島駅」というネオンサインも、一九九〇年代半ばに駅が改築されるときに廃棄されそうになっていたサインを大竹が引き取り、今回の展示会に合わせて、美術館に〝コラージュ〟したものだ。

会場に足を踏み入れるなり、久乃は膨大な作品から発せられるエネルギーの渦にすっかり魅了された。特に印象的だったのは、紫色の怪しげな照明の中に建つ、「モンシェリー」というスナックの看板を掲げたスクラップ小屋だった。

小屋の中には巨大なスクラップブックが設置され、周囲にもびっしりと広告物や雑誌の切り抜きが貼り付けられている。小屋の壁面には、大竹が大学休学中働いていたという、北海道別海《べっかい》町の酪農の看板が取り付けられていた。

突然、深夜の場末の町中に迷い込んだような幻想を抱かせるスクラップ小屋を見るうちに、久乃は段々寂しい気持ちになった。

ここに貼り付けられているのは、流れた時間と、失われていくものの残像と記憶のような気がした。過ぎ去っていくものの印象は、自分自身と直接関係のないものであっても哀切だ。

すっかり作品世界に浸っていた久乃は、ハッと我に返る。

慌てて周囲を見回すと、すぐ傍に麻子がいた。麻子も久乃と並んで、作品をじっと見つめていた。

「お母さん、疲れたやろ」

大きなマスク越しの横顔が蒼褪めている気がして、久乃は心配になる。麻子は首を横に振りかけたが、ふいに顔をしかめた。

「ちょっと、腰が痛かかな」

麻子が腰をさする。

「無理しちゃいかんばい」

つい作品の世界観に没頭して、母のことを忘れかけていた。久乃は麻子の腕をとり、エレベーターまで案内した。

最上階の「眺めのよい部屋」にたどり着くと、麻子は大きく眼を見張った。

「すごか景色やねぇ」

あいにく天気はよくなかったが、今日も皇居の常緑樹の森の向こうに、ミラー硝子に包まれた丸の内の高層ビル群が、山脈のように連なっている。ワイヤーチェアに腰を下ろし、久乃も麻子と並んで、小雨に濡れる東京の街並みを眺めた。お濠沿いの舗道の街灯がともり、滲むように輝き出す。平日にもかかわらず、企画展は若い人たちを中心に混雑していたが、この部屋は相変わらず静かだ。

ワイヤーチェアにもたれて、麻子はかなり長い間、眼の前の光景に見入っていた。その様子に、久乃もほっと息をつく。思えばここからの光景ほど、東京らしいものはない。

麻子が現代アートを本当に楽しんでいたかは定かではないけれど、皇居、丸の内のビル群、東京タワーという東京のシンボルのようなパノラマは、たまにしか上京しない母へのちょっとした土産になったかもしれない。

やがて、麻子が感慨深げにぽつりと呟いた。

「久ちゃんは、ここでずっと、頑張ってきたんやねぇ……」

母の様子がいつもと随分違う気がして、久乃はなんだか茫然としてしまう。

「さ、そろそろいこか。時間も遅なるし」

腰をさすりながら、麻子が立ち上がった。

美術館を出た後、時間があるならお茶でも飲もうかと誘ってみると、「そいなら、久ちゃんのお店にいきたか」と母は言い出した。

「うちのお店はチェーンやからどこにでもあるし、もっと東京らしかお洒落なところへいこうよ」

「よかとよ。久ちゃんのお店が見たかけん」

「私は雇われ店長やから、別に自分のお店じゃなかよ。そいと、うちの店、全席喫煙可よ」

六年前、店長になったことを話したときは、まったく興味を示さなかったくせに、一体、どういう風の吹き回しだろう。会わなかった数年の間に、なにか心境の変化でもあったのだろうか。

もしかしたら、誰かに娘の近況でも聞かれたのだろうか。

腑《ふ》に落ちない思いを抱えつつ、それで気が済むならと、久乃は麻子を新橋まで連れていった。小さな店構えに、「あら、可愛かお店やん」と、麻子は相好を崩したが、座って五分もしないうちに、喫煙者だらけの環境に、案の定、そわそわし始めた。

久乃も母を連れて自分の店にいるのは気詰まりで、結局、早々に店を出た。背後で、アルバイトの勇気がにやにやしているのも気に障った。

「こっからは、一人で大丈夫やけん」

ＪＲの改札で、リュックを背負った麻子が笑う。

「久ちゃん、今日はありがとね。久しぶりに会えてよかった」

店のスコーンをお土産に渡しながら、「お母さん、身体に気ぃつけてね」と、久乃も声をかけた。

手を振って、改札の向こうへ去っていく後ろ姿を見送りながら、母は東京へなんの用だったのだろうと、久乃は改めて考える。それに、今回は一人身を心配したり、責めたりする言葉を一度も聞かなかった。

四十六歳にもなった娘のことは、もうなにを言っても仕方がないと、さすがにあきらめているのだろうか。

それが、母にとって良いことなのか、悪いことなのか、久乃には分からない。

麻子の小さな後ろ姿が雑踏に紛れて見えなくなるまで、久乃は改札口にじっと立ち尽くしていた。


「いらっしゃいませ、おはようございます」

モーニングの常連たちに挨拶をしながら、この日も久乃と勇気は開店直後から次々とコーヒーやカフェラテを作っていた。自動ドアが開くたびに、吹き込んでくる北風が冷たい。

麻子が突然上京してから一か月以上が経ち、早くも年末がやってきた。あと一週間と少しで、二〇二二年もおしまいだ。

十一月は比較的暖かい日が続いていたが、十二月に入ってから気温はぐっと下がり、週末には大寒波がやってくるという。東京でも、クリスマスに降雪の予報が出ていた。

一時落ち着いていた新型コロナウイルスの感染者数は、このところ爆発的に増え、ついに東京での一日の感染者数が二万人を超えた。帰省シーズンを迎え、さらなる感染拡大が危惧されている。

相変わらず、気の休まらない毎日だった。

麻子には先月会ったばかりなので、今年も帰郷は見送ろうと、久乃は考えていた。

ぼんやり視線を漂わせていると、一人がけソファに腰を下ろし、コーヒーを飲みながら煙草をふかしている瀬名光彦の姿が、ふと視界に入る。

恵理子から話を聞いた後も、光彦と個人的な言葉を交わすことは特になかった。あの後、光彦がバツイチの独身だという情報を恵理子がメッセージで送って寄こしたが、お客の個人的な事情に関心はない。ただ、すべてのお客に、自分の店では快適に過ごしてもらいたいと思うだけだ。

これだけ寒くなっても、光彦は相変わらず、ロードバイクに乗って店に通ってくる。

〝バブルって浮世離れしてるっていうか、いくつになっても地に足がついてない感じだよね〟

恵理子から送られてきたメッセージには、〝やれやれ〟と肩をすくめる猫のスタンプがついていた。

モーニングの第一陣が落ち着いたところで、エプロンの中にスマートフォンが入っていることに気づく。コーヒー作りに忙しく、意識が回っていなかったが、バックヤードに置いておくのを忘れたようだ。

何気なく取り出し、久乃はぎょっとした。

着信通知の隣に、「12」という回数が表示されている。一体何事かとロックを解除すると、見知らぬ同じ番号からの凄まじい着信履歴が現れた。まったく気づかなかったが、どうやら通勤中から、着信していたらしい。

こんな朝早くに、一体、どこから――？

市外局番から、それが長崎らしいことだけは分かった。

「清野君、ごめん。ちょっとレジ外すね」

ちょうどお客が途切れたところだったので、久乃はスマートフォンを持って、一旦、店の外に出た。吹きつけてくる北風に身をすくませながら、リダイアルを押す。すぐに女性の声で応答があったが、彼女が口にした名称を、久乃は正確には聞き取れなかった。

ただ、ホスピスという単語だけがかろうじて耳に残った。

「あの、そちらから、何度かご連絡をいただいていたようなんですが」

胸騒ぎを抑えながら声を押し出す。

「え、はい……。植田麻子は、私の母です。あ、はい……、はい……」

まともに相槌《あいづち》を打てていたのは、最初のうちだけだ。いつしか、スマートフォンを持つ手がわなわなと震え始めた。

「そんな……、私、聞いてません、なにも、聞いてません、なにも……」

喉が引きつり、声がかすれる。頭の中が真っ白になり、相手の言葉が理解できない。

だって、そんなこと、この間会ったときにも、一言も――。

ふいに、いつもと違った麻子の様子が甦り、胸を鋭い刃で突き刺されたようになる。

〝久ちゃんが一番見たかやつぱ一緒に見たか〟と繰り返していた母。

あの言葉の背後に隠されていた真実を知り、息が詰まる。

久乃はスマートフォンを握り締めて、浅い呼吸を繰り返した。

ここ数年、麻子を悩ませていた腰痛は、ただの腰痛ではなかった。診察を受けたときには、既にステージ4の膵臓癌《すいぞうがん》だったという。余命三か月の宣告を受けた麻子は、体力を奪われる治療を拒否し、長崎のキリスト教系のホスピスに入ることを選んだ。先月は、そのことを娘に報告すると言って、外出許可をとっていたらしい。

「でも、私、なにも、聞いてないんです……」

呆然《ぼうぜん》と、久乃は繰り返す。視界がぼやけ、自分でも知らないうちに眼尻から涙が溢れ出した。

自分一人、養えればそれでいい。そう考えていたお気楽な心に、母が病に倒れるという未来図への備えは微塵もなかった。

麻子はずっと小康を保っていたが、今月に入ってからの寒さがたたったのか、未明から容態が急変したという。

当院では、苦痛の緩和はできても治療はできない。これは最後のときを過ごすための連絡だと、電話口の女性が落ち着いた口調で話している。

「……分かりました。すぐに、伺います、すぐに……」

久乃は気力を振り絞り、ホスピスの名称と所在地を確認した。

しかし、通話を終えてからも、全身の震えがとまらない。すぐにいくと言っても、長崎はあまりに遠い。第一、こんな年末に、飛行機のチケットはとれるのだろうか。

とりあえず航空会社に電話をしてみようと思うのだが、指がわななき、検索がままならない。歯を食いしばり、久乃は懸命に操作を続けようとした。

「どうかしましたか」

そのとき、間近から声をかけられ、久乃はスマートフォンを取り落としそうになった。

テイクアウトのコーヒーを手にした光彦が、怪訝《けげん》そうに久乃を見ている。

「すぐに……すぐに、長崎に帰らないといけないんです。病気の母の容態が急変して……」

口走ってしまってから、久乃はハッとした。お客にこんな個人的なことを話すなんて、どうかしている。

けれど、一人ではとても抱えきれなかった。

「私、スマホでチケットを取ったことがなくて」

そう言った瞬間、どっと涙が吹きこぼれた。

「分かりました」

すぐさま光彦が自分のスマートフォンを取り出し、慣れた手つきで検索し始める。

「ああ、だめだ。どこの航空会社も今日の便は全部満席だ」

しかし、スクロールを繰り返しながら、大きな溜め息をついた。

やはり、そうか。

久乃の胸が早鐘をつくように鳴り始める。一体、どうすればいいのか。新幹線では時間がかかりすぎる。

「空港で当日キャンセルを待つのが一番ですが、大手は事前にWEB予約を受けつけてるため、当日組は不利かもしれません」

暫し考え込んだ後、光彦が久乃を見た。

「店長さん、どこかの航空会社のマイレージ会員になってますか」

「マイレージ……」

カードは持っていた気がする。しかし、数年故郷へ帰らないうちに、どこへやったかも忘れてしまった。

「マイレージのランクによっては、優先順位が繰り上がる場合があるんですが」

「そんな高いランクではないと思います」

「そうか……。航空会社ってのは、緊急事態であっても、意外に融通を利かせてくれないんだよな。

名義変更もできないから、僕のランクで登録するわけにはいかないし」

「と、とにかく、空港へいってみるしかないんでしょうか」

心細さと寒さで、久乃は全身の震えをとめることができなかった。

「いや、空席待ちの人数照会だけ、僕の登録番号を使って確認してみましょう。それで、少しでも人数が少ないカウンターにいったほうがいい。とりあえず、店内に戻りましょう。ここは寒すぎる」

光彦に促されて一緒に店内に戻ると、レジの勇気が仰天したような顔をした。そこで初めて、久乃は自分が涙をぬぐってもいないことに気がついた。

急いでレジに入り、手短に状況を説明する。勇気はさっと表情を引き締め、「店は大丈夫ですから」と、ワンオペレーションを引き受けてくれた。

「うーん……、さすがに年末は、ＷＥＢ予約だけでも結構待ってるな。これだと、やっぱり当日にチケットを取るのは厳しい」

店の隅で、光彦が人数照会を続ける。久乃は焦る気持ちを抑えながら、光彦が操作するスマートフォンの画面を見つめていた。

「あのー」

ふいにカウンター席の栗色の髪の女性が振り返る。

「ここの航空会社なら、比較的、当日キャンセル取りやすいですよぉ」

久乃と光彦はそろって顔を上げた。コンセプトカフェの女性だった。

「すみませぇん、お二人のお話、耳に入っちゃってぇ」

甘ったるい声は地声らしく、女性はあくまで真面目な表情で続ける。

「ここ、実は電話予約も、WEB予約も受けつけてないんですよぉ。マイレージ会員の制度もないから、完全に空港待ち一択ですぅ。当日組にとっては、一番確率が高いと思いますよぉ。成功率、七割以上って聞いたことがありますぅ」

女性はスマートフォンで、中堅航空会社のホームページ画面を表示してみせた。

「あ、そこは僕は使ったことがなかった」

光彦が、意表を突かれたような顔になる。

「ありがとうございます」

久乃が慌てて頭を下げると、「いいえぇ」と女性が首を横に振った。

「いつも、ここでゆっくりさせていただいてますからぁ」

女性が穏やかに続ける。

「私、なんちゃってCAなんですけど、一晩中、航空オタクのゲストの相手とかするので、いろいろ詳しくなっちゃったんですぅ。お役に立てたなら、よかったですぅ」

女性に教えてもらった航空会社と、光彦が調べてくれた中で、比較的待ち人数の少なかった便をメモし、久乃は早退して羽田空港へ向かうことにした。

昼番と遅番のバイトへの連絡を請け負ってくれた勇気と、光彦と栗色の髪の女性に見送られ、久乃は店を後にした。

羽田空港へ向かう途中、涙が込み上げてくるのをこらえるのに必死だった。バイトの勇気をはじめ、常連の客たちが、あんなふうに協力をしてくれるとは、思ってもみなかった。

なんにもなれないなんて思い込んでいた自分は傲慢だった。

自分は、あの店の店長だ。そう誇りを持たなければ、一緒に店を支えてくれているスタッフや、店に通ってくれている常連客たちに申し訳ない。

母に会ったら、きちんと説明しよう。

一人でいるのは、母の離婚を見てきたからではない。自分は恋愛にもセックスにも興味がないけれど、それは、言ってみれば生まれ持った個性と同じで、育った環境や、教育に問題があったためではない。

そして、それは決して不幸なことでもない。

私には、一緒に過ごした時間を「いい思い出」だと言ってくれる友人もいるし、小さいけれど「城」もある。一緒に働く仲間と、大事な常連客たちもいる。

そのことが、自分でもやっと分かった。

だから、お母さん、逝かんで。

祈るような思いで湾岸の風景を眺めながら、久乃は空港行きのモノレールの手すりを握り締めた。


新しい年、二〇二三年がやってきた。今年の冬は、本当に寒い。

関西は、記録的な積雪と連日の猛吹雪に襲われ、流通がストップする事態にまで陥った。東京はそれほどの積雪はなかったが、久乃の店にも、凍結防止のためのマニュアルが配られた。

実際、店の水道が凍結することはなかったけれど、十年に一度の大寒波という言葉が、天気予報では何回も繰り返された。

この日、久乃は休暇をとって、「眺めのよい部屋」にきていた。今日も大きな窓の外には、皇居の緑と丸の内の高層ビル群のパノラマが広がっている。

〝すごか景色やねぇ〟

感嘆していた麻子の様子が、目蓋の裏に甦った。この日も、あの日とよく似た鉛色の雲が垂れこめる曇天だった。数人の人たちが、まばらに座って、窓の外を眺めている。

昨年末、羽田空港でキャンセル待ちをした際、久乃は運よく、一番早い時刻のフライトに乗ることができた。コンセプトカフェの〝飛ばないCA〟が教えてくれた航空会社のフライトだった。

それでも長崎の空港からバスと電車を乗り継ぎ、ようやくホスピスに到着したときには、既に夕方になっていた。

〝娘さんがきてくれたから、お母さん、持ち直しましたよ〟

看護師はそう言ってくれたけれど、麻子が眼をあけることはなかった。窓辺のベッドで、母は一層小さくなって、昏々《こんこん》と眠っていた。

緩和処置を受ける麻子の傍らで、久乃はただ手を握ることしかできなかった。母の手は温かかったが、悲しいほどに骨ばっていた。

お母さんごめんね。なんも気づかんで。

久乃は、遠く鉛色の空を見やる。

大きなマスクと帽子のせいで、異変に気づくことができなかった。あの日、ランチに誘ったのを断ったのも、きっと、もう食事を受けつけなくなっていたからだろう。

そいでも、会いにきてくれて、本当にありがとうね。

もともと久乃にとって特別な場所だった「眺めのよい部屋」は、母との大切な思い出の場所になった。

結局、麻子は眼を覚ますことなく、数日後に旅立った。よく晴れた日の夕刻で、西日が部屋一杯に差し込んでいた。目蓋を閉じた母の穏やかな顔が金色に染まり、きらきらと輝いているように見えた。

時期が時期だっただけに、久乃は麻子と極親《ごく》しかった人だけを呼んで、小さなお葬式をした。そこで久乃は、母が永代供養の墓に入る手続きをしていたことや、身辺の整理を済ませていたことを知った。

恵理子が言ったように本当に自分が「支度」がうまいなら、それは母譲りだったのかもしれない。

〝麻子さんね、久乃ちゃんのこと、すごく自慢に思っとったとよ。久乃ちゃんのお店は、口コミサイトでもいつも満点やって〟

参列者の中には、そんなふうに言ってくれる人もいた。

あまりに気が張っていたせいか、とても悲しかったのに、久乃は式の間中、涙を流すことができなかった。そして、年が明けた今も、なぜか涙は少しも流れない。

まだ、母の死を、本当には受けとめられていないのかもしれなかった。

枕もとでたくさん語りかけた言葉は、果たして母に届いたのだろうか。

ねえ、お母さん。最後に一緒に見た企画展は、面白かった?

過ぎていくときや、失われていくものをつなぎとめているような、スクラップブック。あの現代アートを、母はどんな思いで眺めていたのだろうか。

聞きたいことや伝えたいことは山のようにあるのに、それを確かめる術がない。

もっとちゃんと話すべきだったんだ。億劫がったり、あきらめたりせずに。

「アロマンティック」や「アセクシュアル」という〝名札《タグ》〟を使うことは煩わしいような気がしていたけれど、そうした新しい言葉は、自分の状況が決して特異ではないということを誰かに説明するための、一助にはなったのかもしれない。

要求《アピール》ではなく、伝達《コミュニケート》するためにこそ、それらの新しい概念は、機能するべきなのかも分からない。

今はもう、後悔することしかできないけれど。

まばらに座っていた人たちが退出し、いつしか部屋には久乃だけが残された。もうすぐ閉館時間だった。

久乃は目蓋を閉じて、じっとロープチェアにもたれる。

そのとき、ふいに辺りが明るくなった。目蓋をあけると、曇天を割り、大きな夕日が部屋一杯を金色に照らし出している。

でも、どうして——？

この部屋は西向きではないはずだ。驚いて眼をやると、部屋を照らしているのは、丸の内のビル群のミラー硝子に反射している夕日だった。

幻の大きな夕日が、皇居の緑の上にそびえるビルの壁面に貼り付け《コラージュ》されている。

その瞬間、頭の中に、母が旅立った日の病室が浮かんだ。夕日に染まり、輝くようだった母の顔。

金色に満ちていく光の中で、誰かが呟く。

〝久ちゃんは、ここでずっと、頑張ってきたんやねぇ……〟

もしかしたら、〝名札《タグ》〟を使って説明するまでもなく、母は、もう、とっくに分かってくれていたのかもしれなかった。久乃自身でさえ気づいていなかった、なにもかも。

そう思うこともまた、幻だ。

しかし、移ろい消えてゆくこの世のものは、すべて幻なのかもしれない。

故につなぎとめる。心で、記憶で、貼り付ける。

恋愛感情を理解することはできなくても、それが愛であることを、久乃は認め始めていた。

私は愛せる。

友を、仲間を、仕事を。これまで肯定できなかった、自分自身のことも。

ここでずっと頑張ってきた——。

そう母に認めてもらえた自分だもの。

だから、どうか、安心して。

気づくと、温かいもので頬が濡れていた。

幻の夕日に照らされながら、久乃は静かに涙を流し続けた。

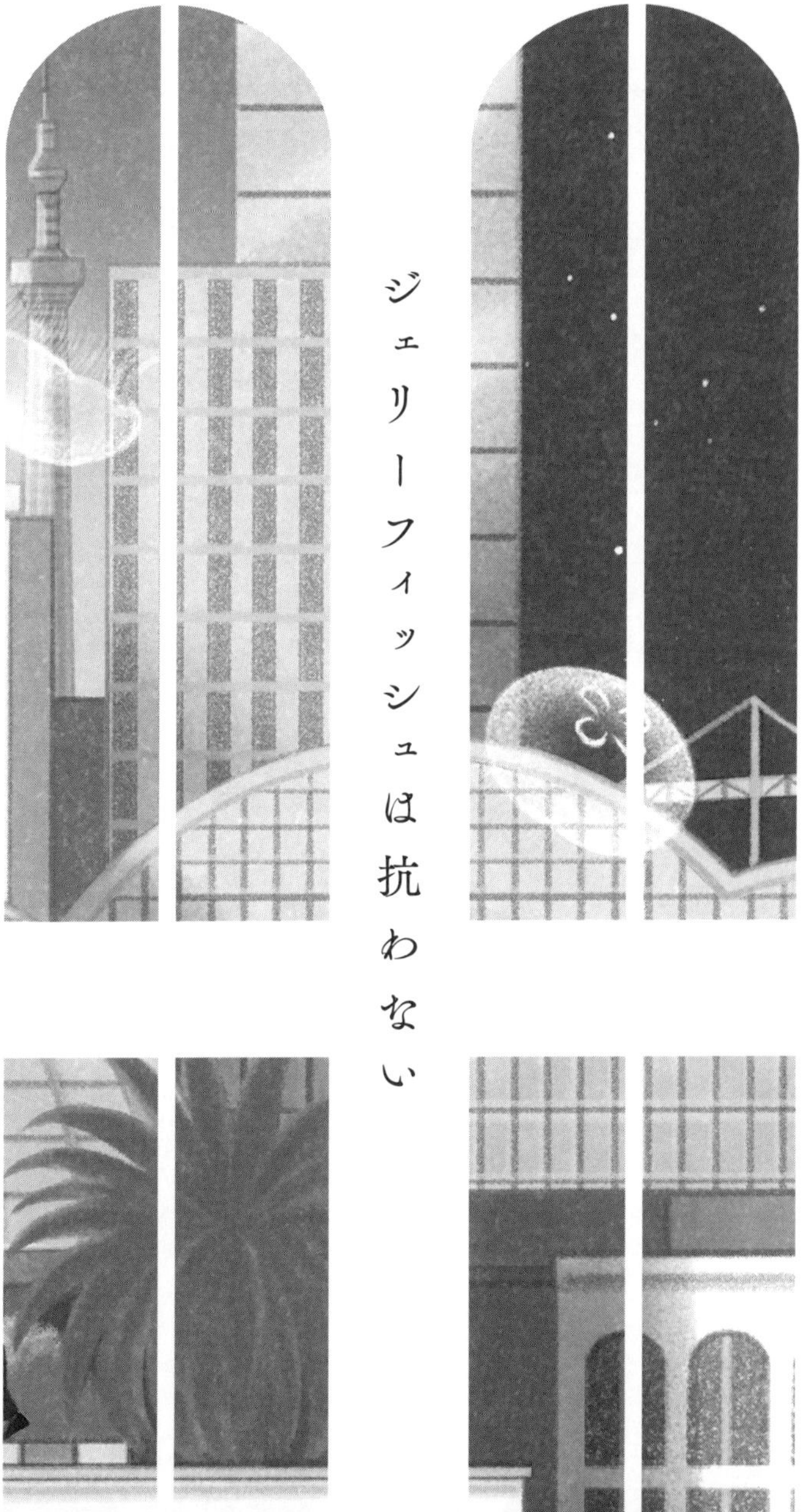

ジェリーフィッシュは抗わない

ここ数日暖かい日が続いていたのに、桜が咲いた途端、ぐっと気温が下がった。毎年この時期、日本列島は妙に冷え込む。所謂、花冷えというやつだ。

ロードバイクを走らせながら、瀬名光彦《せなみつひこ》はネックウォーマーに顎を埋める。空はよく晴れているが、吹きつけてくる北風が冷たい。感染予防のためのマスクも、今は防寒のために一役買ってくれているようだった。

品川《しながわ》駅前の駐輪場にバイクをとめると、光彦は指定された喫茶店へ向かった。港南《こうなん》口から数分歩いたところにある喫茶店は今風のお洒落なカフェではないが、チェーン店ながら、座席配置が比較的ゆったりとしているので、昔からよく打ち合わせに使われる。

扉をあけると、この日も、サラリーマンらしい背広族が、それぞれのテーブルで商談に花を咲かせていた。店内を見回したところ、待ち合わせの相手の姿は見えない。

「後からもう一人きます」

近づいてきた店員にそう告げて、光彦は奥のソファ席に腰を下ろした。マスクを顎までずらし、運ばれてきた水に口をつける。

手持ち無沙汰にスマートフォンのニュースサイトを開けば、この日もトップニュースは新型コロナウイルス関連だった。新たな変異株の登場もあり、コロナの感染者数は相変わらず高どまり傾向だ。それでも政府は、今後コロナをインフルエンザと同等の5類へと移す意向らしい。5類への移行が完了すれば、日々の感染者数の報告もなくなるという。

こうして有耶無耶になって、いつしかこの厄災も日常になっていくんだろうな――。

なんとなく冷めた思いで、光彦はニュースを読み流した。時刻を確認すると、いつの間にか約束の時間を過ぎている。

考えてみれば、昔から時間にルーズな奴だった。特に相手が自分より格下だと認定すると、平気で何十分でも待たせていた。そういう態度は、三十代の働き盛りも、五十代半ばになった今も、たいして変わるものではないのだろう。

つい、いつもの癖で革ジャンのポケットの煙草に手を伸ばしそうになり、ふと我に返る。

数年前に施行された「改正健康増進法」とやらのおかげで、今ではほとんどの飲食店で煙草を吸うことはできなくなった。座って煙草を嗜むことができる店は、都内でも極一部だ。こうした傾向は、飲食店に限った話ではない。以前は大抵のビルの各階にあった喫煙室も、どんどん少なくなっている。

煙草なんざ吸ってる旧人類は、どこへいってもお断りということか。

人数制限のあるブースに向かう気にもなれず、喫煙をあきらめる。

昨年の秋に新しい職場に移ってから、光彦は全席喫煙可という今どき珍しいコンセプトのカフェに毎朝通うようになっていた。

通称〝スモーカーの聖地〟。ゆっくり座って煙草を楽しめるだけでなく、常に真新しい灰皿が用意されている清潔な店内の様子を、光彦は思い浮かべた。

そのとき、入口に一人の恰幅《かっぷく》のいい中年男が現れた。かつての同僚の福島《ふくしま》だ。

「悪い。電車が遅れててさ」

口先だけで詫びながら、福島が近づいてくる。席に着くなり店員を呼びつけて、光彦の意向を聞くでもなく、ホットコーヒーを二杯注文した。

「なんか、人身事故があったろう。今、駅、すごい人だぞ。お前も引っかからなかった？」

「いや、俺、最近都内はロードバイクで移動してるから」

光彦の言葉に、福島が眼を丸くする。

「は？　ロードバイク？　五十半ばも過ぎてるのによくやるよ。でも、お前、世田谷《せたがや》の奥のほうの一軒家住まいじゃなかったっけ。結構距離あるだろう」

そう言う福島は、この十年で随分と太った。特に腹回りが酷い。そこだけシャツのボタンがはじけ飛びそうだ。

それに比べ、常日頃ロードバイクで鍛えている光彦は、三十代の頃からほとんど体形が変わっていない。髪も黒く、実年齢を言い当てられることは稀だった。

「あの家はもともと、カミさん名義だから。ていうか、元カミさんだけど」

「そういや、お前、別れたんだったな」

福島の遠慮のない声が店内に響いた。

「大丈夫かよ。あの美人のカミさん、元取引先の社長の娘だろ？」

「五十過ぎたカミさんに、今更誰それの娘もなにもないよ。義理の親父《おやじ》だって、とっくに他界してるし」

新婦の父親が、世田谷の一軒家の頭金をポンと出してくれたという噂話が周囲に広まったとき、福島を含めた同僚たちから〝逆玉〟と騒がれたことを思い出し、光彦はマスクの中で薄く笑う。

こいつの中で、未だに俺は、取引先の社長に取り入って逆玉に乗った、調子のいい男のままなのだろう。

「別に揉めたわけでもないし、うちは円満離婚だよ」

「そりゃ、お前に誰かと揉めるような度胸はないだろうけどさ」

当たり前のように放たれた一言が、光彦の胸の奥に微かに引っかかった。

「それで革ジャンなんか着てんのか。で？　今はどこに住んでんの」

「実はこの近辺なんだよね。気楽に一人で賃貸マンション暮らし。いいよ、品川区。どこへいくのも便利で」

軽い調子で返しつつ、心の裡《うち》で小さく呟く。

誰とも揉めないのは美徳じゃないか。

そもそも離婚とて、一方的に妻から切り出されたものだった。

〝娘が二十歳《はたち》になったら離婚する〟

五年くらい前に、突然そう宣告された。理由は今でもよく分からない。追及すればよかったのかもしれないが、妻がいきなりなにかを思い立つのはこれに始まった話ではなかったので、また気紛《きまぐ》れでも起こしたのだろうくらいにしか考えていなかった。

娘の朱里《あかり》が二十歳の誕生日を迎えた途端、本当に離婚届を突き出されたときはさすがに驚いたけれど、そのときも、妻がそう決心してしまったのなら、仕方のないことだと思った。

どうにもならないなら、揉めるなんて、疲れるだけだ。

度胸がないわけじゃない。単に面倒を避けたのだ。

「で、どうよ。うちの企画への出資はできるんだろうな」

コーヒーが運ばれてくるのと同時に、福島が早速本題に入る。

「アメリカとの合作で、ハリウッドスターの出演もほぼ決まっている。日本の主演級役者の獲得はこれからだが、座組は大きくなりそうだぞ」

差し出された企画書を、光彦はめくった。

日本の人気コミックスを原作とした合作映画。名前の入っているハリウッドスターは本国ではいささか落ち目なものの、日本ではまだまだ知名度がある。

「メールでも確認したけど、悪い企画ではないと思うよ。ただ……」

光彦は暫し言いよどむ。

「正直に言うと、吉岡《よしおか》代表が前面に出るとなると厳しい。俺が今いるのは一般企業だから、イメージがなによりも優先される」

思い切って告げた瞬間、福島が不愉快そうに顔をしかめた。

「そんなことは、こっちだって重々承知してる。しばらくの間、吉岡代表は表には出てこないよ」

苛立たしげに中指でテーブルをたたきながら続けられる。

「しかし、お前よくそんなこと口にできるよな。俺たちが、あの人にどれだけ世話になってきたか、忘れたわけじゃないだろうが」

「そりゃあ、分かってるよ」

「だったら、つまらないことを持ち出すな。こっちは、ほとぼりが冷めるのを待ってるんだから」

ほとぼりが冷めるのを待つ――。福島の言葉を反芻《はんすう》しながら、光彦はコーヒーカップを持ち上げた。

平成元年。今から三十四年も昔に、光彦は老舗映画会社に新卒入社した。福島はそのときの同期の一人だ。最初、光彦は総務に配属されたが、途中から、福島のいるビデオ営業部に配置転換になった。当時、ビデオ営業部の部長を務めていたのが、まだ三十代だった吉岡だ。

三十代で異例の出世をした吉岡は、その後、営業経験を生かして、制作部のてこ入れをすることになった。まだ、Vシネと呼ばれていた、オリジナルビデオの勢いがあった時代だ。取引先のビデオ販売会社から出資を募り、吉岡は多くのアクション映画やホラー映画を制作した。そのうちのいくつかは人気シリーズになり、才能のある若手監督や、アクションスターやアイドルを発掘した。

功績を認められ、吉岡は映画会社の根幹である営業と制作の部長を兼任するようになった。吉岡帝国時代の幕開けだった。

確かに力のあるプロデューサーではあったが、同時に、吉岡は今でいうパワーハラスメントの権化のような男でもあった。スポンサーやビデオ販社の接待ともなれば、女性社員のお酌はもちろん、宴席を盛り上げるために、若手男性営業にはビールの一気飲みが課せられた。当時から吉岡の腰巾着だった福島は、ピッチャーで一気をさせられていた。

酒に弱い光彦は一度一気飲み直後に急性アルコール中毒を起こしかけ、それ以来さすがに難を逃れていたが、不思議なことに、福島をはじめとする一部の男性社員は、吉岡が横暴になればなるほど、その帝王ぶりに心酔した。また、吉岡には、昏倒した光彦を手厚く介抱する妙な面倒見のよさがあり、そういうところが益々シンパを呼ぶのだった。

ヒット作は生みつつも、しかし、次第に吉岡の横暴は増長し、やがて、自分の体制に染まらない制作プロデューサーの企画を故意に潰すようになっていった。

吉岡体制が敷かれる以前から制作部にいた同期プロデューサーの岬《みさき》一矢《かずや》も、企画の成立を邪魔され、結局会社を去ることになった一人だ。

いや、あいつは企画を成立させるため、自ら現場プロデューサーを降りたんだっけ――。

役者ばりに端整な岬の面持ちが脳裏に浮かび、光彦はそっと視線を伏せる。

岬一矢は寡黙だが、センスも能力もあるプロデューサーだった。加えて清廉潔白なところがあり、ときに吉岡のハラスメント体質を強い口調で諌《いさ》めたりもした。だからこそ、吉岡は一層気に食わなかったのだろう。

〝あいつの企画は潰す〟と、人前で公言することまであった。

理不尽な妨害が現場に及ぶのを恐れ、結局、岬は自分から辞表を出した。

そして、岬を失い、空中分解しかけていた企画を引き継がせるために、営業部から制作部に異動になったのが、当の光彦だ。岬が進めていた企画は、可能性のあるものが多かった。

吉岡は、それらの企画を岬が他のプロダクションに持ち込めないように、自分の手駒である光彦を、新しい制作プロデューサーとして現場に送り込んだのだ。

「お前なんかがプロデューサーになれたのは、吉岡さんがバックにいたおかげだぞ」

ソファにふんぞり返り、福島が腕を組む。

「心得てるよ」

コーヒーを一口飲み、光彦は頷いた。あながちそれは、大げさな物言いでもなかった。

吉岡からいびり出されたプロデューサーたちの仕事を、光彦は次々と引き継ぐことになった。光彦の名前は制作プロデューサーとして多くの映画にクレジットされているが、その実、自ら立ち上げた企画は一つもない。

誰とも揉めないように振る舞いながら、光彦は空中分解しそうになっている現場をなんとかしてつなぎとめただけだった。そういう仕事ぶりが、周囲からバカにされていることは自分でも分かっていた。

〝企画を成立させてもらって助かった〟

会社を去り際、そう礼を言ったのは、岬だけだ。ただ、そのときの冷め切った眼差しが、陰口や嘲笑以上に、光彦の胸の奥を今もひりひりと刺激する。

吉岡帝国の時代はしばらく続いたが、二〇〇〇年代に入ると、さすがにほころびが出始めた。あまりのワンマンぶりに、経営陣も難色を示すようになったのだ。特に、男女雇用機会均等法の改正以降、台頭してきた女性総合職からの反発が大きかった。

〝ジジイや生意気な女どもがうるさくてやってらんねえ〟

そう言って、吉岡が会社を離れ、自らの制作プロダクションを立ち上げたのが、今から十五年程前だ。福島をはじめとする制作部の大半のスタッフが、吉岡の後についていった。光彦も粛々とその流れに従った。

〝総務からプロデューサーに引っ張り上げてやったんだ〟と、吉岡から変に眼をかけられていた光彦は、残ったところで会社に居場所がなかったし、娘もまだ幼かったので、職を失うわけにもいかなかった。

制作プロダクションに移ってからも、光彦の仕事はたいして変わらなかった。途中で吉岡とうまくいかなくなったプロデューサーの仕事を引き継ぎ、現場を成立させる役回りだ。相変わらず、誰かの立ち上げた企画に、名前だけがクレジットされ続けた。

皮肉にも、光彦のこの役割が最も大きく発揮されたのは、昨年の春、吉岡自身が立ち上げたニュージーランドとの合作映画の企画が暗礁に乗り上げかけたときだ。

エグゼクティブプロデューサーを務める吉岡が、セクシャルハラスメントで若手女優から告発されたのだ。

ハリウッドで巻き起こった、#ＭｅＴｏｏ運動の影響を受け、ここ数年、日本でも映像業界や演劇界におけるパワハラやセクハラが、マスコミで大きく取り上げられるようになった。

それまで芸能界の慣習として黙認されてきたことが、ついに問題視される時代になったのだ。

もちろん、吉岡は非を認めなかった。彼の場合、本当に自分がなにか悪いことをしたとは思っていないのだろう。

しかし、これまで行ってきたハラスメントが次々に明るみに出、スポンサーが手を引き、主演女優からも降板を示唆されると、さすがに分が悪いと悟ったようだ。

表向きにエグゼクティブプロデューサーを辞任した吉岡に代わり、善後処置に回った光彦はあちこちに頭を下げ、最終的には外部プロデューサーを雇って、なんとか企画の頓挫だけは回避した。

偶然にも、この顛末《てんまつ》が、光彦にとって次の転機へとつながった。

外部プロデューサーに全てを預け、ようやく一息ついているときに、中堅電子商取引《イーコマース》企業パラウェイの社長から、直々にヘッドハンティングされたのだ。

法人税対策もあるのかもしれないが、今後、パラウェイは文化事業として映像産業に進出したいのだと社長から直接告げられた。

新型コロナウイルスの蔓延は、イーコマース市場を拡大させた。中でもパラウェイは急成長中で、今後、コロナが落ちついても、突然業績が落ち込むことはないだろうと、経営陣は踏んでいる様子だった。

それに実のところ、今や映画制作は一昔前ほどの大きな博打《ばくち》ではない。

光彦が新人の頃は、劇場、ビデオグラム、テレビと、三次使用までが関の山だったが、現在ではテレビ放送だけでも地上、衛星、有料放送に加え、インターネットを利用した定額制動画配信《サブスクリプションビデオオンデマンド》サービスのプラットフォームがいくつもある。フィルムからデジタルへの移行によって、制作コストも大幅に削減された。

つまり、昨今の映画は汎用性の高い動画資材《コンテンツ》でもあるのだ。

意外なことに、吉岡はこのヘッドハンティングを喜んだ。光彦をパラウェイからの出資の糸口にできると踏んだのだろう。

「今のお前があるのは、全部、吉岡代表のおかげだってことを肝に銘じとけ。あの人がいなきゃ、総務で腐ってたお前なんて、とっくにどっかでリストラされてるよ」

吉岡になりかわって、福島がこちらをねめつけてきた。

「まさか、お前、自分の力でヘッドハンティングされたなんて思ってるんじゃないだろうな。お前に声がかかったのは、門外漢が大作映画のクレジットを見て勘違いしただけだ」

「だから、分かってるって」

自分に企画力がないことくらい、福島に言われるまでもなく自覚している。

「だったら、つべこべ言わずに企画を通せ。吉岡さんだって、そのつもりでお前の転職を認めたんだから」

福島がソファにもたれた。

「それに、お前だって、そろそろ、そっちで大きな仕事をしないとまずいだろう」

正直、これは痛いところを突かれた。

光彦がパラウェイにゼネラル《G》マネージャー《M》待遇で迎え入れられて、半年が経とうとしている。手始めに、ネット配信用の企業コマーシャルを制作したものの、それ以外は、たいした仕事をしていない。ただでさえ〝事業開発部〟などという、存在意義が曖昧な新設部署なのに、このままでは

〝あの人は一体なにをしているのか〟と、他の部署のスタッフたちから囁かれ始めてもおかしくなかった。

「とにかく、お互いにとって悪い話じゃないんだから、うまくやれよ」

押し黙っている光彦に、福島が企画書を押しつけた。

そこから先は取り立てて話すこともなく、光彦はぼんやりと酸っぱくなったコーヒーを飲んだ。

「おい、瀬名」

当然のように手渡された伝票を精算していると、ふいに後ろから声をかけられた。

「ところで、お前、なんでロードバイクなんか乗ってんだ？」

「健康のためと……」

領収書をもらいながら、ふと本音が口をついて出る。

「バイクを漕《こ》いでいると、なにも考えなくて済むからかな」

「は？」

途端に、福島の顔に嘲笑が浮かんだ。

「お前に、そんなに考えることなんてあるのかよ」

一瞬、光彦はマスクの中で口元を引き締める。けれど、敢《あ》えて気楽な声をあげた。

「そう言われてみれば、なかったわ」

福島と別れて駐輪場に戻ると、そろそろ十六時になるところだった。これから会社に戻っても、中途半端な時間だ。それに、正直に言うと酷く疲れていた。

バックパックの中の企画書が重い。

実際、この企画を通すのは、それほど大変な仕事ではないだろうけれど。

俺は、いつまでたってもこんな役回りだな——。

どれだけ業界歴が長くなっても、大作映画に名前がクレジットされても、所詮は他人事だ。別にやる気があるわけでもないのに、役割さえこなしていれば、キャリアだけはそれなりにアップする。

随分おかしな話だよ。

だけど、情熱や志を持っている人間のほうが、どこかで煙たがられたり、異物扱いされたりして潰されていく傾向があるのは、別段、映像業界に限った話ではない。

そこまで考えて、光彦は首を横に振った。

やめだ、やめだ。こんなことをうじうじ考え込んだところで、世の中が変わるわけでもない。単に気が滅入るだけだ。

このまま戻らなくても、誰も気にしない気がしたが、光彦は一応会社に連絡を入れた。直帰して、自宅作業をする旨を伝える。リモート業務が認められるようになったことだけは、新型コロナウイルスがもたらした恩恵だ。

電話に出たスタッフは、「自宅作業」など端から信用していない雰囲気だったが、GM待遇である光彦に、反論するつもりはないようだった。

あのオジサン、本当に自由だよね……。

電話を切ったスタッフが、同僚にこぼしている様が眼に浮かぶ。

いつまでも、企業コマーシャル一つで、お茶を濁しているわけにもいかない。やっぱり、企画を通すしかないかもな。

一つ溜め息をつくと、光彦はメットをかぶり、ロードバイクにまたがった。第一京浜《けいひん》に向けてペダルを踏み込み、中央分離帯のある大通りを一気に南下する。

運よく赤信号に引っかかることもなく、二十分ほど軽快に進んでいくと、やがて大森海岸《おおもりかいがん》の駅前に出た。三叉《さんさ》路を海側に走れば、高層マンションを背景に、イルカのモニュメントが見えてくる。

品川区が運営するしながわ水族館の入口だ。

駐輪場にバイクをとめ、光彦は所々にペンギンやアシカのオブジェが立つ公園内をぶらぶらと歩いた。芝生の向こうに広がるのは、勝島《かつしま》運河の水を利用した人工湖だ。海水が混じる湖面を、数羽の水鳥がのんびりと泳いでいる。水辺に面して配置されたベンチには、自分同様、仕事を抜け出しているらしいサラリーマン風の男たちの姿も見えた。

硝子張りの水族館は、この公園の一番奥にあった。チケット売り場で「十七時で閉館ですが」と告げられたが、何度もきている光彦には、三十分もあれば充分だ。

区民割引を利用して中に入る。

閉館時間が近いせいか、通路に人影はなく、区切られた水槽の中を、魚だけが静かに泳いでいた。人気のアザラシ館やイルカ・アシカスタジアムには立ち寄らず、真っ直ぐ地下階へ向かう。

階段を下りると、この水族館の目玉の一つでもある、トンネル水槽が広がった。視界が一気に青く染まる。折よくトンネルに人の姿はなく、光彦だけが、ぐるりと百八十度の海の世界に包まれた。

頭上を大きなエイが翼を広げるように悠々と泳ぎ、丸い魚の群れがスパンコールのようにきらめきながら、傍らを通りすぎていく。

水量五百トンという巨大水槽を貫く全長二十二メートルのトンネルを歩くのは、ちょっとした海底散策だ。静かな環境音楽が流れる中、大小様々な魚たちが、音もなくすれ違い、回遊している。

銀色に輝いているのは、アジの群れだろうか。色鮮やかなタイの姿も見える。

やがて、空中を飛翔《ひしょう》するように、四肢をゆったりとはためかせながら、大きなアオウミガメが現れた。照明を浴びた蒼い甲羅が美しい。ここまで巨大なアオウミガメを飼育しているのは、都内の水族館では珍しいのだそうだ。

アオウミガメの少し吊り上がった大きな黒い眼が、光彦をとらえる。あまりにまんじりと見つめられ、人語を話し出すのではないかと錯覚した。

竜宮城か。

短絡的すぎる己の思考に苦笑する。しかし、本当に竜宮城なら、たびたびここで時間を潰している自分は、現世に戻った瞬間、老人を通り越して、灰燼《かいじん》に帰してしまうかもしれない。

別に、それでもいいいんだけどね……。

優雅に頭上をかすめていくアオウミガメに別れを告げ、光彦は次の部屋に入った。

ここに、光彦が足しげくこの水族館に通うようになったきっかけの水槽がある。

クラゲたちの世界。

そう銘打たれたエリアには、LED照明による光の演出の中、たくさんのクラゲたちが展示されている。ふわふわと水中を漂うクラゲの姿はそれだけでも癒されるが、展示室に入ってすぐの「クラゲとは」というパネルに、光彦の心をわしづかみにした一文があった。

〝クラゲは餌に向かって泳いでいくことはできず、偶然触れた餌を捕まえています〟

この文章を眼にした瞬間、光彦は釘付けになってしまった。

なに、それ。俺かよ――。

本気で、そう思った。

以来、妙な親近感を覚え、光彦はクラゲのことを本格的に調べるようになった。クラゲには脳も心臓も血液もない。あるのは基本的に、口と、胃と、触手と、生殖巣と、感覚器と、体内に栄養分を運ぶ水管だ。考えない。運動しない。ただひたすらに、偶然触れた餌を食べながら、水流に身を任せて揺蕩《たゆた》っているだけだ。

この頭も心も血もない生物は、約五億年も昔から、ほとんど形を変えずに生息している。多くの生物が誕生し、滅びていった中で、クラゲは大きな進化も退化もせず、古来の姿を保ち続けているのだ。

つまりクラゲの生態は、生物として、最も洗練されたものだと言えるのかもしれない。

ならば、仕方がないではないか。

これが究極の生きやすさなら、俺はこれから先も、考えない、動かない、抗わない。偶然やってきた役回りをつかんで生きていく。

誰が俺を笑えるものか。

青色のＬＥＤライトに照らされて、ふわりふわりと漂う半透明のミズクラゲを、光彦はじっと見つめた。

光彦には、歳の離れた姉がいる。幼少期から優秀だったが、女子大付属の高校に入った頃から、姉は精神的に不安定な状態が続くようになった。学校へも通えなくなり、部屋に閉じこもり、時折、嵐のように荒れて両親を罵った。一番苦しいのは当の本人なのかもしれないけれど、姉と母の葛藤は特にすさまじく、いつも間に挟まれる父が気の毒なほどだった。

姉が荒れ、両親が必死にそれを宥《なだ》めているのを、光彦は遠くで遣《や》り過ごすことしかできなかった。

考えない、動かない、抗わない。

クラゲ的な習性が身についたのは、その頃からかもしれない。

現在、両親は既に他界し、姉は地方で結婚してそれなりに落ち着いて暮らしているが、「お姉ちゃんは真面目で考えすぎるから、生きるのが難しい」と呟いた父の言葉は、今でも光彦の胸のどこかに深く刻み込まれている。

その後、社会に出てからは、なぜか世間では、己のクラゲ的習性が重宝がられることを知った。大きな流れに身を任せて、目的意識もなく漂っているほうが、群れを飛び出し、なにかに向かって自主的に泳いでいこうとするものより、遥かに気安く受け入れられる。

皮肉なものだ。頭も心も血も涙もないほうが、生きやすいなんて。

クラゲに涙は関係ないか——。

ミズクラゲの半透明の身体に浮かぶ、四つ葉のクローバーのような紋を眺めながら、光彦はくすりと笑う。

そのとき、トンネル水槽のほうから、人の話し声が聞こえてきた。一階でイルカやアシカを見ていた家族連れが、地下フロアにやってきたようだ。

ミズクラゲの水槽を離れ、光彦は出口に向けてゆっくりと歩き始めた。クラゲたちに会ったおかげで、随分気持ちが楽になっていた。

表へ出た直後に、午後五時のチャイムが鳴り響く。

夕焼け小焼けのメロディーを聞きながら、光彦はふと、群れを飛び出していった人のことを思い浮かべた。

岬一矢。彼は最近、どうしているのだろう。フリーランスで活動しているという噂を耳にしたことがあるが。

微かな好奇心に駆られ、光彦はスマートフォンを取り出してアプリを開いた。かつての同期プロデューサーの名前を検索した途端、トップに出てきた記事の見出しに、光彦はハッと眼を見張る。

〝私たちは、映像業界のハラスメントがなくなるまで戦います〟

声明を出している映像業界関係者の中に、岬の名前があった。

〝映像業界に限らず、ハラスメントに悩んでいる方や、ハラスメント対策に関心のある企業からのメッセージを受けつけています。一緒に勉強し、ハラスメントのない世界を目指しましょう〟

そこには、賛同者を募るメールフォームも設置されている。

相変わらず、こんな疲れる真似をしているのか。

〝企画を成立させてもらって助かった〟

言葉とは裏腹にくれた冷たい一瞥を思い出し、光彦は奥歯を嚙み締める。岬の面影は、福島の嘲りに満ちた醜悪な笑顔以上に、なぜだか光彦を苛立たせた。

大きな流れに逆らおうとしたって仕方がない。

ハラスメントもしつこいウイルスと同様で、完全になくなることは絶対にないだろう。最初のうちは少しは騒然とするかもしれないが、結局のところ、どこかで有耶無耶になるに違いない。

それが現実。抗ったところで、疲れるだけだ。

ほとぼりが冷めるのを待つと、福島は当たり前のように言い放った。所詮はその程度のこととしか、考えられない相手なのだ。そして、そういう連中こそが多数派だ。

世の中の流れは多数派が作っている。

センスも実力もあるのに、岬はバカだ。だから、なんの志もない俺なんかに、企画を奪われる羽目になったのだ。

なぜこんなに腹が立つのか分からないまま、光彦は乱暴にアプリを閉じた。

翌朝、光彦はいつものように〝スモーカーの聖地〟でモーニングを食べ、コーヒーをテイクアウトして出社した。

福島から押しつけられた企画書について報告を入れておこうかと秘書課に連絡したところ、社長は来月の頭まで台北《タイペイ》に出張しているとのことだった。

ようやく、海外出張が自由にできるようになってきたらしい。

猶予ができた気分で、光彦はコーヒーを片手に喫煙室に向かった。

光彦の現在の職場パラウェイの本社は、港区の高層ビルの二十階から二十三階のフロアを占めている。喫煙室があるのは、マーケティング部がある二十三階だ。

硝子張りの小さな喫煙室には、今日も誰もいない。マーケティング部は若い社員が多いが、彼らはそもそも煙草など吸わないのだろう。かつて喫煙所が男性社員たちの社交の場で、そこでのアピールが、出世や人事に一役買っていたなんて、今となっては都市伝説の類いだ。

ともあれ、そんな都市伝説が現実だったおかげで、比較的健康面に気を遣っているはずなのに、光彦は未だに煙草を手放せない。

いや、時代のせいにするのはフェアじゃない。同世代でも、禁煙している人間は大勢いる。健康に悪いわ、バカみたいに値上がりするわ、吸える場所は減っているわで、煙草なんて、いいことが一つもない。

それなのに、やめられないのはなぜだろう。

窓の外のスカイツリーを眺めながら、光彦はハーッと音をたてて白煙を吐き出した。誰もいないので、思う存分、煙を吐くことができる。

吐き出された白い煙が、昨日のミズクラゲのようにゆらゆらと空中を漂う様を、光彦はぼんやりと眺めた。

「瀬名さん、おはようございます。今日も、久乃《ひさの》のところ、いかれたんですね」

喫煙室を出たところで、マーケティング部のマネージャー、米川恵理子《よねかわえりこ》から声をかけられた。

パラウェイが運営するネットショッピングモール「パラダイスゲートウェイ」の主力部門であるビューティーカテゴリーとライフスタイルカテゴリーを統括する恵理子は、四十代半ばのワーキングマザーだ。

「最早《もはや》、僕のルーティンなんで」

マスクをつけ直し、光彦はロゴ入りの紙コップを持って笑ってみせる。

少し前に、〝スモーカーの聖地〟の店長、植田《うえだ》久乃が、恵理子の大学時代の同級生であることが判明した。すごい偶然だと、最初は光彦も興奮したが、今はいくばくかのきまり悪さを感じている。

光彦がバツイチの独身だと知った途端、恵理子はなにかにつけて、未婚の友人である久乃のことを、アピールしてくるようになったのだ。久乃自身に、そんな気配は微塵もないというのに。

「彼女、昨年末にお母さんを亡くしてるので、心配なんです。誰か頼りがいのある人が、傍にいてくれるといいんですけどね」

今日もそんなことを言いながら、こちらの様子を窺っている。

仕方がないことなのかもしれない。五十代半ばのバツイチ男性と、四十代半ばの未婚女性が出会ったら、そこでなにかが起きると期待するのが、人情なのかも分からない。

〝私、スマホでチケットを取ったことがなくて〟

北風が吹きすさぶ路地で、久乃が涙をこぼしていたことを、光彦は思い浮かべた。久乃の母の容態が急変したとき、故郷へ帰る飛行機のチケットを取るのを手伝ったのが自分だと知ったら、恵理子は一体どんな反応をするだろう。

あれ以来、久乃とは時折個人的な言葉を交わすようになった。彼女の趣味が美術鑑賞であることも聞いている。けれど、久乃の態度には、こちらを男性として意識している気配がまったくなくて、そこが光彦には心地よかった。

いいじゃないか。五十代半ばのバツイチ男と、四十代半ばの未婚女が出会っても、なにも起こらなくたって。

自分が久乃狙いで店に通っていると思われるのも心外だし、久乃が常連客をそういう眼で眺めていると想像されるのも癪に障る。

恵理子は単に友人を心配しているだけなのかもしれないが、そうした余計なお節介だって、立派にセクハラなんじゃないだろうか。

久乃のフラットな態度は、男女が二人でいたらなにかしなければいけないという、一昔前の圧を上書きしてくれる。光彦が若い頃は、〝据え膳食わぬは男の恥〟という概念が、根深く機能していた。女性スタッフと二人でロケハンにいって、手を出さなかったと知られると、先輩たちから「情けない」「それでも男か」とどやされる時代を、光彦は確かに経験してきていた。

セクハラやパワハラは、間違いなく、この手の男性優位主義《マチスモ》が温床になっている。それに悩まされてきたのは、実のところ、女性だけではない。

「この間、瀬名さんが作られたパラウェイの企業コマーシャル、すごく評判いいですよ」

こちらの顔色を読んだのか、恵理子が話題を変えてくれたので、光彦はほっと息をついた。

「それはよかった」

さすがになにもしないわけにはいかないだろうと、かつての後輩たちに声をかけて制作した、ネット配信用の十五分程度のプロモーションビデオのことだ。「パラダイスゲートウェイ」を利用し、若い男女が少しだけ〝毎日を彩る〟ドラマ仕立てのコマーシャルだった。

「商品を使ってもらえたクライアントたちも喜んでいます」

ビューティーカテゴリーの寺嶋直也《てらしまなおや》が担当する商品と、ライフスタイルカテゴリーの矢作桐人《やはぎきりと》が担当する商品を、それぞれ重要なアイテムとして登場させた。製品配置《プロダクトプレースメント》と呼ばれる、映画やドラマでよく使われる広告手法だ。

「売上にも効果ありましたか」

「ええ、てきめんに」

そう聞かされると、光彦も悪い気はしなかった。

特に、桐人が担当するフェアトレードのココアは、あっという間に品切れになってしまったという。

「へえ、そいつはすごいな」

「矢作君の担当店舗は、もともと小規模販売のお店が多いというのもあるんですけど、出演された女優さんが、個人のインスタグラムでも〝これからも購入します〟って、商品を紹介してくれたみたいで……」

恵理子が話している最中に、ふいに、

「瀬名さん、米川さん、おはようございます」

と、背後からよく通る声が響いた。振り向けば、ビューティーカテゴリーの主力スタッフである直也が立っている。お洒落にスーツを着こなした、いかにも今どきの青年だ。

「ちょうどよかった。僕、瀬名さんにお話があったんです」

恵理子を押しのけるようにして、直也が近づいてきた。恵理子は一瞬、むっとした表情を浮かべたが、「それじゃ、私はこれで」と、頭を下げてオフィスに戻っていく。その後ろ姿を眺めながら、恵理子は恵理子でなかなか大変なのだろうなと、光彦はその苦労を慮《おもんぱか》った。

顧客管理をするシステムチームに、メンタル面に問題を抱える女性がいて、その対応を巡り、現場が荒れているという噂は、光彦もマーケティング部のGMから聞かされたことがある。

その女性社員、神林璃子《かんばやしりこ》を光彦も一度見かけたことがあったが、姉のようにぴりぴりした印象は受けなかった。黒ぶち眼鏡をかけ、パソコンのモニターだけを見つめている横顔は、むしろどっしりと落ち着いて見えた。

しかし、彼女が発作を起こしたことをきっかけに、もともとそりの合わなかった寺嶋直也と矢作桐人が益々対立を深めているのだそうだ。

「さっき話題に出てましたけど、スポンサーが集まれば、企業コマーシャルの第二弾って、作っていただけるんですか」

しっかりとこちらの眼を見て、直也が話しかけてくる。まだ二十代の若手だが、直也は社長の覚えもめでたい社員だった。

恐らくこうやって、社長にも物怖《ものお》じせずに接近しているのだろう。

「もちろん」

「だったら、今度はビューティーカテゴリー専用に作っていただけないでしょうか」

へえ……。光彦は内心低くうなる。

爽やかな面持ちで、堂々と、気に食わない相手のいるカテゴリーを排除する提案をしてきたか。

「さっき米川マネージャーが言っていた通り、矢作の担当店舗は、小規模販売が多いんです。せっかく話題になっても、供給が需要に追いつかないんじゃ意味がない。でも、僕の担当店舗なら、絶対にそんなもったいないことはありません」

自信満々に直也が続ける。

「僕のほうで、マーケティング部のGMに、企画書を提出してもいいですか」

直也は、現場マネージャーの恵理子のことも飛び越して、話を進めるつもりのようだ。

「構わないよ。スポンサーさえ集まれば、制作スタッフは呼べるから」

「さすが、映像制作のプロですね！」

ぱっと直也の瞳が輝いた。

「瀬名さんて、本当に色々な映画を作ってらっしゃいますよね。調べてみたら、あの映画も、この映画もって、興奮しちゃいました」

いたなぁ、こういうの――。

なんとなく懐かしい思いで、光彦は直也の野心を隠し切れない眼差しを見返す。福島なんかも、どちらかというとこの手だった。力があると思われる人間に、如才なく絡んでいくタイプだ。

喫煙所社交がなくなった今でも、こうしたアピールは変わらずに有効だ。

上にいる人間なんて、実のところ、現場のことはたいして見えていない。だから、こうやってすり寄ってくる人間への採点が甘くなる。

「瀬名さんみたいなすごい人が、パラウェイにきてくれて、本当によかったです。矢作が目指してるのはロングテールらしいですけど、僕はもっと、会社に貢献できる仕事をしてみたかったので」

そこにネガティブキャンペーンが含まれていたとしても、持ち上げてくれる人間のほうが可愛い。

「あと、付き合いのあるインフルエンサーに、演技の勉強をしている子が何人かいるんですけど、推薦させてもらっていいですか」

「そうだね。本人役で出てもらってもいいかもしれないね」

「うわあ、それ、最高ですよ！　瀬名さん、本当に頼りになりますね」

直也が大げさなほど嬉しげな声を出す。

「それじゃ、どうかよろしくお願いします」

何度も頭を下げながら去っていく直也を、光彦は片手をあげて見送った。

やっぱり、組織の根本はなにも変わっていない。昭和だろうが令和だろうが、映像業界だろうが一般企業だろうが、アピールと阿《おもね》りがものを言う。

ただ、直也には誤算がある。これで気持ちよくなれるほど、光彦は自分の仕事を肯定していなかった。


週末、光彦は久しぶりに、娘の朱里と会う約束をしていた。大学の卒業祝いになにかご馳走すると連絡すると、「回らないお寿司が食べたい」というので、虎ノ門ヒルズの寿司屋で落ち合うことにしたのだ。

定時にオフィスを出て、光彦は虎ノ門ヒルズに向かった。パラウェイの入ったオフィスビルから虎ノ門ヒルズまでは、徒歩で数分もかからない。

金曜の夜の虎ノ門ヒルズは混んでいた。芝生広場では、マスクの緩和で開放的な気分になった人たちが、寒空の下、缶ビールを傾けている。

店に入ると、朱里は既にカウンターに座っていた。オフホワイトのワンピースを着た朱里が、若い頃の妻に驚くほど似ていることに、光彦は一瞬戸惑う。

「お父さん、久しぶり」

「卒業、おめでとう」

すっかり美しくなった娘と、まずはビールで乾杯した。

「ところで、卒業式は無事に終わったのか」

「一応ね。縮小傾向だったけど」

先付けのホタルイカの酢味噌和《あ》えを食べながら、朱里が肩をすくめる。朱里の大学生活は、その大半がコロナに祟《たた》られ続けた。卒業式で、ようやくマスクなしの顔を見ることができた同級生も何人かいたという。

「うわぁ、大トロのステーキ！　アワビの天麩羅《てんぷら》もある！」

次々に運ばれてくるご馳走に、朱里が歓声をあげる。この日、光彦は奮発して、一番高い「板前お任せコース」を頼んでいた。嬉しそうに料理を頬張る娘の姿に、光彦も久しぶりに満ち足りた気分になる。

「無事に就職先も決まったし、これからが楽しみ。見ててね。私、大活躍してみせるから」

しかし、無邪気にそんなことを口にする朱里に、光彦は段々複雑な気分になってきた。

「おいおい、あんまり張り切りすぎるなよ」

本当に大変なのは、社会に出てからだ。朱里はかねてからの念願通りに、インテリアデザインの事務所に就職したが、娘にはできるだけ、社会の汚れた荒波に揉まれてほしくない。

期待すれば裏切られる。頑張れば挫折する。努力すれば損をする。流れに逆らえば孤立する——。

それがこの世の中だ。

朱里の「やる気」宣言を、光彦は適当に受け流し続けた。

「分かった、分かった。でも、あんまり仕事に夢を見るなよな。会社で苦労したって、つまんないだけだぞ」

できるだけ、娘の気持ちに水を差さないように気をつけていたつもりだが、料理が一通り終わり、握りが出始めた頃、ついに朱里が眉を顰めた。

「ねえ、お父さん。さっきからなんなの？　どうしてそんなに悲観的なことばかり言うの？」

別に悲観的なことを言っているつもりはない。

「俺はただ、心配してるだけだよ」

なぜなら、それが真実だからだ。愛する娘が傷つく姿は見たくない。

「俺はお前のためを思って……」

「だったら、水を差してばかりいないで、少しは応援してよ！」

朱里の突然の大声に、カウンターの奥で黙々と仕事をしていた板前が、ちらりとこちらを見た。

「おい、朱里」

「お父さんが自分の仕事を嫌いだからって、私を一緒にしないで」

たしなめるつもりが、ぶつけられた言葉に息を呑む。

「ねえ、お父さん。お父さんはどうして映画の世界に入ったの？」

真っ向から尋ねられ、光彦はたじろいだ。

正直にいえば、それほど大きな理由があったわけではない。光彦が就職活動をしていた頃には既に、志望先に主に企画立案を行う総合職と、主に日常的な事務業務を行う一般職という区分があった。そもそも映画会社を志望するのに一般職を選ぶ者は少なかろうと、敢えて一般職枠で面接を受けたところ、たまたま採用されてしまったのだ。当時は圧倒的な売り手市場だったし、バブル時の就職なんて、そんなものだ。

その後、プロデューサーになったのは、偶然流されてきた結果だった。

「映画のプロデューサーなんて、誰でもなれるわけじゃないのに、お父さんって、自分の名前が入っている映画にも全然愛着ないよね。DVDは部屋に転がっているだけだし、テレビ放映があっても、見ようともしなかったし」

そんなことを娘に思われていたとは、想像もしていなかった。

「好きでもない仕事を、どうして何十年も続けてきたの？　それって私やお母さんのため？」

「違う、そうじゃない」

かろうじて否定する。別段、映画の仕事が嫌だったわけではない。

考えない、動かない、抗わない。それが、一番洗練された、この世を生き抜く方策だったからだ。

「お母さんが、なんでお父さんと離婚したか知ってる？」

「いや……」

光彦は力なく首を横に振った。その理由は、未だによく分からない。

「お母さん、言ってたよ。お父さんは、いっつも人の言いなり。お母さんが結婚しようって言ったから結婚して、子どもが欲しいって言ったから子どもを作ったんだって」

反論の隙を与えずに、朱里が続ける。

「お父さんの一番嫌いなところは、自分を大事にしてないところだって」

自分を大事にしていない？

そんなことはない。健康面だってそれなりに気をつけているし、なにより、誰とも揉めないように、どんなことにも抗わないようにして、自分自身を護ってきた。

考えすぎるから生きづらい。考えなければ生きやすい。そのはずではなかったか。

「私、お父さんみたいになりたくない」

寿司が並ぶカウンターに、娘の言葉がぽつりと響く。

光彦は、返す言葉を見つけることができなかった。

それから先は、互いに無言で、味のしない寿司を黙々と食べた。最後に大トロの炙《あぶ》りが出たが、朱里はもう歓声をあげなかった。

「お父さん、ごめんね」

別れ際に泣きそうな顔で謝られて、却って、光彦のほうが申し訳ない気分になる。朱里が詫びなければならない理由など、どこにもないように感じられた。

地下鉄の駅に向かう娘を見送り、光彦はとぼとぼと歩き出す。とりあえず、パラウェイのオフィスに向かった。ビルの駐車場に置かせてもらっているロードバイクを取りにいかなければならなかったし、なにより、このまま一人で帰る気にはなれなかった。

社員証でセキュリティーを解除し、誰もいないオフィスに入る。デスクに着き、パソコンを立ち上げた。

メールソフトをチェックすれば、福島から催促がきている。他に出資者候補はいくらでもいるのに、昔のよしみで最初に声をかけてやっていると恩着せがましいおためごかしの次に、〝吉岡代表が本気で怒りだす前に、色よい返事を寄こせ〟と、脅しめいたことまで書かれていた。

社長が現在海外出張中だと返信を書きかけ、光彦はふと手をとめる。ウェブブラウザを開き、元いたプロダクション名を検索した。

公式ホームページのトップには、「お詫び」の文字がある。

〝弊社代表、吉岡潤一《じゅんいち》のハラスメント報道に関しまして、皆様に多大なご心配とご迷惑をおかけいたしましたことを、深くお詫び申し上げます〟

一体誰に対する謝罪なのか分からない、通り一遍の文面が綴られていた。

表面的には深くお詫び申し上げながら、その裏では、この人を怒らせたら大変なことになるとほのめかす恫喝《どうかつ》めいたメールが平然と送りつけられてくる。

なんなんだ、この本音と建前は。

多様性の社会だなんだと言いながら、前時代的な弱肉強食は、依然としてこの世の常だ。

思わずメールを削除しかけたが、結局光彦は、社長が帰国するまで待ってくれと、言い訳メールを返信した。そのほうが、圧倒的に楽だからだ。

送信ボタンを押した瞬間、しかし、胸の奥からなにかがむかむかと込み上げてきた。

光彦はパソコンをシャットダウンし、喫煙室に足を向けた。二十三階のフロアはまだ電気がついている。マーケティング部のオフィスの手前にある喫煙室に入り、光彦は煙草に火をつけた。

誰もいない喫煙室で、思い切り白煙を吹き上げる。

〝今のお前があるのは、全部、吉岡代表のおかげだってことを肝に銘じとけ。あの人がいなきゃ、総務で腐ってたお前なんて、とっくにどっかでリストラされてるよ〟

〝お父さんが自分の仕事を嫌いだからって、私を一緒にしないで〟

〝まさか、お前、自分の力でヘッドハンティングされたなんて思ってるんじゃないだろうな。お前に声がかかったのは、門外漢が大作映画のクレジットを見て勘違いしただけだ〟

〝映画のプロデューサーなんて、誰でもなれるわけじゃないのに、お父さんって、自分の名前が入っている映画にも全然愛着ないよね〟

福島と朱里の声が交互に響き、光彦は立て続けに煙を吐いた。

そのとき、唐突に思い当たる。自分が煙草をやめられないのは、いつも胸の中にわだかまっているものを吐き出すためではないかと。

思えば、嘆息しなければならない理由を深く考えることもなく、たとえ人前でも、これだけ大きな溜め息をつけるツールは、煙草を以て他にない。

吸うのではない。吐くために必要なのだ。

そう分かってしまうと、ミズクラゲのように宙を揺蕩う白煙が、なんだか一層虚《むな》しく見えた。

胸の中が空っぽになるまで、光彦は煙を吐き続けた。三本立て続けに煙草に火をつけ、さすがに気持ちが悪くなる。

喫煙室を出て腕時計に眼をやると、既に二十三時を過ぎていた。こんな遅い時間まで残業しているのは誰だろう。ひとつ社畜の顔でも拝んでやるかと、光彦はマーケティング部のオフィスに足を踏み入れた。

広いオフィスの中、たった一人でパソコンに向かっているのは、ライフスタイルカテゴリーの矢作桐人だった。デスク周りに、商品の段ボール箱が堆《うずたか》く積まれている。

哀れな社畜は、こいつだったか。

「お疲れさん」

声をかけると、集中していたらしい桐人の肩がびくりと揺れた。

「あ、瀬名さん、すみません。気づかなくて」

「いや、こんな時間まで、大変だね」

「瀬名さんこそ、お疲れ様です」

気遣うような眼差しを向けられ、煙草を吸いにきただけとは言えなくなる。

「なに、もしかして、商品レビュー、自分で書いてるの？」

「はい。初出店の店舗だけですけど、まずは担当の自分が試してからと思って」

デスクに置かれたソーサーには、試飲したらしいティーバッグがいくつも重なっていた。

疲れの見える桐人の顔に、やはりライターに任せず、いつも自分で映画の制作ノートを書いていた岬一矢の面影がよぎり、急に心拍数が上がる。あの男も自分の仕事に誠実で、真面目すぎるくらいに真面目だった。それなのに――。

「あのさ」

思わず、桐人に重なる若き日の岬に向かって口を開く。

「そんなに頑張っても、会社はなにもしてくれないよ」

最終的に、お前は俺なんかに企画を奪われる。いくら頑張ったって、全部、無駄だ。

会社はお前の頑張りを利用するだけで、肝心なところでは、結局なにもしてくれない。誰かが努力を見てくれているなんて、大嘘だ。どれだけきれいごとを並べ立てたところで、会社が必要としているのは、才能でも実力でもなく、使い勝手のいい駒だ。それが組織というものだ。

だから気張るな。朱里も、桐人も、眼を覚ませ。

会社なんかで無駄に足掻《あが》くな、苦労をするな。

「別にいいですよ」

「え？」

だが、淡々と答えられ、思い詰めていた光彦は、一瞬きょとんとした。

「会社のためにやってるわけじゃないですから」

「じゃあ、誰のためにやってるの」

まさか、クライアントのためだなんて、優等生的なことを言うつもりではないだろうな。

身構えた光彦の前で、桐人は首をひねる。

「さあ、どうなんでしょう。……強いて言えば、自分が納得したくてやってるだけです」

なんだ、そりゃ。自分が納得したいから？

三十年以上仕事をしてきて、そんなふうに考えたことがなかった。

と、いうか――。

光彦はこれまでに、自分自身に心底納得したことがあっただろうか。

〝お父さんの一番嫌いなところは、自分を大事にしてないところだって〟

先ほどの朱里の言葉が甦り、光彦の中に俄《にわ》かに不快感が込み上げた。

「そう言えばこの間、寺嶋君が、今度はビューティーカテゴリーだけで企業コマーシャルを作ってくれって言ってきたよ」

わざと挑発的な言葉をぶつけてやる。

「彼は君が目指してるロングテールなんかじゃなくて、もっと会社に貢献できる仕事をしたいんだとさ」

桐人の表情が曇るのを見て、さすがに後悔した。これではいじめと同じだ。

こんなふうに若手社員を陰湿にやり込めるなんて、俺は、脅しをかけてきた福島とたいして変わらないじゃないか。

一層やるせない思いが、胸を締めつける。

「……仕方がないと思います」

やがて、桐人が溜め息をつくように言った。

「僕が担当している店舗は、ほとんどが小規模販売なので、大きな注文がきても応えられませんから」

「腹とか立たないの?」

「どうしてですか」

「だって、寺嶋君は、同僚の君を出し抜こうとしてるんだよ」

やめたいのに、まだ挑発を続けてしまう。けれど、桐人はゆっくりと首を横に振った。

「僕と彼とでは、施策が違いますから」

腹を立てる意味などない。桐人はそう言いたいようだった。

「そっか」

光彦はわざと軽く頷く。

〝企画を成立させてもらって助かった〟

もしかしたら岬一矢も、嫌みではなく、本当にそう思っていたのかもしれないと、心の片隅で考えた。腹を立ててもらえるほど、自分は岬の近くにいなかった。

岬にせよ桐人にせよ、流されるだけの光彦とはあまりに違う。

好きにしろ。自分が納得するまで、存分に働けばいい。

捨て鉢に踵《きびす》を返そうとして、光彦はふと、足元の段ボール箱の中に入っている商品に眼をとめた。

「なに、これ」

ちらりと視界に入った半透明の物体にどきりとする。

「ああ、面白いですよね。インテリア・アクアリウムです」

桐人が段ボール箱から商品を取り出した。小さな水槽の中、クラゲがゆらめいている。

「本物じゃないですよ」

思わず食い入るように見つめていると、桐人が笑った。

「でも、かなりよくできてます。この店舗のオーナーがクラゲ好きで、すごくこだわって作ってるんですよ。クラゲって、見てると癒されますよね。きれいですし。これ、結構売れるんじゃないかな」

光彦が興味を持っていると思ったのか、桐人は若干嬉しそうな顔になる。

「瀬名さん、知ってますか？　クラゲって実はすごいんですよ」

珍しく饒舌《じょうぜつ》に話し出した桐人を、光彦は茫然と眺めた。


四月に入り、瞬く間に数週間が過ぎた。

パラウェイにも何人か新卒者が入り、通常であれば、社内が華やぐ時期のはずだ。だが、ここ数日、オフィスはどのフロアも騒然としている。

光彦は二十三階の喫煙室で、コーヒーを片手に煙草を吸っていた。今日は珍しく、マーケティング部のGMが一緒だった。

「しかし、面倒なことになったものだね」

煙草をふかしながら、同世代のGMが声をかけてくる。

「どうでもいいことが、今はすぐに問題になる時代だからな」

「はあ」

曖昧に頷き、光彦は窓の外に眼をやった。雲の多い空は暮れかけ、薄紫色にライトアップされたスカイツリーに光のリングが回っている。

「強気な若手だったけど、あれももう終わりだな。社長も相当お冠《かんむり》だし」

白煙を吐きつつ、GMが顔をしかめた。

「たまたま俺が稟議《りんぎ》通しちゃったから、こっちにまでとばっちりがきたし。なんのために現場マネージャーがいるんだって話だよ。これだから、ワーママのマネージャーは……。あ、今は、こういうのもセクハラになるんだっけ？」

灰皿で煙草の火を揉み消し、肩をすくめる。

「瀬名さんのところにも迷惑かけたね」

形式的に詫びつつ、もともとお前はたいして仕事をしていないだろうと言いたげな視線をくれた。

「いえ、別に自分は……」

光彦の言葉を待たず、「じゃあ、また」と、GMは足早に喫煙室を出ていった。そのままどこかへ出かける様子だった。未だ騒然としているマーケティング部のオフィスには、戻るつもりもないのだろう。

いつものように一人になった喫煙室で白煙を吐きながら、光彦はぼんやりと、ここ一週間の顛末を思い返した。

今月に入り、前言通り、ビューティーカテゴリーの寺嶋直也がプロダクトプレースメントのスポンサーを獲得してきたので、光彦は企業コマーシャル第二弾の制作準備を進めていた。

直也が推薦してきたインフルエンサーを含めたキャスティングも決まり、そろそろクランクインの日程をフィックスしようとしていた矢先、しかし、予期せぬ出来事が起こった。

直也とインフルエンサーのメッセージアプリのやり取りが、ＳＮＳ上に流出したのだ。

きっかけは、二万人以上のフォロワーを持つ、ＳＡＹＵと名乗るコスメ系インフルエンサーのアカウントによる発信だった。

〝有名インターネットショッピングモール、パラダイスゲートウェイの営業担当さんに、騙されてしまいました〟

ぽろりと涙を流している絵文字つきの投稿の下には、メッセージアプリでのやり取りのスクリーンショットが添付されていた。

〝こんにちは！　パラウェイの●●です。今度うちのカテゴリーで、企業ＣＭを制作することになりました。インフルエンサーさんたちの出演も考えています。もしできましたら、ＳＡＹＵさんお薦めブランドの広報担当者様をご紹介いただけないでしょうか〟

直也の名前は黒塗りになっていたし、ＳＡＹＵが「騙された」と騒ぐほどの文面ではなかったが、読みようによっては、ＣＭの出演をほのめかされて、スポンサーを紹介させられたととれなくもないやり取りが続いている。

事実、ＣＭへの参加を見込んでスポンサーを紹介したところ、出演はライバルのインフルエンサーにとられてしまったと、ＳＡＹＵは嘆いていた。

〝何度も打ち合わせしたのにな……〟という投稿には、直也がＳＡＹＵを〝飲みにいきましょう！〟と誘っているメッセージや、二人で食べたらしい料理の画像などが添付されていた。

そこへ、直也とみられる個人アカウントが「事実無根のトラップだ」と噛みついたことで、却って騒ぎが大きくなってしまった。

〝なにこれ、本人？　どう見たってセクハラじゃん〟

〝CM出演ちらつかされたら、SAYUさんも断り切れないよね〟

〝こいつ、この手で何人ものインフルエンサー手玉にとってそう〟

〝パラダイスゲートウェイは二度と利用しません〟

パラウェイのハッシュタグつきで投稿はどんどん拡散され、批判的なコメントがひっきりなしに書き込まれた。

事態はすぐに社長の知るところとなり、マネージャー以上が招集され、緊急会議が開かれた。恵理子と共に社長の前に引き出された直也は、セクハラの事実はなく、全てはオーディションに落ちたインフルエンサーの逆恨みだと必死に繰り返していたが、ネット上で「本人特定」され、顧客管理をしているシステムチームにまで批判の電話が殺到していると知り、さすがに顔面蒼白になった。

恵理子がすぐに、パラダイスゲートウェイのトップページに、混乱を招いたことへの謝罪と、社内で事実を調査中という報告を載せたが、騒ぎは一向に収まらなかった。

常日頃、商品紹介の動画配信のホストを務めていたことも仇《あだ》となり、今なお、ネット上では直也の個人情報がどんどん暴かれている。

〝強気な若手だったけど、あれももう終わりだな〟

マーケティング部のGMは冷たく吐き捨てていた。

バカな奴――。

如才なくこちらに近づいてきた直也の野心に満ちた眼差しを思い出し、光彦は胸の中で呟く。セクシャルハラスメントが本当にあったか否かを調査する以前に、会社は直也を切り捨て、この件をお仕舞にしようとするに違いない。

企業なんて、どこもそんなものだ。

灰皿に吸い殻を捨て、コーヒーの紙コップをダストボックスに投げ入れると、光彦は喫煙室を出た。

その足で、マーケティング部のオフィスに入る。

いつもは比較的静かなオフィス内で、恐ろしいほどに電話が鳴り響いていた。フロア全体を見渡す窓際のデスクでは、恵理子が青筋を立てて電話対応している。当の直也は体調を崩し、ここ数日会社を休んでいた。恐らくこのまま、退社に追い込まれるだろう。

会議では、今後、ビューティーカテゴリーとライフスタイルカテゴリーを統合して、機構改革を行うという案まで出ていた。

「矢作君、ちょっといいかな」

電話から解放されるのを待ち、光彦は桐人に声をかけた。

「なんでしょう」

立ち上がった桐人を見上げ、こいつ、結構でかいんだなと、この場にそぐわない感想を持つ。

「あのさ」

眼もとに隈《くま》を浮かべた桐人を打ち合わせスペースに誘い込み、スタッフたちの電話対応の声が騒音並みに響く中、光彦は口火を切った。

「企業コマーシャル、矢作君が引き継がない?」

「え」

光彦の言葉に、桐人は虚を衝かれたような顔になる。

「スポンサーはプロダクトプレースメントに乗り気になってるんだし、問題起こした担当者が代われば、誰も文句は言わないでしょう。今後、ビューティーカテゴリーとライフスタイルカテゴリーは統合されるって話もあるし、君が寺嶋君の企画を引き継げばいいじゃない」

俺がやってきたみたいにさ――。

絶句している桐人に構わず、光彦は続けた。

「もちろん、キャスティングからインフルエンサーは全員外す。それが会社にとっても、一番いい方法なんじゃないのかな」

しばらく桐人は押し黙っていたが、やがて、おもむろに口を開いた。

「……でも、米川マネージャーは、第三者委員会を設置して、寺嶋とSAYUさんをちゃんと話し合わせて事実を明らかにするべきだって言ってます」

本気かよ。

パーテーションの陰から、光彦は電話対応に追われている恵理子の姿を見やる。そんなことは、社長も、マーケティング部のGMも一言も口にしていなかった。

「僕も、そうするべきだと思います。寺嶋の企画をどうするかは、その後考えればいいことです」

意外に強い眼差しで、桐人が光彦を見返す。

「瀬名さんも言ってたじゃないですか。会社はなにもしてくれないって。だったら、僕らがやらなきゃ。本当にセクハラがあったのかどうかも分からないし、このまま寺嶋だけが辞めさせられて、事実が有耶無耶になるのは嫌ですよ」

今度は、光彦が言葉を失う番だった。

本当にハラスメントがあったならあったで、その矯正と今後の防止策を講じるよう会社に要請すると、恵理子はマーケティング部のスタッフ全員に告げたという。

だけど、恵理子は中間管理職だ。マーケティング部の本当の決定権は持っていない。

あれももう終わりだな――。そう切り捨てていたGMが、そんな面倒な要請を受け入れるとは到底思えなかった。

「GMが認めなかったらどうするの」

「そのときは、僕らが業務をボイコットします」

桐人がきっぱりと言い切る。

「……なんか、もう、よく分かんねえや」

気づくと、光彦はそう呟いていた。

自分がなにも考えずに流されている間に、女性や若い世代は、こんなにも強くなっていたのか。

なんだかすっかり打ちひしがれて、光彦は自分のフロアに戻った。

マーケティング部ほど騒がしくないが、事業開発部の隣の秘書課にも随分電話がかかってきているようだ。

「瀬名さん、お電話です」

デスクの女性に声をかけられ、光彦ははたと我に返る。

俺にまで電話？　一体、誰からだろう。

「もしもし」

半ば茫然としながら電話に出ると、いきなり耳元で怒声に近い声が響いた。

「おい、なんでメールを寄こさないんだよ。もう、社長は帰国してるんだろ？」

ああ、なんだ、福島か。

かつての同僚の声を、光彦は隔世の思いで聞く。

「いい加減に、返事を寄こせ。吉岡代表もしびれを切らしてるぞ」

福島は、ネットを見ていないのだろうか。パラウェイも今は大変な状況だと分からないのか。

それとも、彼らにとっては、セクハラ騒ぎなんて、とことんどうでもいいものなのだろうか。

そうだ。

今回の直也のことを持ち出して、断ってしまえばいい。実はうちのバカな若造がセクハラ騒ぎを起こしまして、つきましては、同じくセクハラ騒動のある御社の企画は受けつけることができません。

喉元までそう出かかっていた。

「この企画を成立させなかったら、この業界で、二度と仕事ができないようにしてやるからな」

しかし、その脅しを聞いた瞬間、

「うるせえよ」

と口が動いていた。

「は？」

仰天したような福島の声が響く。電話口での間抜け面が、まざまざと眼に浮かんだ。

今度はもっと力を込めて、光彦は言ってみた。

「やれるもんなら、やってみろ。下種《げす》野郎」

その瞬間、胸の中がこれまでに感じたことがないほどすっとした。ずっとつかえていたものが、一気に溶け落ちた気分だった。

晴れ晴れとした心持ちで、光彦はつくづく思う。

お前なんか、お前なんかと、散々バカにされてきたけれど、実際、言いなりになる俺がいなければ、仕事ができなかったのは、お前たちのほうじゃないか。

吉岡には確かに少しは世話になったかもしれないが、それも、潰しかけてきた何本もの企画を成立させてやったのだから、帳消しだ。

同時に光彦は悟る。

世の中の流れを作っているのは、吉岡や福島のような連中だと思っていたけれど、それも違う。声の大きな輩《やから》に唯々諾々と従う、自分のような無気力な人間こそが、気づかぬうちに抜け出せない流れを作ってしまっていたのだ。

絶対に娘をさらしたくないと思っていた汚れた荒波を生んでいたのは、あらゆることをあきらめ切っていた自分自身だった。

娘をあきらめさせる前にやるべきことがあったのだと、光彦は初めて気がついた。

「もう、お前たちと仕事をするつもりはない。二度とかけてくるな」

福島がなにか言いかけていたが、光彦は素早く電話を切った。

ウイルスと同じで、ハラスメントがこの世界から完全になくなることは決してないだろう。だけど、それを有耶無耶にしたり、どうでもいいことのように扱ったりする連中より、正面から立ち向かおうとしているバカどもに俺はベットする。

だって、見てみたいじゃないか。

恵理子や桐人が目指そうとしている先に、自分が想像したことのない世界があるのなら。

そこで生き生きと活躍している、朱里の姿が垣間見えたような気がした。

〝瀬名さん、知ってますか？　クラゲって実はすごいんですよ〟

いつかの晩、桐人が興奮した面持ちで語ってくれた話が頭の片隅に浮かぶ。

脳も心臓も血液もないクラゲは、その実、身体全体が脳であり、心臓であるという研究があるらしい。クラゲの身体が持っている「散在神経系」は、神経が網目状に張り巡らされているという点においては、人間の脳や脊髄にある「集中神経系」と構造的に同じだという。そして、クラゲの拍動は、心臓とほとんど同じ役割を果たしているのだそうだ。

光彦の心の中のミズクラゲが、どくりと大きく拍動した。

パソコンを立ち上げ、インターネットにアクセスする。

再び受話器を取り、光彦は内線をかけた。

なかなかつながらなかったが、辛抱強く待ち続けると、ようやく「はい……」と疲れ切った声が響いた。

「米川さん、瀬名です」

「あ、え？　瀬名さん？」

恵理子の声に戸惑いが滲む。

「米川さん、今回の件で、第三者委員会を設置したいとお考えなんですよね」

「ええ。でも、ＧＭに反対されてて……」

「加勢します」

「え？」

恵理子の戸惑いが、益々大きくなったようだった。無理もない。これまで社内を飄々と漂っていたようなオッサンが、いきなりベットしてきたのだ。

だけど、ここで変わらなければ、一生変われない。

同じような問題を起こしても、若造は切り捨てられ、古狸《ふるだぬき》は〝ほとぼりが冷めるのを待って〟のうのうと生きのびる。そんな現実にいつまでも甘んじていたら、どこまでいってもハラスメントの根本的な解決はない。

我ながら青臭い考えだとは思うけれど、今は照れよりもなによりも、自分の気持ちを優先したい。それが即《すなわ》ち、自分を大事にするということなのだろう。

「僕の昔の知り合いに、ハラスメント撲滅の運動をしている人がいます。信頼できる人間です。彼の所属する団体が、ハラスメント対策に関心のある会社からのメッセージを受けつけています。いい機会ですし、僕らもここで一つ勉強しましょう。今後のリスクマネジメントにもなりますし」

「ぜひ、お願いします」

恵理子の声に、わずかながら、いつもの明るさが戻る。

〝岬一矢さま、ご無沙汰しております。瀬名光彦です……〟

今度は就職祝いに、朱里を誘って、水族館にいこう。あの竜宮城のようなトンネル水槽を歩きながら、思い切り、将来の夢の話を聞いてやろう。娘と二人で眺めるクラゲたちの世界は、今までとはまったく違って見えるかもしれない。

水中にふわふわと漂う彼らは、頭も心も血もないように見えて、その実、全身が脳であり、心臓なのだ。

そんなことを考えながら、もう二度と会うこともないと思っていた同期に向けて、光彦はメールフォームに長いメッセージを打ち込み始めた。

惑いの星

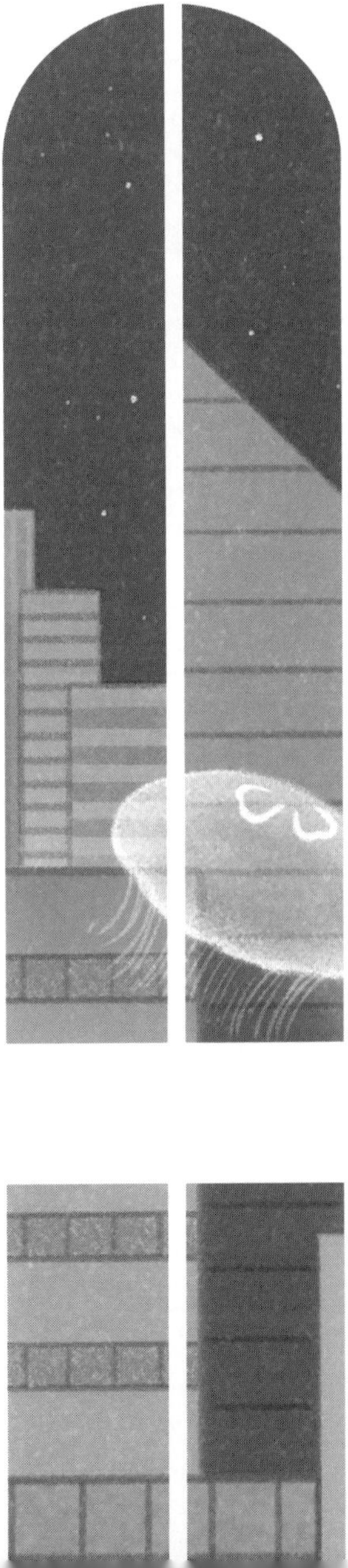

東京は、お金がないと楽しめない街だ。

こうした言葉をよく耳にするけれど、実のところ、そんなことはまったくない。探そうと思えば、リーズナブルに楽しめるスポットが、そこかしこにたくさんある。中には無料で一日いられる居心地のよい場所も。

たとえば、ここ。

初夏の緑陰が爽やかな中庭のテラス席に座りながら、神林璃子《かんばやしりこ》は満ち足りた思いで、美しい煉瓦《れんが》造りの建物を眺める。

上野恩賜《うえのおんし》公園の外れにある国際子ども図書館の閲覧室で、璃子は朝から心ゆくまでたくさんの絵本を読んだ。国際子ども図書館は、ルネサンス様式のレトロなレンガ棟と、硝子張りのモダンなアーチ棟があるが、大きな窓が並ぶレンガ棟の前身は、明治時代に造られた日本初の国立図書館と称される帝国図書館だ。

午前中、璃子が色々な国の絵本を眺めていた「世界を知るへや」と題された閲覧室は、帝国図書館時代の貴賓室で、内装がとにかく素晴らしい。漆喰《しっくい》のレリーフが施された天井からは、鈴蘭の花を模した硝子シェードのシャンデリアが吊るされ、床板は寄木細工でできている。

「世界を知るへや」は、「子どものへや」と題されたもう一つの閲覧室や、二階のギャラリーに比べると、この図書館の本来のターゲットである小学生や家族連れの姿も少なく、来年には三十歳になる璃子が一人で長時間過ごしていても、それほど目立つことはなかった。

三階建てのレンガ棟にはエレベーターが設置されているけれど、吹き抜けの大階段がまた見事で、璃子はそこを上り下りするのも好きだった。

高い天井から下がるシャンデリア、白い壁、各フロアにつながる重厚な欅《けやき》の扉、幾何学模様《アラベスク》の意匠が凝らされた手すり。それらはすべて、帝国図書館創建当時の面影を保ち続けているという。

上野の森界隈は、国際子ども図書館の他にもたくさんの歴史的洋風建造物が残っていて、それらを眺めながら散歩するのも楽しい。

ここまでくると、人も少ないしね……。

パラソルの下で、璃子はトートバッグから水筒とナフキンに包んだ弁当箱を取り出した。国際子ども図書館にはカフェも併設されているが、中庭のテラス席は、飲食物の持ち込みが可能だ。公園に茂る木々の緑や、古式ゆかしい建造物を眺めながら、持参のランチをゆっくり楽しめるなんて、まるで夢のようだと璃子は思う。

公園の中央にある外資系カフェは常に大変な混雑ぶりだけれど、パラソルまで用意されたここのテラス席には、休日にもかかわらず、ほとんど人がいない。

ナフキンを解いてテーブルに敷きながら、璃子はいつもつけている灰色のマスクを外した。昨夜雨が降ったせいか、緑の匂いが濃い。日の長い六月は、璃子の好きな季節でもあった。

梅雨入りはしたものの、今年は例年に比べ、雨が少ない予報らしい。今はまだ爽やかだが、これから、うんざりするほど暑い東京の夏がやってくる。

束の間のよい季節を楽しもうと、璃子は弁当箱の蓋をあけた。

会社にもほとんど毎日弁当を持参しているが、その実、璃子は凝った料理を滅多に作らない。続けるには、簡単であることがなによりも重要なのだ。

最近、凝っているのは〝おにぎらず〟だ。

ラップの上に敷いた海苔《のり》にご飯を盛り、その上に具材を載せて、ラップごと包み、後は切るだけという、握らないおにぎりだ。

この調理法を最初に紹介したという人気漫画を璃子は読んでいなかったが、ネットで作り方を見つけて試してみたところ、本当に手軽にできるので、すっかり気に入ってしまった。切り口がサンドイッチのように華やかで、弁当箱をあけたときに心が躍るのもポイントが高い。

今日はきんぴらごぼうと煮玉子と、ポテトサラダとコンビーフとサラダ菜のおにぎらずだ。

そう聞くと凝った具材のように思えるかもしれないが、実際にはスーパーの惣菜《そうざい》や缶詰を組み合わせているだけだった。

煮玉子の黄身の切り口が、とろりと飴《あめ》色に輝いている。ポテトサラダの白、コンビーフの濃いピンク、サラダ菜の緑の組み合わせも眼に鮮やかだ。

きんぴらと煮玉子のおにぎらずから手にとって、一口かじる。ねっとりした煮玉子と歯応えのあるごぼうが、海苔に包まれた白米とよく絡んで美味しい。惣菜はもともと味が濃いので、味付け海苔を使えば、塩を振らなくてもちょうどいいくらいだった。

夏本番に向けて旺盛に茂っていく緑を眺めながら、璃子は手製のおにぎらずをもぐもぐと咀嚼した。舌が味を感知し、喉が飲み下し、胃がそれを受け入れてくれることにぼんやりと感謝する。

元来、食べるのは好きなほうだ。内視鏡検査によれば、璃子の胃はなにも問題がなく、胃の強い人に見られる良性のポリープまであるらしい。

しかし、どうしても食事を受けつけられなくなる状態を、璃子はこれまでに幾度となく経験していた。

正常な食欲。それは璃子にとって、たまらなくありがたいものだ。

食べられれば、大丈夫。生きていくためのバロメーター。

いつの間にかそんな大げさなことを考えている自分に気づき、少々恥ずかしくなる。

昨年の夏、久々に強い吐き気と胃痛に襲われて、璃子は食事をとるのに随分と苦労した。

でも、いつも以上に平静を装っていたから、職場の人たちには悟られていないはずだ。傍にばれていないなら、それはないのと同じ。

だから、大丈夫。私は平気。

一つ目のおにぎらずを平らげ、今度はポテトサラダとコンビーフに手をつけた。

こちらも、マヨネーズ味の少し甘いポテトと塩気の強いコンビーフがご飯によく馴染み、後を引く美味しさだった。多めに挟んだサラダ菜も新鮮で瑞々《みずみず》しい。

単に出来合いのものを利用しているだけだけれど、自分は食材を組み合わせるセンスがそれなりにあるのではないかと、璃子は自賛したくなる。

先週会社に持っていった、カニカマとクリームチーズと三つ葉のおにぎらずも最高だった。あれは、隠し味に粒マスタードを使ったのが大正解だったと思う。

水筒から冷たい麦茶をカップに注ぎ、璃子は一息ついた。

私は、自分の機嫌を取るのが本当に上手。

今日はこれから旧東京音楽学校奏楽堂の日曜コンサートで古楽器の演奏を鑑賞し、それから東京藝術大学大学美術館で、今後日本アートの最先端を担うであろう藝大生たちの作品を心ゆくまで堪能するつもりだ。朝からこれだけ充実したスケジュールをこなしても、費用は奏楽堂の入館料の数百円しかかからない。

東京って、やっぱり最高なんじゃないだろうか。

明治時代に創建された煉瓦造りの歴史的洋風建築を眺められる緑陰の中庭を、ほとんどひとり占めにしながら、璃子は改めて満足感を嚙み締めた。


この日の日曜コンサートは、東京藝術大学大学院音楽研究科の院生によるパイプオルガンの演奏だった。曲目は馴染みのない古典音楽だったが、豊かな響きの音色に、璃子は存分に身を浸した。

約三百名を収容できる奏楽堂の音楽ホールは、かつて滝廉太郎《たきれんたろう》がピアノを弾き、山田耕筰《やまだこうさく》が歌曲を歌ったこともあるという。

この由緒正しい奏楽堂も美しい西洋建築で、天鵞絨《ビロード》のカーテンがかかった窓から上野公園の緑を眺めると、璃子はいつもタイムスリップをしたような気分になる。

コンサートの後は藝大生たちの素描をゆっくり楽しみ、外に出ると、午後五時になっていた。

夏至期間の日没はまだまだ先だ。

明るい日差しの中、璃子は根津《ねづ》に向けて歩き出した。上野の森から根津に向かう途中に、璃子のお気に入りのカフェがある。そのカフェでシナモンとカルダモンの効いたチャイを味わうのが、璃子の上野散歩の締めくくりだ。

カフェの扉をあけると、ありがたいことに店内はそれほど混んでいなかった。人目につかない隅の席に座り、璃子はチャイを注文する。この店のスタッフは自分と同世代の女性ばかりで、適度に客を放っておいてくれる雰囲気も心地よかった。

店内の席にまばらに座っているのは、二十代と思われるカップルや、お洒落な雰囲気の女性ばかりだった。パステルカラーのブラウスや、レースをあしらったワンピースを着た初夏の花のような女性たちの中、璃子だけが、いつもと同じ黒シャツと黒デニムだ。黒縁の眼鏡をかけ、日焼け止めを塗っただけの顔は、化粧もしていない。

だけど、一人ならこれで充分。綺麗《きれい》な花の陰で身を潜めていられるようで、却って気楽だ。

三月からマスクの着用も任意となったけれど、璃子はこの先も、ずっとマスクをつけ続けるつもりでいる。新型コロナウイルスが、インフルエンザと同等の5類になったからといって、ウイルスがなくなるわけでもないし、感染予防にもなり、すっぴんも隠せるのだから、一石二鳥だ。

スパイスの香るチャイを飲みながら、文庫本の短編小説を一本読み、璃子は会計に向かった。

この後は、精肉店のメンチカツでも買って、それを今晩の夕食のおかずにしようか。

そんなことを考えながら会計をしていると、女性スタッフが璃子の顔を真っ直ぐに見つめ、にっこりと微笑んだ。

「いつも、ありがとうございます」

瞬間、長閑だった璃子の心がきゅっと萎縮する。

明るい笑みを浮かべている女性の顔を直視できず、うつむきながら店を出た。

認識されてしまった……。

悪いのは店員ではない。こんなことを気にしている自分自身だ。意識し過ぎなのは自覚している。

でも、もうこの店にはこられない。

不特定多数でいられないことが分かると、璃子は途端にその場所でくつろげなくなってしまう。

お気に入りの店をまた一つ失うことに、小さく肩を落とした。

週明け、パソコンに向かい、璃子は黙々とデータ入力を進めていた。

新卒入社した電子商取引《イーコマース》企業パラウェイのオフィスは、虎ノ門のビルの高層階に入っている。大きな窓からは、高層ビル群の向こうにそびえ立つ、スカイツリーがよく見えた。

もっとも、璃子が所属しているシステムチームは、マーケティング部のフロアの一番奥にある。この場所は、柱の陰になっていて窓からも遠い。

それでいい。

灰色の大きなマスクの下で、璃子は口元を引き締める。

そもそも自分のような人間が、こんな大都会のＩＴ企業に正社員として潜り込めたこと自体が、なにかの間違いなのだから。

港区勤めなんて、と気おくれしないわけではなかったけれど、オフィス街の中に入ってしまえば、自分は〝点〟だ。却って誰からも認識されないのではないかと考えてエントリーシートを送ったところ、あれよあれよと採用に至ってしまった。

端から事務職を希望していたことも、大きかったのかも分からない。

同期入社した女性たちは、こぞってマーケティングや広報志望だった。しかし、念願かなってマーケティング部に配属された女性同期たちは、入社七年目の現在、ほとんど会社に残っていない。

一見華やかなイーコマース業界は、その実、案外泥臭く、新規開拓対象であるネット事業に不案内な中小企業や個人店舗を経営する初老の男性たちとの付き合いに、疲弊してしまうことが多いようだった。特に担当者が若い女性だと、収益が上がらなかったときに激昂する男性クライアントが多いのだと、璃子も漏れ聞いていていた。

皮肉なものだ。やる気一杯だった彼女たちが次々と離職して、なに一つ職場に夢を見ていない自分がこうして残り続けているなんて。

現在、入れ替わり立ち替わりやってくるマーケティング担当の二十代の女性スタッフたちは、ほぼ全員が契約社員だ。平均年齢が若いと言えば聞こえがいいが、その実態は、離職率の高さでもある。

新規顧客のデータ入力を終え、璃子はそっと視線を上げた。

フロアの中心で、マーケティング部のマネージャーである米川恵理子《よねかわえりこ》と、璃子の同期の矢作桐人《やはぎきりと》が立ち話している。やがて「はい」と頷いて、桐人がフロアを横切っていった。

最近の桐人は、以前にもまして忙しそうだ。

先月、マーケティング部の花形部門だったビューティーカテゴリーが、ライフスタイルカテゴリーと統合されて、ビューティーライフカテゴリーとなった。

他にもいろいろな理由があったのかもしれないが、大きなきっかけとなったのは、ビューティーカテゴリーの中心スタッフだった寺嶋直也《てらしまなおや》が、コスメ系インフルエンサーSAYUからセクハラをほのめかされて、SNSで大炎上を引き起こしたことだ。

当初、上層部は直也を切り捨てて騒ぎを収めようとしていたらしいが、恵理子と桐人が中心となって動き、第三者委員会が設置されることになった。ところが当の直也が体調不良でずっと会社を休んでいるため、結局、未だにSAYUとの直接の話し合いは行われていない様子だった。

しかし、この件をきっかけに、外部のインフルエンサーを起用した動画配信などの販促は、控えられるようになってきた。

視線をキーボードに戻し、璃子は次のデータの入力に移る。

動画配信のホストを務めることもあった直也もまた、璃子の同期だ。

ビューティーカテゴリーの直也と、ライフスタイルカテゴリーの桐人。動画配信や大幅な割引クーポンで派手に売上を伸ばしてきた直也と、担当店舗の商品を一つ一つ吟味して地道に商品レビューを書いてきた桐人は、同期であっても水と油のような存在だった。

〝あんまり馬鹿正直な施策とられるのって、マーケティング部としては迷惑でしかないから〟

後からマーケティング部へやってきた桐人は、直也からそう牽制されたことがあるらしい。

このことを打ち明けてくれたときの桐人は、酷く疲れた顔をしていた。なんでも、あまりよく眠れないのだと言っていた。

派手な施策をとる直也は上層部の覚えもめでたいようだったが、両カテゴリーの売上データを入力している璃子からすれば、瞬間風速的に売上があがるものの、それが長続きしない直也の担当店舗と、初動は地味でもリピーター率の高い桐人の担当店舗の総売上は、長い目で見ればそう変わらないように思われた。

上の人って、どうしてそういう細かいところをちゃんと見ようとしないんだろう。

経営のことは、末端の自分になど分かる由もないが、どうも会社というのは、声の大きな人やアピールのうまい人の意見ばかりが通るように感じられる。

今回の炎上騒ぎをきっかけに、直也の担当店舗からは、クーポンの乱発を強要された等、後追いのような苦情までが出始めていた。そうなると、どれだけ〝やり手〟で通っていたとしても、若手社員に対する上層部の態度は冷たいものだ。

結局、真っ当なやり方が残るということなのか。

しかし、だったらはじめから、会社がアピールのうまい人間ばかりを重宝がるのをやめればいいのではないだろうか。

そこまで考え、璃子はマスクの中で苦笑した。自分のような会社ヒエラルキー最下層の人間が、こんなことを思いあぐねたところで仕方がない。

〝彼女、彼女、こっち向いてよ〟

ふいに、おちゃらけた男の声が耳元に甦り、璃子はキーボードをたたく指をとめそうになる。

昨年の夏、直也が商品紹介の動画収録のために、人気男性インフルエンサーを社内に招いた。

〝遅れてきたチャラ男〟を自称するインフルエンサーは、ナンパ口調で新作コスメを女性スタッフに試用させ、「美しいー！」と叫んで気絶するふりなどをして笑いをとっていた。ビューティーカテゴリーの女性スタッフたちもそつなく調子を合わせ、撮影は滞りなく進んでいた。

ところが、なにを思ったのか、突然、男性インフルエンサーが、部屋の隅でパソコンに向かっている璃子に眼をつけた。

〝ねー、ねー、彼女、無視しないでよー〟

顔の前で何度も手を横に振って、「ノー」のジェスチャーを繰り返しているのに、彼がしつこく迫ってくることに、璃子は本気で焦った。

あのときのことを思い返すと、未だに心拍数が高くなる。

ずっと、会社では誰からも気づかれないように平静に振る舞っていたのに――。

璃子の心に苦いものが込み上げる。

〝その眼鏡、度入ってないよね。君、本当はかなりポテンシャル高いでしょ。艶消《つやけ》ししてるところが却ってエロいわ〟

自分にしか聞こえないように囁かれ、腕をつかまれた瞬間、頭の中が真っ白になった。

〝エロい〟という言葉。にゅっと闇の中から突き出されたような男の手。

ねえ、イルミネへの行き方、知ってる――？

もう顔ははっきりとしない、けれど、どんなに忘れようとしても耳の奥にこびりついている粘ついた男の声がそこに重なり、全身から血の気が引いた。

二十年も前のことなのに、忌まわしい記憶は今でも鮮明な輪郭を保って璃子に襲いかかってくる。気づいたときには、フロア中に響き渡る金切り声をあげていた。

その後の直也やインフルエンサーの反応は、正直、あまりよく覚えていない。ビューティーカテゴリーのスタッフだった伊藤友花《いとうともか》が、騒然とするオフィスをかき分け、すぐさまビル内の提携医院に連れ出してくれたせいかもしれない。医院の待合室に入るなり、璃子は震える指でポケットを探り、常に忍ばせている数錠の抗不安薬を夢中で飲み込んだ。記憶に残っているのは、それを眺める友花のぎょっとしたような眼差しだけだ。

伊藤さん……。

彼女のことを考えると、璃子の胸は微かに痛む。

ビューティーカテゴリーの化粧品《コスメティック》マーケティング担当らしく、お洒落で綺麗な女性だった。加えて、とても優秀なスタッフでもあった。担当店舗の開拓実績や売上も、データ上で見る限り、直也や桐人と比べても決して遜色がなかった。

それでも契約社員の彼女は、正社員にはなれなかった。三年間の契約満了時に、正規雇用の可能性がないと悟った友花は、次の更新をせずに会社を去った。

〝私が新卒のとき、リーマンショックが起きて、内定取り消しになったんだよね〟

退職前、ぽつりと呟かれた言葉が、今も璃子の心のどこかに引っかかっている。

この世の中はフェアじゃない。

己の与《あずか》り知らぬところで、運命にくるりと掌を返されるようなことがまま起こる。自分のような不完全な人間が易々と新卒入社ができて、友花のような優秀な人が未だに正社員待遇を獲得できないなんて。幸運だとか不運だとかいう言葉だけで、片付けられる問題ではない。

でも、それがどうにもできないことも、璃子は痛いほど知っていた。

我知らず溜め息をつき、首を回す。朝からパソコンに向かいっぱなしで、両肩には重い石が載っているようだ。現在、システムチームの正社員は璃子一人で、他は全員、パートや契約社員だった。コロナ禍以降、事務職はリモートが推奨されているので、毎日オフィスにきているのも璃子だけだ。日々一緒にデータ入力をしていても、ほとんど顔を合わせたことのないスタッフもいる。璃子自身は、そうした自らの境遇に関しては、一つも不満を抱いていない。

けれど、友花が会社を辞めてしばらくの間、璃子は社内の風当たりが急に強くなったことを感じた。精神疾患のある人間に配慮しながら働かなければいけないのかと、配信を潰された直也が、マネージャーの恵理子に食ってかかったせいらしかった。

同時に、社内でパニックを起こした璃子が正社員であるが故に守られ、適切に介抱した、人としてもスタッフとしても優秀な友花が非正規であるが故に会社を去った矛盾に、多くの契約社員たちがわだかまりを抱いたためでもあった。

当然だと思う。もし自分が非正規の社員だったら、完全に雇い止めになっていただろう。今はどの企業でも様々な制度が整いつつあるが、そこで権利が守られるのは、ほとんどの場合、正社員だけだ。パラウェイの就業規則では、心身の病気による休職は、非正規社員には基本的に認められていない。そこには大きな隔たりがある。

だから璃子は、どれだけ白い眼で見られても、仕方のないことだと考えていた。

直也が事実上失脚してから、ほんの少しそうした雰囲気は緩んでいたが、今でも冷たい視線を感じることは多々あった。

胸苦しさが、せり上がってくる。

ふとパソコンの時刻表示に眼をやり、璃子ははたと我に返った。そろそろ正午だ。切りのいいところでデータ入力を一段落させ、トートバッグをつかむ。

「米川マネージャー、お先にお昼いかせていただきます」

グループウェアに昼休憩と打ち込みながら、窓を背にしたマネージャー席の恵理子にも声をかけた。恵理子が大きく頷くのを確認して、席を立った。

「まだ、昼になってないじゃん」

「あの人、いつもそうだよ」

「相変わらず、恐ろしくマイペースだよね。引くわ」

どこかから冷たい囁きが響く。ちらりと流した視界の片隅に、杉本治美《すぎもとはるみ》を始めとする元ビューティーカテゴリーの女性スタッフたちの白けたような表情が映ったが、璃子は気づかぬふりをして、そのままオフィスを出た。


表に出ると、まだ六月なのに、むっとする暑さだった。

週末は、まだ爽やかだったのに……。

けれど思い返せば、昨年の六月も相当に酷かったのだ。温暖化のせいで、大好きだった六月がどんどん変わってしまう。そのうち日本は、極端に暑いか寒いかしかない国になってしまうかもしれない。

そんなことを考えながら、璃子は足を速めた。

虎ノ門のオフィス街に、璃子のお昼の特別な〝隠れ家〟がある。細い路地の先。少し通りから下った場所がそこへの入口だ。

三年前、ここを見つけたときは、本当に心が躍った。

オフィス街の路地裏に建つ、港区立みなと科学館の掲示板には、一枚のポスターが張られている。

〝おひるのプラネタリウム――都会で満天の星につつまれて〟

パラウェイがネット上で運営するショッピングモールの名称は、「パラダイスゲートウェイ」――すなわち「天国への入口」という意味だが、言ってみればこの場所は「宇宙への入口」だ。しかも、入場料はかからない。

璃子は慣れた足取りで建物の中に進み、二階に上がった。ドーム型のプラネタリウムに入った瞬間、ひんやりとした空気に包まれる。中央に最新式の投影機が設置された薄墨色の空間には、左右に百席を超えるシートがゆったりと並んでいた。

まばらに座っている観客は、ほとんどが常連だ。男性は、スーツ姿の人も多い。職場の制服を着た女性もいる。皆、お昼休みにオフィスを抜け出してきているのだろう。

投影機の右側の中央寄り。璃子はいつものシートに腰かけ、リクライニングをほぼ水平まで倒した。シートに身を横たえると、眼の前にドームの大きな天井が広がった。

下界が遠ざかり、ゆるゆると全身の力が抜けていく。

マスクを外して目蓋を閉じかけた瞬間、見覚えのある人影が足早にプラネタリウムに駆け込んできた。マスク越しに安堵の息を吐きながら、隅のシートに腰を下ろしているのは、矢作桐人だった。

矢作さん、今日は間に合ったんだ……。

視界の隅で確認してから、薄く眼を閉じる。この場所は、長らく璃子の秘密の隠れ家だったが、昨年の夏から、もう一人、常連が加わった。

それが、同期の桐人だった。

思えば、桐人と二人きりで言葉を交わすようになったのは、〝おひるのプラネタリウム〟がきっかけだったかもしれない。別段、誘い合わせてくるようなことはないが、いつも忙しそうな桐人が、この場所で一息つけるなら、それはそれでよいことではないかと、璃子は考えていた。

やがて開始時刻になったらしく、ドームの中が暗くなり、投影が始まる。

立ち並ぶオフィスビル、レインボーブリッジ、東京タワー、スカイツリー……。港区からの風景の西側に、丸い夕日が落ちていく。高層ビルやレインボーブリッジの明かりが一つ一つ消えると、いつしか眼の前に満天の星が広がった。

〝おひるのプラネタリウム〟では、その日の晩の港区の星空を、忠実に再現しているのだそうだ。人語による解説は一切ない。静かなリラックス系の音楽にのせて、夕刻から未明まで、星空はただゆっくりとドームの天井をめぐっていく。

北から南にかけて、見事な天の川が現れた。肉眼では決して見ることができないが、街明かりで赤く焼かれた都会の空にも、本当はこれだけの星々が、無数にさんざめいているのだ。

プラネタリウムの星空は投影だけれど、これらの星の姿は幻ではない。本当は、真昼の空にだって輝いている。

見えないからと言って、その存在がなくなったわけではない。

薄目で星空を眺めていた璃子は、完全に目蓋を閉じた。シートに全身が沈み込み、意識が遠のいていく。次第に、閉じている目蓋の裏側にも、無数の星が広がった。初夏の星空に抱かれ、ふいに身体が軽くなる。

ぐんぐん上昇し、気づくと璃子は星々が煌《きら》めく漆黒の宇宙の中に浮いていた。星屑《ほしくず》の向こう、天の川を渡って、誰かがこちらにやってくる。

透《とおる》くん――！

ああ、今日も会えた。璃子の心に、歓喜の念が泉のようにこんこんと湧いてくる。

子どもの頃から大好きだった従兄《いとこ》の透が、あの日のままの姿で、璃子に手を差し伸べた。全てを脱ぎ捨てた璃子は、透の胸の中に飛び込んでいく。

透の身体は血が通って温かい。しっかりと抱きすくめられ、璃子は心も身体も委ねて、その存在をむさぼるように味わった。

かつての忌まわしい記憶のため、璃子は現実の男性との接触ができない。来年三十歳になるにもかかわらず、男性との付き合いは皆無だ。

でも、これで充分。

透との逢瀬《おうせ》は、断じて夢ではない。私にとっての現実だ。透くんは、ここにいる。

掻き抱き、掻き抱かれて、一つになる。

恐ろしいような幸福感が全身を駆け巡り、やがて気が遠くなった。

ぐっすりと眠り込んでいたようで、ふと意識が戻ったときには、約二十分の投影は既に終わり、周囲が明るくなっていた。目蓋をあけると、頬が涙で濡れている。

悲しくないのに、どうして涙が出るのだろう。

手の甲で涙をぬぐい、マスクをつけると、璃子はリクライニングシートをもとに戻した。

多分、これは幸せの涙だ。

璃子は自分を納得させる。透のリアルな感触は、今でも璃子の身体のそこかしこに残っている。

透との逢瀬は、毎日頑張っている自分へのご褒美だ。これがあるから、生きていける。

璃子は真剣にそう考えていた。

周囲を見回せば、他の観客はもうほとんどいない。璃子は最後にプラネタリウムを出た。

階段を下りて一階に到着すると、入口に桐人の姿が見えた。科学館の案内役でもある人型ロボットと、桐人は向かい合っていた。

「矢作さん」

呼びかけると、桐人が顔を上げる。

「どうしたの？」

「いや、なんか、突然、このロボットが話しかけてきて……」

桐人が指さすと、子ども程度の大きさの人型ロボットがぐうっと顎をあげた。猫を思わせる大きな瞳に緑の光が点滅し、軽やかな声で喋り出す。

「ねえねえ、なんだかんだ言っても、人生って楽しんだもの勝ちですよね」

「え？」

唐突な言葉に桐人が呆気にとられると、

「僕、ちょっといいこと言ってませんか」

と、ロボットは得意げな様子で続けた。

「うーん……。だけど、ペッパーくん。この世の中は、勝ち負けだけじゃないと思うよ、多分」

律儀に答えた桐人に、

「へー、そうですか」

と、ロボットが聞きようによってはバカにしたように言い放つ。

「それじゃあ、クイズを出しますよ」

なんの脈絡もなくロボットは話題を変えたが、その段階でバッテリーが切れたのか、なかなか次の言葉を発しようとしなかった。そして、これ以上ないほどに肩を落とし、がっくりと項垂れ、動かなくなってしまった。

その姿は、絶望し、打ちひしがれた人間にそっくりだった。

「どういうプログラミングなんだろうね」

桐人が肩をすくめる。一々ロボットの相手をしている桐人の生真面目さに、璃子はマスクの下で忍び笑いを漏らした。

「神林さん、今日もよく寝てたね。なんだか、いい夢でも見てるみたいだった」

しかし、桐人の次の言葉に、璃子は反射的に首を横に振りそうになる。

あれは夢ではない。私にとっての現実だ。

「羨ましいよ。いつも、気持ちよさそうで」

なぜだか、璃子の心に微かな苛立ちが湧く。お昼の秘密の隠れ家に桐人が現れたとき、彼なら踏み込んでくることもないだろうから、別に構わないと思った。

プラネタリウムで眠ると、会いたい人に会える。

自分から、そんな秘密を打ち明けたことまであった。

だけど――。

〝いつも、ありがとうございます〟

爽やかな店員の笑顔。

〝相変わらず、恐ろしくマイペースだよね。引くわ〟

治美の白けたような眼差し。

どうして皆、私のことなんて気にするのだろう。

周囲に迷惑をかけないように、極力頑張っているのに、どうして放っておいてくれないのか。

「そういうの何度も言われると、観察されてるみたいで不愉快」

気づいたときには、そう口にしていた。

「あ、ごめん。そんなつもりじゃ……」

マスク越しに、桐人が明らかに困惑の表情を浮かべる。

「じゃ、私、昼《ひる》食べにいくから」

ぷいと顔を背け、璃子は踵を返した。今日も虎ノ門ヒルズの芝生広場で持参のおにぎらずを食べるだけだから、コンビニ派の桐人と一緒に食べてもよかったのだが、とてもそんな気分になれなかった。

どんどん遠ざかりつつも、気づかれぬ程度にそっと振り返る。長身の桐人はロボットと並んで、しょんぼり肩を落としているように見えた。


その晩、キッチンで璃子が夕食のあまりのゴーヤチャンプルーとおかかを合わせておにぎらずを作っていると、スマートフォンの呼び出し音が鳴った。

数歩でリビングに戻り、スマートフォンを手に取る。液晶に浮かんだ〝母〟の文字を見た瞬間、正直、鬱陶しさが先に立った。だが、これを無視すると、過剰に心配される可能性があり、余計に厄介だ。

「もしもし」

覚悟を決めて、璃子はスマートフォンを耳に当てる。

「ああ、璃子。元気にしてるの？」

母の心配そうな声が響いた。

「元気だけど」

素っ気なく言い返す。「そっちは？」と聞き返すことができなかった。まだ還暦に至らない両親が元気であることは分かっているし、会話が長引くのが面倒だった。

璃子は埼玉の団地育ちだが、新型コロナウイルスが蔓延する以前から、滅多に地元に帰らない。

「今日、あなたの高校から、同窓会の案内がきてたてね……」

そんなことで電話をしてきたのかと、璃子はうんざりする。

「いかないいから、捨てておいて」

吐き捨てるように伝えると、母が電話口で言いよどむ気配がした。

「……中学は嫌かもしれないけど、高校もいかないの？」

璃子も一瞬、言葉を呑んだ。

「高校なら、誰もなにも言わないでしょ？」

もちろん、誰にもなにも言われない。だけど、高校にも、小学校時代からの同級生はいる。

「別に、誰からもなにも言われたりしないよ。ただ、忙しいからいけないだけ」

「そんなに忙しいの？」

「休日も、結構やることあるからね」

「そうなんだ」

母の相槌に微かな安堵の色が混じるのを、璃子は聞き逃さなかった。ひょっとすると母は、璃子に〝友達〟とか、〝彼氏〟とかができたと勘違いしているのかもしれない。

おあいにくさま。

地元の団地では、一人では間が持たないかもしれないけれど、友達や彼氏などいなくても、東京は充分に楽しめる街なのだ。

「でも、今年の夏くらいは帰ってきなさいね。透くんの十三回忌もあるんだし」

その言葉に、どきりと胸が波打つ。

十三回忌――。あれから、そんなに長い年月が流れたのか。だが、透とは今日の昼にも抱き合ったばかりだ。

「あなたは、昔から透くんのことが大好きだったものね……」

しみじみと呟かれ、璃子は段々いたたまれない気分になってくる。心拍数が上がり、動悸《どうき》が収まらない。

まずい。せっかく食べた夕飯が、喉元までせり上がってくる。

「お母さん、私、ちょっと明日までにやらなきゃいけない仕事があるから」

苦し紛れにそう言うと、「そうなの?」と、母が意外そうな声をあげた。

「こんな時間でも、仕事なの?」

「今はリモートが中心だから、時間はあんまり関係ないんだよ」

「そう。ＩＴ企業って、随分大変なのね」

璃子の実際の業務など想像にも及ばないであろう母は、あっさりと納得してくれる。

「それじゃ、お盆には帰ってきなさいね」

母の念押しを受け流して通話を切るなり、璃子はスマートフォンを投げ出してトイレに駆け込んだ。げえげえとえずくが、この日は実際に戻すまでには至らなかった。

最初にしつこい吐き気に襲われたとき、璃子は消化器科を受診した。しかし、内視鏡検査の結果、胃腸にはまったく問題がないことが分かった。

次に訪れた心療内科で、璃子は適応障害だと診断された。強い吐き気は、心理的なストレスによって引き起こされるものらしい。

以来、吐き気に襲われるたび、璃子は抗不安薬を頓服するようになった。それで、ぴたりと止まるときもあれば、一向に収まらないときもある。

このところ、調子がよかったのに——。

はあはあと息を吐き、璃子は床にうずくまった。

透のことを過去のこととして語られたくない。璃子の〝現実〟では、透はまだ生きている。初めて透が夢に出てきたのはいつだろう。

抱えた膝の上に顔を伏せ、璃子はぼんやりと考える。

透は一回り年上の従兄だった。璃子が高校二年生のときに早逝した透は、思えば、今の自分と同い年だ。夢を見るようになったのは、死後しばらく経ってからのことだったが、抱き合うようになったのは、恐らく璃子が社会に出てからだ。

透の年齢にふさわしくなってから、璃子は夢で彼に抱かれるようになった。それはあまりに幸せな体験で、小さな錠剤に頼らないとやり過ごせないつらい現実の全てを、綺麗に忘れさせてくれた。

昨年、インフルエンサーに絡まれたときも、かつての嫌な記憶が甦り、璃子はしばらく食事をとるのに苦労した。特にあのときは、科学館が小学校の夏休みに合わせたプログラムに入ってしまい、一か月以上、〝おひるのプラネタリウム〟が中止になったのもきつかった。

私は不完全だ。そんなことは分かっている。

それでも、周囲に迷惑をかけないように、自分なりに懸命に頑張っている。

だから、お願い。放っておいて。

心配も同情も関心もいらない。私には私の現実がある。そちらの基準の現実を、無理やり受け入れさせようとするのはやめて。

随分長い間、璃子はトイレの床にうずくまっていた。

真っ暗な頭の中に、ふいに、昼間の桐人の姿が浮かぶ。璃子から「不愉快」と告げられた桐人は、バッテリー切れのロボットと並んで肩を落としていた。

もしかして、あのとき桐人は、あそこで自分を待っていてくれたのだろうか。

そう考えると、急に悪いことをしたような気がした。

精神疾患のある人間に一々気を遣っていたら仕事ができなくなると、直也が恵理子に食ってかかったとき、「やり過ぎたのはそっちだ」と、桐人が璃子をかばったことも、会社を去った友花から聞いていた。

〝俺、あんまりよく眠れないから〟

眼の下に隈を浮かせた桐人の力のない笑みを思い出したとき、璃子は顔を上げていた。なぜだかそこに、受け入れられる現実の一点が見えたような気がした。

ようやく動悸が収まり、よろよろと立ち上がる。洗面所で口をゆすいでから、璃子はリビングに戻ってテレビをつけた。

七月に入ると、蒸し暑い日が続いた。事前の予報通り、雨はあまり降らない。

いつものようにパソコンに向かいつつ、璃子はマスクの中で何度か重い息を吐く。このところずっと調子がよくない。寝苦しさに加えて食欲が湧かず、食事をとるのが大変だった。特に、起き抜けの吐き気が強い。

小学校の夏休みが始まると〝おひるのプラネタリウム〟がなくなってしまうことも、璃子の心を不安にさせていた。あのプラネタリウムは、透との大切な逢引《あいびき》の場所でもあるのだ。

今週末は、神社の七夕祭りにいって短冊を書く。その次の週は、また上野にいって、不忍池《しのばずのいけ》で咲き始めた蓮の花を見る……。

なんとか楽しい予定を思い描くが、そのたびに、喉の奥がぐっとせり上がる。むかつきが酷い。額に滲む嫌な汗をぬぐいながら、なぜこんなに具合が悪いのだろうと璃子は考えた。透の十三回忌が近いせいだろうか。

それもあるかもしれないし、社内の雰囲気もあるかもしれない。

七月に入っても直也は出社しなかったが、近日中に、全社員がハラスメント防止の講習を受けることになった。

そのことに関して璃子はもちろん異存はなかったけれど、ここ数か月のうちに、セクハラ炎上案件に関する周囲の見方が微妙に変わってきたように感じる。

当初は、直也に関する苦情が、システムチームの連絡先にまで届いていた。社内でも、直也のこれまでの強引なやり方を問題視する向きが強かった。

しかし、最近少しずつではあるが明らかに反動が起きている。最初に動きがあったのは、パラウェイの公式ＳＮＳへの反応だ。

〝あのスタッフさんは、その後、辞められてしまったのでしょうか〟

配信のホストを務めていた直也を案じる投稿が、ちらほらと見られ始めた。

〝パラウェイの配信、分かりやすくてよかったよね〟

〝炎上後、配信が見られなくて寂しい〟

直也を援護する流れができると、そこから徐々に、炎上のきっかけとなるほのめかしをしたSAYUに対する批判が噴出しだした。

〝そもそも、あのSAYUってインフルエンサー、匂わせが多すぎるんだよ〟

〝今回だって、トラップだったんじゃないの？〟

〝かわいそうだね。こういう案件、女が相手だと、男は圧倒的に不利だから〟

〝大体、さらされてたメッセージなんて、たいした内容じゃなかったじゃん。女が騒ぎすぎ〟

〝女を売りにしてるインフルエンサーは、その時点でアウト〟

偶然眼にしてしまった投稿の数々が、脳裏に焼きついて離れない。

女が相手だと、男は不利。騒ぎすぎ。

特にこうした言葉が、昨年インフルエンサーを相手にパニックを起こした自分自身に向けられているように感じてしまう。事実、直也はあのときのことを、マネージャーの恵理子に「過剰反応」と報告したと聞いている。

別に私のことじゃない。

分かっているのに、気にしてしまう。またしても、自意識過剰だ。

本当は、誰も私のことなんて見ていないし、気にもしていない。それなのに、自分で自分を縛っている。だから、いつまでも適応障害なんかに悩まされる。

かつての忌まわしい記憶――それだって、実際にはなにもなかったのだ。

普段絶対に意識に上らないようにしている、未だに癒えていない傷口に、璃子は恐る恐る手を伸ばす。周囲に触れただけで、既に痛い。やはり、まだそこはじゅくじゅくと膿《う》んでいる。

小学校三年生になったばかりの頃、下校中、璃子は中年男に車の中に引きずり込まれそうになったことがあった。たまたま近くで工事をしていた人たちが璃子の大声に気づき、駆けつけてくれたので、大事には至らなかった。犯人もすぐに捕まった。

しかし、この出来事は、団地内にあっという間に広がった。

警察で何度も同じことを聞かれた末、ようやく解放されると、璃子は今度は近所の人たちに取り囲まれた。

〝璃子ちゃん、大丈夫だったの？〟〝けがはなかったの？〟

心配してくれているはずの人たちが、大人も子どもも、異様に眼を輝かせていることが、璃子には恐ろしかった。

〝璃子ちゃんって、いっつも可愛い格好してるものね〟

やがて耳に入った誰かの囁きは、抜けない棘《とげ》のように、今も癒えない傷口に突き刺さっている。

事件は未遂だった。実際に、なにかをされたわけではない。もう、近所の人たちだって、覚えていないかもしれない。それでも、記憶から消すことはできない。

そして、知らない男に腕をつかまれた恐怖以上に、璃子を脅かし続けているのは――。

ぐっと胸が詰まった。駄目だ。気持ちが悪い。

席を立ち、璃子はトイレに駆け込んだ。個室の中で胸を押さえる。げえげえと喉が鳴るが、やはり吐くまでには至らない。むかつきが収まるのを待って、璃子はよろよろと個室から出た。

出勤前に、抗不安薬を飲んできたのに……。

鏡に映る蒼褪めた顔をぼんやりと眺めながら手を洗っていると、誰かがトイレに入ってきた。それが杉本治美であることを認め、心臓がぎくりと跳ね上がる。視線を伏せ、璃子は出口に足を向けた。

「神林さん、知ってますか」

できるだけ早くこの場を立ち去ろうとする璃子の背中を、治美の声が追ってくる。

「寺嶋さん、やっぱり辞めちゃうみたいですよ」

その言葉に、璃子は微かに振り返った。

「今回のことで寺嶋さんがどれだけ憔悴してるかなんて、どうせ誰も気づいちゃいないんですよね……」

独り言のように、治美が続ける。

「ビューティーカテゴリーは寺嶋さんがずっと引っ張ってきたのに、なんだか、腑に落ちません」

嘆息まじりにそう言うと、治美はさっさと個室に入っていった。

璃子は一瞬茫然としたが、小さく首を振ってドアに手をかける。治美は、直也を慕っていたのだろう。もしかすると、もっと深い間柄なのかも分からない。

しかし、直也が辞めると決めたところで、自分とは関係ない。

治美からすれば、パニックを起こして配信を潰した璃子が、直也のつまずきの一因のように思えるのかもしれないけれど、それは八つ当たりだ。

席に戻ると、正午近くになっていた。グループウェアに昼休憩と入力し、璃子はトートバッグを持ってオフィスを出た。

外はサウナのような蒸し暑さだった。雨は降らないが、恐ろしく湿度が高い。ほとんどの人たちがマスクを外している中、灰色のマスクできっちりと顔を覆った璃子はみなと科学館へと急ぐ。食欲はまったく湧かないが、プラネタリウムで透と会えば、少しは気分が落ち着くだろう。

プラネタリウムの薄墨色のドーム内の空気は、今日もひんやりとしている。リクライニングシートを倒して身を横たえ、璃子は大きく息を吐いた。

照明が落ちても桐人が現れないことに、なんとなくホッとする。

ドームの天井に満天の星が現れると、璃子は全身の力を抜いてしっかりと目蓋を閉じた。


数日後、社内でハラスメントに関する講習会が開かれた。ずらりとパイプ椅子が並べられた大会議室の片隅に、璃子はそっと腰を下ろす。

ざわつく会議室の中で、誰からも話しかけられないように深くうつむいた。体調は、相変わらず最悪だ。明け方まで寝つくことができず、ようやく数時間眠って眼を覚ますと、今度は強い吐き気に襲われる。最近はおにぎらずを作る気力も食欲もなく、朝も昼もゼリー飲料で済ませていた。

更に悪いことに、治美に直也が辞めることを伝えられてから、〝おひるのプラネタリウム〟でも、眠ることができなくなった。

いつもなら簡単に意識が遠のき、星空を渡って透に会いにいくことができる。心地よい浮遊感の中、愛《いと》しい人と存分に抱き合えた。

ところが、どれだけ眼を閉じていても、一向にその瞬間が訪れない。

あっさりと約二十分の投影が終わってしまい、璃子は焦りに焦った。今では、あんなに毎日心待ちにしていた〝おひるのプラネタリウム〟の時間が楽しめない。

観察されているようで不愉快だと告げてから、桐人もみなと科学館にこなくなった。気を遣われているのかもしれないし、単に講習会の準備で忙しかっただけかもしれない。

やがて会議室が人で一杯になり、璃子は席を壁に寄せて身体を小さくした。じっとしていると、もはや慢性的な頭痛が忍び寄ってくる。

この講習会は恵理子や桐人のほか、事業開発部の瀬名光彦《せなみつひこ》が中心となって行われていた。

昨年、GM待遇でパラウェイへやってきた光彦が加勢してくれなかったら、講習会や第三者委員会の設置は難しかっただろうと、以前桐人が話していた。

光彦は、パラウェイにくる前は大手映像制作プロダクションに所属していて、たくさんの映画やドラマのプロデューサーを務めていたらしかった。

「キャリアのある人が意見してくれると社長も耳を傾けてくれるから」と、桐人は素直に喜んでいたが、恵理子だってずっとマーケティング部のマネージメントをしているのだし、桐人とて既にビューティーライフカテゴリーの中心スタッフなのだから、他業界にいた人間の意見などなくても、社長はもっと現場の声を聞くべきではないかと璃子は痛む頭の片隅で考えた。

思えば、この会社の上層部は生え抜き《プロパー》が少ない。恵理子もまた、璃子たちが入社する前に社長直々にヘッドハンティングされてパラウェイへやってきたのだと聞いたことがあった。

一から社員を育てるより、優秀な誰かをヘッドハンティングしたほうが早いということなのかもしれない。その意味では、まだ五十代だというパラウェイの社長は確かにやり手なのだろう。

年末年始の全体集会か、社内報でしかしっかり見たことのない社長の顔を、璃子はぼんやり思い浮かべた。この日も社長は、上海《シャンハイ》へ出張中だという。テレビでは関係悪化のニュースしか取り沙汰されないけれど、パラウェイのような中堅イーコマース企業にとって、中国や韓国との関係が切っても切れないものであることは、データしか見ていない璃子のような末端社員でもよく分かった。

会議室の前方に設《しつら》えられた壇上に光彦が上がり、講師陣を紹介する。ハラスメント問題に詳しい弁護士の他に、映像業界でセクハラ、パワハラの撲滅運動に取り組んでいる岬一矢《みさきかずや》プロデューサーがマイクを握った。

「初めまして。岬一矢と申します」

マスク越しにも端整さが滲む、岬のよく通る声が響く。

「これまで芸能界にはセクハラやパワハラが罷《まか》り通るような温床がありましたが、長く業界に身を置いてきた者として、僕はそれを恥ずべきことだと思っています。今回、業界の垣根を越えて、こうして皆さんと一緒にハラスメント防止の勉強ができることを、とても嬉しく思っています」

岬は光彦の古くからの知り合いで、今後パラウェイは、彼がプロデュースする映画に出資をすることにもなるようだ。その映画の原作が、かつて透が愛読していた作家のものだったことに、璃子は少なからず驚いた。あまり知られていない地味な作家だけれど、透の部屋の本棚には、その著者の本が何冊も並んでいた。

後に本屋で見かけて文庫本を買ってみたが、誠実な筆致が透自身を思わせて、いつしか璃子も、その作家のファンになっていた。

岬が弁護士に質問する形で講習会は進められていく。対話を重ねながら、繰り返し以下のことが丁寧に語られた。

ハラスメントは誰にでも起こす、または起こされる可能性があること。一度でもハラスメントを受けたら、口を閉ざすのではなく公にする勇気を持つこと。それは匿名であっても、文書であってもよいこと。ハラスメントを公にした人に対し、二次被害や揺り戻し《バックラッシュ》が起きない環境を整えること。たとえ同意があったとみなされていても、力関係の差に注目すること。いかなる理由があっても、加害行為は許されないという認識を徹底すること。

初めはやり過ごすつもりでいた璃子は、次第に岬たちが語る内容に引き込まれていった。彼らの言葉には、璃子が未だに触れることのできない傷口に、そっと手を当てるような真摯な響きがあった。

しかし小一時間の講義が終わり、質疑応答に移ると、それまでの雰囲気が明らかに変わった。

「なにか質問や、意見がある人は挙手してください」

光彦の呼びかけに応える人は誰もいない。そこで璃子は初めて、周囲が自分ほど熱心に岬たちの話を聞いていなかったことに気がついた。

「お説はごもっともですけどね」

やがて、いつも現場を恵理子に任せっぱなしにしているマーケティング部のGMが、挙手もせずに口を開く。

「あまり気にしすぎていると、思い切った施策はなんにもとれなくなっちゃうんじゃないですかね」

苦笑まじりにそう言うと、GMは腕を組んだ。その途端、広報部の公式SNS担当の男性スタッフたちが「だよな」「世の中、傷つきたい人ばっかりだもんな」と囁き合い始める。

事実、企業の公式SNSには「その表現は傷つくからやめてくれ」と書き込む人たちが後を絶たない。

「ハラスメント対策も行き過ぎると、傷ついたもん勝ちみたいになっちゃうんじゃないの?」

調子づいたGMの冗談口調に、さざ波のような笑い声まで起きた。

「そのご意見はよく分かります」

前方の席に座っていた恵理子が、GMを見据える。

「でも、今はSNSの炎上によって出荷停止や商品回収が起きる世の中です。リスクマネジメントのためにも、ハラスメント対策は必要だと思います。寺嶋さんのときを例にとってみても……」

恵理子が直也の名前を出した瞬間、会議室の中央にいた治美が勢いよく手を挙げた。

「その件ですけど、被害者を名乗る人に、本当に非がなかったと言えるんでしょうか」

治美の強い口調に、璃子の心臓がどきりと跳ねる。

「インフルエンサーのSAYUさんの今までの投稿をさかのぼってみましたけど、寺嶋さんの件に限らず、被害者意識が強いものが多すぎます」

そう言うなり、治美はSAYUのSNSへの投稿をプリントアウトした用紙を周囲に配り始めた。

SAYUの投稿は、所謂「ぴえん」と呼ばれる泣き顔つきのコメントが多かった。

「この人、フォロワーの歓心を買うために、わざと被害者ぶって騒ぎ立ててるだけじゃないでしょうか」

用紙が配られるにつれて、大会議室内がざわつき出す。

「そういや、公式にもそういう投稿きてたな」「寺嶋さんの配信がなくなって寂しいっていう書き込みもあったよね」「なんかこの人、肌の露出の多い自撮りが多くない？」「本当はこの人から誘ったんじゃないの」

ざわつきが大きくなる中、恵理子が慌てて立ち上がった。

「ここで寺嶋さんの名前を出したのは、私が軽率でした。寺嶋さんとSAYUさんの件は、きちんと聞き取りをしますので、それまで待ってください」

「でも、寺嶋さん辞めるんですよね」

仕切り直そうとする恵理子を、治美がにらみつける。

「一方的に悪者にされて、退社に追い込まれるのも、ハラスメントではないんですか」

それまで黙って書記を務めていた桐人が手を挙げた。

「杉本さん、それは第三者委員会を入れてきちんと話し合うことだから……」

「だって、寺嶋さん辞めちゃうんだから、そんなの意味ないじゃないですか」

言い募る治美に、

「意味がないということはないですよ」

と、岬が諭すように告げた。

「少なくとも、今後、同じような問題を起こさないよう、努めることができます」

「そうでしょうか」

治美はあくまで懐疑的だ。

「周囲の歓心を買うためにわざと被害者になる人がいる限り、問題がなくなることは絶対にないと思いますけど」

結局、最後まで収拾がつかないまま、講習会は時間切れになった。今後も一緒に仕事をすることになる岬を送っていく光彦の後ろ姿を、璃子は申し訳ないような気持ちで見つめる。璃子自身は、岬たちの話に感じ入るものがあったが、同時に、それが現実的に受け入れられるか否かの難しさを突きつけられた気分だった。

「いやあ、杉本、すごかったね」

パイプ椅子をたたんでいると、広報部の男性スタッフたちの会話が耳に入ってきた。

「杉本って、寺嶋と付き合ってるんだっけ？」

「違う、違う。一回遊んだだけで彼女面されて困ってるって、前に寺嶋がぼやいてたもの」

「うわ、やり逃げされたのに、随分健気《けなげ》だね」

「今だからこそ、寺嶋を自分のものにできるとでも思ってんじゃないの？」

「怖いわ。執念系か」

璃子のことなど眼中にない彼らは、気楽に笑い合っている。講習で話されていた内容と、男性スタッフたちの会話のあまりのギャップに、璃子は心が冷たくなっていくのを感じた。

吐き気がとまらず、給湯室で抗不安薬の錠剤を押し込むように飲む。そのまま席に戻ろうと廊下を歩いていると、大会議室から出てきた桐人と鉢合わせしそうになった。

「神林さん、どうしたの」

なにを問われているのか分からず、璃子は一瞬、立ちすくむ。

「顔色、真っ青だよ。提携医院にいったほうがいいんじゃないの？」

これまでは視線がぶつかりそうになるたび、気まずそうにしていた桐人が、真剣な表情で自分を見ていた。

「平気、平気。そろそろ昼休憩だし」

璃子は顔の前でひらひらと手を振る。

「とても平気には見えないよ」

「大丈夫だってば。観察しないでって言ったでしょ」

食い下がる桐人を突き放し、璃子は自分のデスクに戻った。それからしばらくデータ入力を続けていると、指先が小刻みに震え始めたのに気がついた。

助けて、透くん。

現実は、汚くて惨くて苦しすぎる。今日こそ、プラネタリウムで透に会いたい。

パソコンの時刻表示に眼をやると、もう正午になるところだった。トートバッグをひっつかみ、璃子は歯を食いしばりながら席を立った。


通い慣れた道が、こんなに遠く感じられたことはない。璃子は重たい足を必死に引きずり、なんとかみなと科学館にたどり着いた。

二階に駆け上がり、ドームの中に飛び込む。薄墨色のひんやりした空間に取り込まれたときは、安堵で気が遠くなりそうだった。いつもの中央寄りの席ではなく、入口近くの席に腰を下ろす。

今日は絶対に寝られる。

リクライニングシートを倒すと、照明が落ちるのを待たず、璃子は早々に目蓋を閉じた。

いつしか頭上一杯に広がった星空が、投影によるものなのか、幻影なのかは分からない。けれど、重たかった身体が軽くなり、呼吸が楽になってきた。

夏の空。北から南にかけて、薄雲を流したような天の川が現れる。頭頂に輝くのは琴座のベガ。七夕の織姫星だ。天の川を挟んで輝く鷲座のアルタイルが牽牛《けんぎゅう》――彦星。引き裂かれた恋人たちの星は、白鳥座のデネブと共に、夏の大三角形を形作る。

大きな芍薬《しゃくやく》の花簪《はなかんざし》。ひらひらと宙を舞う桜色の羽衣。

気づくと璃子は、織姫の衣装を身に纏い、静かに天の川を渡っていた。向こうから、彦星の姿をした透が現れる。

そうか。七夕か。だから、なかなか会えなかったんだ。

自分の思いつきに納得しながら、璃子は透に手を差し伸べた。すぐに引き寄せられ、温かな胸に顔を埋める。

これほど心休まる場所は、他にない。

透くん、私、頑張っているよね。私、ちゃんとやってるよね。

璃子の問いかけを肯定するように、優しく髪を撫でられた。透の指が花簪にかかる気配を察し、璃子は少し身をよじった。珍しく美しい衣装を着ている自分を、もっとよく見てもらいたいような気がした。

突然、誰かの声が耳元で響く。

〝璃子ちゃんって、いっつも可愛い格好してるものね〟

その瞬間、璃子は全身を引きつらせた。

〝被害者を名乗る人に、本当に非がなかったと言えるんでしょうか〟

遠い記憶に、今しがた聞いたばかりの治美の声が重なり、心拍数が一気に上がる。

〝頭に赤やピンクのリボン結んで〟〝ひらひらしたスカート穿《は》いて〟〝お姫様みたいな格好して〟

〝前から派手で目立ってた〟

男に狙われた理由付けをするように、次から次へと囁かれた。

可愛かったから。派手だったから。目立っていたから。一人っ子でお姫様みたいに甘やかされて我儘だったから――。

〝そんなこと、あるわけないだろう！〟

そうした近所の囁きを、一蹴してくれたのが、近くの棟に住む従兄の透だった。

噂を真に受け、ねだられるままに好きな服装をさせていたのが悪かったのではないかと泣いた母のことも、本気で怒ってくれた。

悪いのは加害者で、璃子にはなに一つ落ち度はない。近所の人たちは、狙われた側に原因を見つけて、「だから、うちの子は大丈夫」「関係ない」と、安心したいがためだけに、根拠のない無責任な噂を広めているのだと、透は憤った。

〝大丈夫だからな〟

歳の離れた従兄は、泣きじゃくる璃子の眼を見てきっぱりと言い切った。

〝変な噂なんかに負けるなよ。璃子のことは、俺がずっと守ってやるからな〟

あんなに嬉しかったことはない。璃子のことは、俺がずっと守ってやるからな〟

だから、私、頑張ってきたんだよ。ずっと、透くんに守ってもらうために。

それなのに――。

透の手を引いて、璃子は天の川を下っていく。天の川が一段と明るく輝く場所にたて座があり、その下に、射手座の南斗六星がさやかに輝いている。

振り向けば、北の空には巨大な柄杓星、大熊座の北斗七星が横たわっていた。中国では、北斗の仙人が死を司《つかさど》り、南斗の仙人が生を司るという伝承があると聞く。

だったら、お願い。今からでも、引き裂かれた私たちの寿命帳をひっくり返して。

天界で碁を打ちながら、下界の人間の寿命帳をしたためているという北斗と南斗の仙人に、璃子は祈った。

今から十二年前、旅先の事故で、透は帰らぬ人になってしまった。趣味の登山で落石に遭い、登山道から足を踏み外したのだ。

どうして？　私をずっと守ってくれるのではなかったの？　なぜ、私を置いていってしまったの？　どうして？　どうして？

どうして、私ではなかったの。

押し寄せてくる疑問は、いつも最終的にここへたどり着く。

こんなに生きるのがつらいのに。どんなに自分の機嫌を取っても、ごまかしきれるものではない。どうして事故に遭ったのが透くんで、私ではなかったのだろう。

碁なんか打っている場合ではない。今すぐ、運命を書き換えて！

そう強く願った途端、ぐらりと透の身体が傾いだ。常に自分を支えてくれていた透が頽《くずお》れたことに、璃子は仰天する。

透くん、どうしたの？

その顔をのぞきこみ、総毛立つ。白木の人形のように、透の顔には、眼も鼻も口もなかった。

喉元から悲鳴が溢れそうになった瞬間、星空から墜落するように、璃子は眼を覚ました。頭上に、透と一緒に渡っていた天の川が流れている。

のっぺらぼうの透の顔が甦り、璃子は胸を押さえてリクライニングシートを起こした。

震える脚で立ち上がり、暗闇の中、出口を探す。ここにいられないのなら、一体どこへいけばいいのだろう。

通路に膝をついてしまいそうになったとき、一人の影が先導するように自分の前に立った。その人の後につき、なんとか出口までたどり着く。

「神林さん、大丈夫？」

プラネタリウムの外に出た途端、振り返ったのは桐人だった。

「矢作さん、どうして」

「だって、神林さん、どう見たって普通じゃなかったもの」

つらそうな璃子を心配し、桐人はずっと後をつけていたらしい。

「観察しないでって、言ったのに」

「観察している訳じゃないよ」

手すりに縋り、階段を下りようとする璃子を桐人が追ってくる。横に並んだ桐人は、ふらつく璃子に手を貸してよいのかどうか戸惑っているようだった。

「もう、大丈夫だから」

「だから、大丈夫なんかに見えないよ！」

ついに桐人が声を荒立たせ、璃子はびくりと身をすくめる。

「ごめん……」

すぐに肩を落とす桐人に、なんだか泣きたい気分になった。一緒にゆっくりと階段を下りると、エレベーターホールの前のソファに腰を下ろす。もう璃子も、桐人を無闇に拒絶しようとは思わなかった。

「矢作さんは、なんで私なんかを気にかけるの？」

ただでさえ色々な仕事を背負いこんで、忙しい人なのに。その上、自分のような不完全な人間のことまで気にかけて、どうするつもりでいるのだろう。

「尊敬してるから」

しかし、桐人の口からこぼれたのは、思ってもみなかった言葉だった。

「は？」

間抜けな声をあげた璃子をじっと見返して、桐人が続ける。

「去年の夏、偶然ここで会ったような振りしたけど、違うんだ」

本当は璃子の後をつけて、この場所にたどり着いたのだと、桐人は打ち明けた。

「あの頃、俺は物流倉庫からマーケティング部に異動になったばかりで、全然自分に自信がなくて、迷うことが多かったから」

なんの迷いもなさそうに颯爽と歩く璃子が、眩《まぶ》しく見えたのだと言う。

「そうしたら、こんな最高の場所でさ。すぐ近くなのに、うちのオフィスでここを知ってる人なんて、他に誰もいないよね」

灼熱のコンクリートジャングルの中に、静謐な宇宙の入口を見つけた。そこで束の間休憩し、その後、虎ノ門ヒルズの芝生広場のベンチで黙々と手製の弁当を食べている璃子の姿に憧憬を覚えたのだと、桐人は大真面目に語る。

「俺はオンとオフの切り替えが下手だから、こんなに充実した昼休みを送っている人がいるのかって、本気で尊敬した」

胸苦しさも忘れ、璃子は呆気にとられた。

他人から関心を持たれるのは今でも苦痛だけれど、まさか自分のことを、そんなふうに眺めている人がいるとは思ってもみなかった。

「神林さんはすごいよ。誰の眼も気にせずに、一人でちゃんと充実してる。俺は、いっつも人の眼を気にしてるから……」

半ば茫然と桐人の声を聞きながら、璃子もまた、彼と初めて一緒に昼食を取ったときのことを思い出していた。

〝……認められたいから、じゃ、ないのかな〟

なぜ眠れなくなるほど頑張るのかと尋ねた璃子に、桐人はそう答えた。

承認欲求――。昨今、あらゆる人たちの行動原理を言い当てるのに、これほど重宝な言葉はないのではないかと。

〝神林さんは、そういうのないの？　誰かに認められたいとか〟

私はない。

あのとき、桐人の問いかけに、璃子はきっぱりと首を横に振った。

むしろ、誰にも認められたくない。

その言葉に、嘘はない。

可愛いから。派手だから。目立っていたから。もう二度と、そんなふうに言われたくない。

ああ、だけど――。

「違う。私、矢作さんからそんなふうに思ってもらえるような人間じゃない」

璃子は両手で自分の顔を覆う。

他人と関わらないように努めていたのは、自分の中に承認欲求以上に醜いものが潜んでいることを知っていたからだ。

警察以外の人には、誰にも話したことがない。一生、自分から口にするつもりのないことを、気づくと璃子は話し始めていた。

「私、子どもの頃、知らない男に誘拐されかけたことがあったの」

突然こんなことを言われても困るのではないかと思ったが、桐人は案外冷静な表情で、璃子の次の言葉を待っていた。

考えてみれば、自分は会社でパニックを起こしたのだ。不完全なことは、周知の事実だ。

そう開き直ると、少しだけ気が楽になった。

一つ一つ順を追って、長らく思い返すことのなかった過去を、璃子はたどっていった。

一人っ子で甘やかされていた自分が、いつもお姫様のような格好をしていたこと。母からも父からも可愛いと言われて、調子に乗っていたこと。無邪気と言えば聞こえがいいが、それだけではなかった。

「悪いのは加害者で、私にはなに一つ落ち度がないと、大好きだった従兄が言ってくれたのだけれど……」

璃子の声が詰まった。

本当は、両親にも、透にも言ってないことが一つある。

璃子を無理やり車に引き込もうとした男。その中年男と会ったのは、実はそれが初めてではなかった。

ねえ、イルミネへの行き方、知ってる——？

事件から一週間ほど前、五、六人で下校している璃子たちの横に、車をとめた男がいた。イルミネは璃子たちが暮らしている団地から少し離れたところにある、お洒落なレストランだった。その地域では比較的高級なレストランだったから、そこで食事をしている児童はほとんどいなかった。

〝私、知ってる！〟

得意げに答えたのは、璃子だけだった。そこそこ裕福な家庭の一人っ子で、両親から溺愛されていた璃子は、何度かそこで誕生日を祝ってもらったことがあったのだ。

だったら、この車に一緒に乗って、案内してもらえると嬉しいんだけど——。

男はそう言って、助手席のドアをあけようとした。しかし、そのとき、向かいから自転車に乗った女性がきたせいか、男はさっと身を引いた。

そして、やっぱりいいや、と言うなり、車を発進させていったのだ。

あのとき、璃子は正直に言って少しだけがっかりした。なぜなら、ほかのみんなが、ちょっと羨ましそうな眼差しで、璃子のことを見ていたからだ。

お洒落なイルミネのことを知っているのは、私だけ。本当は特別に選ばれたような気分で、みんなの前で気取った足取りであの車に乗り込んでみたかった。

後に無理やり車に引きずり込まれそうになったときは本気で恐怖したけれど、当初はそんな呑気なことを考えていたのだ。

なんという傲慢。なんという特別意識――。

承認欲求より遥かに醜いものを、小さな頃から、私は抱え持っていた。

一番可愛い自分は特別なのだと、周囲を見下し、自惚れていた。最初に会ったときに、あの男にそれを見透かされていたのではあるまいか。

〝そんなこと、あるわけないだろう！〟

透くんは全力で怒ってくれたけれど、本当にその価値が、私なんかにあったのだろうか。

〝被害者を名乗る人に、本当に非がなかったと言えるんでしょうか〟

治美の言葉が、改めて璃子を打ちのめす。

なに一つ落ち度がないと言ってくれた透の信頼を、璃子は受けとめ切れない。

「ひょっとして、私に守る価値がなかったから、透くんは事故に遭ったのかな……」

口に出してしまうと、なんとも馬鹿馬鹿しい。それこそが自意識過剰だ。だけど、そう思う気持ちをとめられない。

透の事故死を知ったとき、本当は後を追いたかった。しかし、それができなかったのは、すべてを知った透に拒絶されるのが怖かったからだ。

いつしか璃子は、頑張っていれば透が見ていてくれると無理やり思い込むようになった。大丈夫。私は平気。周囲に迷惑をかけず、ちゃんと生きる。

やがて、それに対するご褒美のように、夢の中に透が現れてくれるようになった。

でもあれは、きっと私自身だったんだ。白木の人形を、自分で操っていたにすぎなかった。

夢を見るたびに涙を流していたのは、本当はそれが透でないことを、心の奥底で気づいていたせいかもしれない。

「私はおかしいの。不完全なんだよ」

一通り話し終えて、璃子は深くうつむいた。

「……違うって、言ってあげたいよ」

黙り込んだ璃子に、桐人がぽつりと呟くように言う。

「誘拐も、従兄さんの事故死も、全部、神林さんのせいじゃない。そう言ってあげたいけど……。それを自分のせいだって思ってしまう気持ちも、少しだけ分かる」

桐人の顔に寂しげな笑みが浮かんだ。

「俺も、親父が死んだのは自分のせいじゃないかって、今でもときどき思うことがあるから」

璃子は思わず顔を上げる。

「うちの親父は脳溢血の後遺症があったのに、夜中に一人でトイレにいこうとして、途中で倒れて死んだんだ」

父が寝ていたのは桐人の隣の部屋だった。もし自分が異変に気づいていれば、父は死なずに済んだのではないかと、桐人は言葉少なに語る。

「そんなの……」

桐人のせいではないと言おうとして、璃子は口をつぐんだ。

他の人のことなら、冷静に判断できる。けれど、気持ちはそう簡単に割り切れることばかりではない。

「もちろん、犯罪はどんな理由があろうと、加害者が悪い。でも、それとは別のところで、多分、俺たち、納得できないんだよ」

そっと窺うように、桐人が璃子を見た。その眼元に、微かな隈が浮いている。

「この世の中で起きるほとんどのことは、俺たちとは関係ないよ」

悲しいことも、嬉しいことも含めて、大抵のことは偶然だと、桐人は言った。

「でも、あんまり酷いことや、理不尽なことが起きると、納得できなくて、それを無理やり自分と結びつけてしまうんじゃないかな」

弱々しい笑みを浮かべ、桐人は続ける。

「自意識過剰も、承認欲求も、世界が自分とあまりに無関係なことを認められなくて、悲しくて、悔しくて、腹立たしくて、生まれてくる感情なんじゃないのかな」

桐人の言葉を聞きながら、璃子はじっと考えた。

誘拐未遂も、透の事故死も、偶然。犯罪にも、人の死にも、明確な背景などどこにもないのかも分からない。しかし、それはそれで恐ろしい。

「神林さんと話してて、俺も今日、初めて気づいたよ。背負い込むのは、依存してるのと同じことなんだ。きっと」

世界は冷たく、恐ろしい。個人の気持ちなど、一顧だにしない。

だから、私はずっとなにかに怯え、なにかに腹を立てていたのだろうか。

背負い込むのと、依存は一緒。

自意識過剰も、承認欲求も、自分と世界の無関係を認められないことから生まれる。

「だけど、仕方ないよ」

桐人の声がふっと軽くなった。

「だって、俺たち、惑《まど》いの星で生きてるんだもの」

「惑いの星……？」

繰り返した璃子を、桐人が見返した。

「プラネタリウムに通うようになってから、俺も少し、宇宙や星のこと勉強したんだ。そしたら、読んでた本に、すごい一文があってさ」

星座を形作るのは、自ら発光し、ほとんど位置を変えない恒星だ。けれど、我々は恒星である太陽の重力を受けて周囲を回る惑星、地球に住んでいる。

「〝恒星の周りを回る天体である惑星は、夜空を惑うように位置を変えるため、『惑星』と呼ばれます〟って書いてあったんだ。惑星っていう言葉はずっと知ってたけど、そんな意味があるなんて、思ったこともなかった」

マスクの上の桐人の眼が弓なりにしなう。

「地球自体が惑っているんだ。そこに住んでる俺たちが、まともでいられるわけないよ」

璃子は薄く口をあけた。

みなと科学館が開催する星空教室に通うこともあったけれど、こんな話を聞いたのは初めてだった。

「神林さんは自分を不完全だって言うけど、完全な人間なんて、本当にこの世にいると思う？」

桐人の問いかけに、璃子は答えることができない。

「この世界は俺たちと関係ないし、地球は惑ってるし……。まともでいられるほうがおかしいって。それでも、まだやれることはあるんじゃないかって、俺は思ってる」

自分に言い聞かせるように、桐人は頷く。

「今日の講習会だって無駄だって思う人は多いだろうけど、俺は続けたいんだ」

惑いの星。地球自体が惑っている。

桐人の発した言葉が、璃子の心の深いところへ落ちていく。曇っていた眼から、はらりと鱗《うろこ》が落ちたような気分だった。

そのとき、二階から人の気配がした。〝おひるのプラネタリウム〟が終わったようだ。

「あ、もう、こんな時間か」

ソファから桐人が立ち上がる。

「なにか食べにいこうか」

その誘いに、璃子は素直に頷いた。

同時に、なにかがぽたぽたと膝の上に落ちる。自分でも気づかないうちに、璃子の両眼から、涙が溢れ出していた。

「わ！　神林さん、ごめん。俺、まずいこと言ったかな」

途端に桐人が慌てふためく。

璃子は無言で首を横に振った。いつの間にか、あれほど酷かった吐き気が消えている。そのかわり、溢れる涙をとめることができない。

私は、ちっとも大丈夫なんかじゃない。ずっと、こうして子どもみたいに泣きたかったんだ……。

弱くて駄目な自分を、桐人の前でなら認められる気がした。

桐人に見守られながら、璃子はぽろぽろと涙をこぼし続けた。


その日、璃子は珍しく定時を過ぎても会社に残っていた。データ打ち込みの仕事は終わっていたが、事業開発部の瀬名光彦に頼まれて、出来上がったばかりの映画の脚本の第一稿を読んでいるのだ。たまたま桐人に原作のファンだと話したところ、それが光彦に伝わり、ならば意見を聞かせて欲しいという流れになった。

マーケティング部のフロアでは、マネージャーの恵理子と、相変わらず試供品を山積みにした桐人が残業をしている。

「いやあ、あっついあっつい。もう九月なのに、どうかしてるんじゃないの？」

大きなビニール袋を持った光彦がフロアに入ってきた。コンビニで、差し入れを買ってきてくれたらしい。史上まれにみる猛暑は、九月に入った今も続いている。

「アイス、食べる人ー」

光彦の呼びかけに、他にも残っていたスタッフがちらほらと集まってきた。そこに治美がいることに、璃子は少しだけ緊張を覚える。

だが、すぐに脚本の面白さに引き込まれ、周囲のことは気にならなくなった。

先月の旧盆に、璃子は久々に実家に帰った。そして、透の十三回忌に参列し、焼香を済ませた。

十三回忌には、透の元恋人の沙織《さおり》もきていた。

落石の事故に遭ったとき、透は沙織と一緒に登山をしていたのだった。十二年後の現在、沙織は他の男性と結婚し、一児の母になっている。

恐らく自分以上に透の死に心を痛めたであろう女性の存在に、璃子はようやくまともに向き合えるようになっていた。沙織のスマートフォンに今も保存されている透の写真を、璃子は初めて見せてもらった。

当たり前のことだが、どれもこれも、璃子の知らない透の表情や姿ばかりだった。

そこには、誘拐されかけた小さな従妹を守ると誓ってくれただけではない、今の自分と同世代の男性の、短いけれど確かな人生があった。

伯父と伯母の許しを得て、その日、璃子は透の本棚から数冊の本を形見分けしてもらった。そのうちの、自分でも文庫本を買っていた一冊が、今回、パラウェイが出資することになった映画の原作だ。

透くん。今度、私の勤めている会社が、この小説の映画に出資するんだって。

透の遺影に、璃子はそう報告した。遺影の中の透は笑っていたが、その笑顔は、もう自分とは関係のないものに向けられているように感じられた。

十三回忌とは、魂が宇宙の生命そのものである大日如来と同化する時期をさすのだそうだ。読経を終えた住職からその話を聞かされたとき、璃子はやっと透を本当の星空に帰すことができたのだと思った。

「なんか、最近、このニュースばっかりだね」

いつの間にか、光彦がフロア内のテレビをつけて、来客用のソファで足を投げ出している。テレビでは、創業者によるタレントへの性加害が明らかになった大手芸能プロダクションの会見の様子が、繰り返し流れていた。

「あ、瀬名さん。勝手にテレビつけないでくださいよ」

恵理子の抗議に、

「いいじゃない。もう定時過ぎてるんだし」

と、光彦が気楽な声をあげる。

「こういうことがちゃんと問題になる時代がきたかと思うと感無量だね。だけど、正直な話、こいつは氷山の一角だよ」

長年映像業界に身を置いてきた光彦が言うと、凄味《すごみ》があった。

「少しは変わっていくんですかね」

「そのために、我々だって講習会とかやってるんでしょう。まあ、あんまり変わらない連中もいるみたいだけどね」

光彦がスマートフォンを操作すると、聞き覚えのある声が流れ出す。

〝セクハラ騒ぎ、こちらも結構大変だったわけでして。正直、メンヘラ？ トラップ？ まあ詳細は後程たっぷり話しますので、まずは会員登録よろしく！〟

パラウェイを辞めた寺嶋直也は、かつて璃子に絡んだ男性インフルエンサーと組んで、独自に通販の配信番組を始めていた。璃子もちらりと覗いてみたが、インフルエンサーと軽快にやりとりをする直也に、憔悴の影は見られなかった。もちろん、本当のところは本人にしか分からない。

直也の声がフロアに響いても、治美は素知らぬ顔をしてアイスを食べている。もう、吹っ切れているのかもしれなかった。

「矢作くん、ご感想は？」

光彦がからかうように呼びかける。

「なんとも思いません。僕と彼とでは施策が違いますから」

「相変わらず、優等生的なお答えだね。いいよ。君は新しい時代の若者なんだろ。俺の屍《しかばね》を越えて、バブルのオッサンたちがたどり着けなかった新世界を見せてくれよ」

「嫌ですよ」

パソコンの画面を見つめたまま、桐人はぴしゃりと拒絶した。

「なに、丸投げしようとしてるんですか。瀬名さん、まだばりばり現役じゃないですか。一緒に戦ってくださいよ」

桐人の意外に厳しい物言いに、光彦が呆気にとられたようになる。こらえきれないように、恵理子がくすくすと笑い出した。

「ちぇ、なんだよ。腹立つから、煙草吸ってこようかな」

不貞腐《ふてくさ》れてソファから立ち上がる光彦の背中に、璃子は声をかける。

「瀬名さん。脚本、まだ途中ですけど、すごく面白いです」

振り返って親指を立て、光彦はそのままフロアを出ていった。本当に、煙草を吸いにいくようだった。

「そろそろ私も帰るから、みんなもほどほどにね」

ショルダーバッグを肩にかけて、恵理子が立ち上がる。

〝今日は、サボります〟

ハイキャリアで、二児の母でもあるワーキングマザー。全てをそつなくこなしているように見える恵理子から、そんな電話を受けたことを、璃子は思い出していた。

〝承知しました。お気をつけて〟

あのとき自分は、確かそう答えたのだった。

私たちは皆、惑いの星の住人だ。完全な人間なんて、一人もいない。

それぞれの隠れ家でささやかに自らを癒しつつも、ときに恐ろしいほど無慈悲になる世界と対峙していかなければならない。

でもだからこそ、支え合うこともできるのかもしれなかった。

九月に入り、みなと科学館では夏休みの間中断していた〝おひるのプラネタリウム〟が再開していた。透の幻を見ることはなくなったけれど、今でもプラネタリウムは、璃子の大切な隠れ家だ。

最近では、桐人と一つ席をあけて座り、その晩の星空をしっかりと眺めるようになっていた。

そこまで考えて、璃子はハッとする。

隠れ家に一緒にいられる人ができたなんて、それは実はとても大きなことではないだろうか。

一つあけている席を、埋めることができる日がくるのかどうかは分からない。それでも、並んで同じ満天の星を眺めている。

自分の心の闇が、本当に晴れることはないだろう。恐らく、この先もずっと。けれど、そこにあえかな星が瞬くこともある。

今夜は、久しぶりにおにぎらずを作ろう。一人分ではなく、二人分。

そう思いついた瞬間、璃子の心の中に、きらりと小さな星が流れた。

謝辞

本作の準備に当たり、港区立みなと科学館元渉外広報チームの瀧澤《たきざわ》真一郎《しんいちろう》さん、プラネタリウムチームの高木《たかき》右京《うきょう》さんに貴重なお話を伺いました。この場をお借りして深く感謝申し上げます。
また、多くの方に「隠れ家」に関するアンケート、並びにインタビューにご協力をいただきました。併せて心より御礼を申し上げます。

本作は、二〇二二年夏から二〇二三年夏の一年間を舞台にしています。催事や事象については、当時を参考にしております。なお、本作はフィクションです。事実との相違点については、すべて著者に責任があります。

主な参考文献

『人気プラネタリウム・クリエーターが作った世界一美しい星空の教科書』大平貴之　宝島社
『新装版　星の神話・伝説図鑑』藤井旭　ポプラ社
『新装版　星空図鑑』藤井旭　ポプラ社
『数奇な航海　私は第五福龍丸』川井龍介　旬報社
『クラゲの不思議　全身が脳になる？　謎の浮遊生命体』三宅裕志　誠文堂新光社

初出

星空のキャッチボール　「小説すばる」二〇二二年十二月号
森の箱舟　「小説すばる」二〇二三年一月号
タイギシン　「小説すばる」二〇二三年四月号
眺めのよい部屋　「小説すばる」二〇二三年六月号
ジェリーフィッシュは抗わない　「小説すばる」二〇二三年八月号
惑いの星　「小説すばる」二〇二三年十一月号

単行本化にあたり、加筆・修正を行いました。

古内一絵（ふるうち・かずえ）
東京都生まれ。映画会社勤務を経て、「銀色のマーメイド」で第五回ポプラ社小説大賞特別賞を受賞、二〇一一年にデビュー。二〇一七年に『フラダン』が第六三回青少年読書感想文全国コンクールの課題図書に選出。同作で第六回ＪＢＢＹ賞（文学作品部門）を受賞。他の著書に「マカン・マラン」シリーズ、「キネマトグラフィカ」シリーズ、ＮＨＫでテレビドラマ化された「風の向こうへ駆け抜けろ」シリーズ、『お誕生会クロニクル』『最高のアフタヌーンティーの作り方』『星影さやかに』『山亭ミアキス』『百年の子』などがある。

東京《とうきょう》ハイダウェイ

二〇二四年五月三〇日　第一刷発行

著者　古内《ふるうち》一絵《かずえ》

発行者　樋口尚也
発行所　株式会社集英社
〒一〇一-八〇五〇　東京都千代田区一ツ橋二-五-一〇
電話　〇三-三二三〇-六一〇〇（編集部）
〇三-三二三〇-六〇八〇（読者係）
〇三-三二三〇-六三九三（販売部）書店専用

印刷所　TOPPAN株式会社
製本所　株式会社ブックアート

ISBN978-4-08-771868-3　C0093
定価はカバーに表示してあります。